都市传奇 / 张欣经典长篇系列

张欣 著

不在梅边在柳边

花城出版社
SPM 南方传媒
中国·广州

图书在版编目（CIP）数据

不在梅边在柳边 / 张欣著. -- 广州：花城出版社，2024.4
（都市传奇：张欣经典长篇系列）
ISBN 978-7-5749-0116-2

Ⅰ. ①不… Ⅱ. ①张… Ⅲ. ①长篇小说－中国－当代 Ⅳ. ①I247.5

中国国家版本馆CIP数据核字(2023)第255933号

出 版 人：张 懿
责任编辑：周思仪　王子玮　邱奇豪
技术编辑：凌春梅
责任校对：梁秋华
封面设计：L&C Studio

书　　名	不在梅边在柳边
	BUZAI MEIBIAN ZAI LIUBIAN
出版发行	花城出版社
	（广州市环市东路水荫路11号）
经　　销	全国新华书店
印　　刷	深圳市福圣印刷有限公司
	（深圳市龙华区龙华街道龙苑大道联华工业区）
开　　本	787毫米×1092毫米　32开
印　　张	10.125　1插页
字　　数	178,000字
版　　次	2024年4月第1版　2024年4月第1次印刷
定　　价	398.00元（全13部）

如发现印装质量问题，请直接与印刷厂联系调换。
购书热线：020-37604658　37602954
花城出版社网站：http://www.fcph.com.cn

无望的守望，相克的相知。难道最残忍的伤害，才是最炽热的相爱。

一

春天的夜晚，即使什么也看不见，也可以感觉到潮湿和萌动。

蒲刃从试验室走出来，天已黑尽，他步行回家。由于是周末，树仁大学的校园里隐隐有一种末日狂欢的鼓噪，配合白兰花略显俗气的淡香，真是这个时代精准的写照啊。

约摸走了二十分钟，蒲刃出了学校的北门，隔了一条马路，便是临江的锦峰公寓，楼房是深灰色的，看上去没有什么特别，但是透过巨大的落地玻璃，可以远观到大堂墙壁上的抽象派画作和造型华美的水晶灯，尤其是户外极其讲究的园林景致，便可知道这里价格不菲。

蒲刃把学校分配给他的房子卖了，加倍付款买了这里，一是为了近而远离同事，二是因为开发商是个园林狂。

他进了家门，打开灯，把钥匙放在一个古陶瓷的碗里，碗里还有硬币、车钥匙等，这样便看到碗下压着一张纸条，上面是钟点工阿蓉歪歪斜斜的字，告之他书房里有一扇窗户的玻璃裂了，不知是什么原因，但反正不是她干的。蒲刃把纸条揉成一团扔进垃圾筒，心想真难为她还会写"玻璃"两个字，不仅扭曲得不像话，还写成"王皮王离"。

蒲刃喝了一杯纯净水，然后打开冰箱准备做晚饭，他拿出平底锅，倒上少许暗绿色的橄榄油，给自己做了一份香煎银鳕鱼，又烫了一些有机菠菜，配上两片黑麦面包，当然还有一杯红葡萄酒。所有这一切都是阿蓉帮他去购买的，阿蓉还算聪明，他只带她去过一次超市，告诉她买哪些东西，她便运用自如。有时候他突然想吃什么，打开冰箱通常都不会落空。

树仁大学是南方最好的大学之一，而四十四岁的蒲刃是物理系的教授，他高高的个子，五官周正，面色沉稳，满脸深不见底的平静。

蒲刃毕业于清华大学，曾在美国加州大学圣巴巴拉分校和麻省理工学院做访问学者。加拿大国家研究院客座科学家、博士生导师。

二〇〇八年八月，蒲刃也曾坐飞机去北京听霍金的科普报告，不得不说的是，整个报告过程中只赢得了两三次掌声，全场几乎没有会心的笑，唯一的理由是霍金的理论太玄奥，许多才子和学者都没太听懂。霍金这次讲的《宇宙的起源》，核心基础是当代自然科学的最新成就——弦论。返回树仁的蒲刃，用了两周的时间，尝试用大家听得懂的语言，破解了弦论的主要概念。这篇题为《弦论之论》的文章发表在校刊上，引起轰动。

此外，他的品位和举止俨然是树仁大学的一道风景线，犹如一部制作精良的广告片，不怕反复播放。

在学术会议上，他穿着藏青色的西装，里面是灰蓝的净色衬衣，配枣红色斜纹领带，色彩的搭配协调到极致，久观不厌，还有安抚人的作用。若在平时，他穿随意的风衣或夹克衫，和学生一起在湖边的草地上席地而坐，艳阳清风间讨论着各类问题，他脸上的线条甚是轻松愉快，周围便是一片欢声笑语，实是有明星一般的光辉。

未婚。

有人开玩笑地说，过于完美的人就应该属于公共财物，谁都不能占为己有才算公平。

书房里一尘不染。这也是蒲刃一直任用阿蓉的原因，她深知蒲刃是不看账本的，尽管账本煞有介事地放在鞋柜上，上面密密麻麻记着各类开支。但是卫生必须做到蒲刃无话可说，而蒲刃是有洁癖的。

靠西面的窗户由于西晒，遮阳的厚重窗帘极少拉开，别的窗户玻璃都好好的，显然是西窗的玻璃裂了。蒲刃信手打开窗帘，着实一愣，原以为是浅浅的一道裂缝，却如同一道固定的闪电，绽放在整块玻璃的中央。蒲刃住在十七楼，没有外袭的可能性，阿蓉有意砸烂连假说都算不上。

尤其是裂纹神斧天工，像冰裂的艺术品一样耐人寻味。

然而蒲刃的内心不知为何就此一沉，他的第一直觉是不祥之兆。在他看来，任何无从解释的现象其实都有具象所指，只是我们没有找到它的答案罢了。

一夜无话。

第二天是星期天，上午十点多钟，蒲刃去图书馆查资料，尽管现在的网络资讯十分发达，但是蒲刃还是很享受近乎于原始的查找过程。

图书馆毕竟不是电影院，周日的人反而偏少。蒲刃搬来书籍和资料的时候，无意间看见满头白发的老馆长，坐在工作区域的桌前，笑眯眯地翻看一本书。老馆长有一张富态慈祥的面孔，脸上的皱纹在春光里都变得柔和，透着淡淡的喜气，典型的中式妈妈款。她其实早已超龄，但由于极度的敬业和精通馆藏，退休和返聘手续一同办理。树仁的校长以少有的和蔼可亲的态度对她说，您愿意几点来几点走都随便，我可以负责任地说，您将是树仁唯一一个最自由的员工。

蒲刃不由自主地走了过去，不等他开口，老馆长便笑道，你看这位同学多有意思，一本书借了二十年，现在却寄还给图书馆，真想不出这背后有什么故事。蒲刃回道，现在的事真是无奇不有啊。

说着，他接过老馆长递过来的书，书面和纸张早已泛黄，书角破损卷起，还用牛皮纸粘贴修整过。这套书是朗道的《理论物理教程》，朗道是苏联的科学家，因研究物质凝聚和超流超导现象，荣获一九六二年第六十二届诺贝尔物理学奖。这套书蒲刃也曾十分喜爱，视作忘掉一切烦恼之书。蒲刃心想，谁会借朗道的书而二十年不还呢？

这倒引起了他的兴趣。

此书的最后一页，规规矩矩地插着借书卡，只被一个人借过，工整地签着冯渊雷三个字。这个名字还真像一声闷雷在蒲刃的心底炸开，只因甚是意外。尽管他表面上还是平静异常，但回到座位上，打开要查找的资料，却没有一个字看得进去，反倒是冯渊雷的音容笑貌一次次地从书缝里，从字里行间走了出来，游荡在他的左右。

的确，冯渊雷在蒲刃的生活中是一个绕不开的人。

寄回的书里没有信，没有片言只字，也没有地址。没错，这便是他的风格，无论是讲话还是办事，他只露冰山一角。

两个人不仅是高中同学，而且还是大学同学，他们年龄一般大，同在二十四岁时被树仁大学像挖人参宝那样挖到学校，成为最年轻的助教，并在职读博。由于冯渊雷出身医学世家，经济方面相对宽裕，所以对当时的寒门之子蒲刃多有照顾。每个月的前半截，蒲刃的奖学金就会全部花光，两个人的开支便全由冯渊雷负担。

冯渊雷对钱的概念也很模糊，凡事总感觉蒲刃略显强势，仿佛他有财权似的。冯渊雷中等身材，长得也没有蒲刃英俊醒目，但他的神情恬静安详，还伴有一份与生俱来的书卷气。

更值得一提的是冯渊雷的那双手，手指不仅修长匀称，而且传神灵动，堪称希腊雕塑。在他小的时候就被称为"万能手",原因是所有的机械无论是玩具还是钟表,他见什么拆什么,常常是一床或一桌子零件,倒腾一番后再装起来。冯渊雷的父亲却说,这是一双外科医生的手。

的确,冯渊雷也是一个天才,只是他更内秀更含蓄一些。

兄弟一般的情义让许多人都非常艳羡。

后来,蒲刃跟乔乔谈恋爱,是所有人眼中的金童玉女,天设地造。两个人一块儿去图书馆,当时还黑发如丝的老馆长,也是这么笑眯眯地看着他们,直把他们看得不自在,才说,你们两个人要不修成正果,人民群众都不答应。

柳乔乔是树仁大学历史系教授柳次衡的女儿,是数学系少有的女生之一,人生得娴雅端庄,艳而不媚,像涧底凝敛的石子,像紫檀匣里的书画谱,看着贞静平和,内心徒生无限恋意,是无数年轻学子的性幻想对象。金风玉露一相逢,没有不石破天惊的理由,当时是在一个聚会上,蒲刃突然说话都结巴了,乔乔也是情不自禁地默默注视良久,紧接着就满面桃花地告辞离开了。

这简直在瞬间激发了蒲刃的万丈豪情,他才不管什么面子不面子的,第二天就直接去等乔乔下课,一系列的猛攻令乔乔毫无招架之功。

乔乔也是喜欢蒲刃的,两个人甜甜蜜蜜几乎形影不离。蒲刃至今记得,每次他神采飞扬地跟冯渊雷描述恋爱的趣闻秘事，冯渊雷都是和颜悦色地当听众，不时地抿嘴微笑，似解万般风情。有时还不由分说，掏出身上所有的钱全部塞到蒲刃兜里，嘴里叮嘱道，大方点，大方点。

然而，再像糖粘豆一样的情侣，也有闹别扭的时候。最初的高烧阶段一过，所有的问题都变得现实起来。有一天，乔乔对蒲刃说，她把他们的事告诉父母了，本以为父母会邀请蒲刃到家里来吃饭。没想到父母亲什么话都没说，后来更是不提这件事了。蒲刃一刀见血地说，无非嫌我是寒门子弟罢了，拿奖学金的人就是进了黑名单。乔乔说，不会吧，我父母都不是嫌贫爱富的人啊。蒲刃冷笑道，这个世界上就没有不嫌贫爱富的人。

又说，尤其是知识分子，是骨子里的势利。

噎得乔乔半天没说出话来。

后来不知道乔乔的父母到底跟她说了什么，反正乔乔表现出了一丝犹豫。正是这一丝犹豫令蒲刃勃然大怒，他说我才不管你父母怎么想呢，我在意的是你居然犹豫了！乔乔说，我难道连犹豫的权利都没有吗？你这简直是病态的自尊。蒲刃冷冷地回道，我绝对不能原谅你的犹豫。

要知道乔乔也是美女中的才女，才女中的美女，她凭什么内心就不能骄傲？即使这样，为了心中神圣的爱情，她还是两次来找蒲刃，希望能跟他好好谈一谈。但是蒲刃的态度非常决绝，他说不谈，有什么好谈的，我等着你的决定就是了。说这话的时候,蒲刃还仿佛忍受了天大的委屈,说出了这么没有原则的话,都说了不能原谅乔乔哪怕是一丝一毫的犹豫,还要等待最后的判决,这太不是他蒲刃一贯的风格了。而乔乔气得脸颊直哆嗦,双泪长流。

还是谈谈吧,说不定她有什么苦衷。冯渊雷劝他。

我们好得像一个人一样,她怎么能犹豫呢?怎么能退却呢?她明明知道我们应该也必须在一起,这种爱情难道不需要坚持吗?

犹豫也不能说明什么。

我对爱情的理解就是高纯度的不可替代性,如果犹豫就算了。

冯渊雷欲言又止。

他其实知道蒲刃是最不听劝的。

蒲刃没有理会他,一言不发地离开了集体宿舍。那一个傍晚下着瓢泼大雨,他毫无意识地在大雨里走着,心想,真好,连自己都不知道脸上到底是雨水还是泪水了。

天雷勾动地火的相爱,最容易伴随刻骨铭心的伤害。因为都是人尖子,都没有让自己退后一步的理由。常常是用彼此折磨来印证这份爱情。

然而最不可思议的是,在他的人生最为阵痛的这段时间,一天下午,冯渊雷突然对他说,我经过三天三夜的思考,决定改行。当时蒲刃惊得从床上坐起来,他说你疯了吗？你知道你在说什么吗？这时他看见冯渊雷面色苍白，眼神略微有些飘忽。他追问他道，你打算改行干什么？冯渊雷道，我爸妈还是想让我搞医。蒲刃道，再上医学院你老不老一点啊？冯渊雷淡淡答道，其实我对医学不仅不陌生，而且有兴趣，就像你对中医有兴趣一样。

随后，冯渊雷又说，物理学是实证科学，相对论和量子论是现代物理学的两大支柱，使人类对宇宙万物的认识达到了前所未有的深度和广度，然而问题终于出现了，广义相对论和量子论在本质上不相容，两大支柱至少有一个必须被新理论取代，可是几代物理学家苦苦寻求的万物之理连影子都没有，我是真的不想奉陪了。

说完这话，他还故作轻松地叹了口气，但他马上发现蒲刃根本没有听他在说什么，而是一直盯着他的双眼，待他说完后便道，渊雷，能告诉我发生什么事了吗？冯渊雷耸了耸肩膀，什么也没说，只暗自做了一个深呼吸。

冯渊雷走后，音讯全无，这让蒲刃感到有些奇怪。

果然，半年之后，蒲刃听说了冯渊雷和乔乔结婚的消息。当时的感觉是胸口挨了一刀，疼到木然，恨不得就此来个万箭穿心，喷血而死。他这个傻瓜，总算明白了乔乔为什么犹豫，明白了冯渊雷为什么改行。无论是爱情还是友谊，并没有人选择他，他就像一个孤影自谑的小丑，倾情出演。

冯渊雷依旧音讯全无。直到近些年来，他才浮出水面，成为首屈一指的整形科大夫。他的形象见诸各大报刊和巨幅的广告牌上，人已微微发福，带领着他的云之队，位于正中间的领军地位，双手抱臂，目光略显冷峻地微微下视，既沉稳深邃，又傲视群雄。

柳乔乔，自他们分手后竟然从未碰面。可见所谓缘分，也不过是晨曦朝露，美则美矣，刹那花开，留不下一丝痕迹。

白云千载空悠悠。

蒲刃回过神来，他把两只手支在桌上，用拇指顶住太阳穴大力揉了揉。他想，冯渊雷为什么要把一本旧书寄还图书馆呢？应该说任何突兀的行为都是一种暗示，只是他们分离得太久，又已形同陌路，他完全无从假设。

不过这件事应该提供了两个信息，一是这个家伙一直保存着梦想，二是他用了整整二十年了却了这个梦想。

二

凌晨一点，蒲刃被电话铃声惊醒。

几乎没有人这个时段给他电话，他拿起话筒喂了一声，对面一片寂静。感觉实在太异样了，他说，是乔乔吗？

乔乔哭出声来，哽咽道，你能过来一下吗？说完哭得不像话，随即就把电话挂了。蒲刃冷静下来，心想他既没有乔乔的联络电话，又没有她家的住址。如果不是发生了大事，乔乔不可能连逻辑思维都瞬间消失了。他在床上怔了怔，光着脚跑到书房，翻开树仁大学的通讯录，找到柳次衡家的电话，打过去。

铃声只响了一下，柳教授就接听了，他迟疑了一秒钟，还是把乔乔家的住址告诉蒲刃，其他什么都没说。

但他说话的声调阴沉，沙哑。

蒲刃驱车赶到乔乔的家，是市郊一处高档小区的三层别墅，配有一个大大的院落，黑暗中可以看到凉亭、水榭和假山的轮廓。看得出来他们在高档小区里过着高质量的生活。

是乔乔的母亲开的门，这让蒲刃感到有些意外。但是更大的意外犹如平地一声惊雷，他在进屋的一刹那，赫然看到冯渊雷的灵台，雪白的玫瑰簇拥着一幅黑框照片，是冯渊雷神态平和的近照，看着他，只差说一句，嗨，你来了。蒲刃被惊到，站在原地一动不动。

柳师母面容憔悴，深叹一声。她告诉蒲刃，冯渊雷出了车祸，先是撞到树上，接着又翻了车，气囊全部打开了，正前方的那一个直卡住他的脖子，人当场就走了。蒲刃道，这是什么时候的事？柳师母道，三天前，三月十二日。接着她指了指卧室，眼圈红了，说不出话来。蒲刃抚住她的肩膀，轻轻拍了拍。柳师母半天才说，柳教授身体不好，离不开人，我明天要把他们的女儿先接到我们那边去，孩子要上学啊。又深叹道，最可怜的就是孩子。

蒲刃知道冯渊雷和乔乔有一个女儿，十二岁，上五年级。他想起最后一次见到冯渊雷是在北京听霍金的报告，他们是在散场后偶遇，事过境迁，两个人都不抗拒在附近的酒吧坐一坐。冯渊雷先是很感慨，他说好不容易搞到的黄牛票，但他已经完全听不懂了，根本不知道霍金在说什么，惨变追星族。蒲刃当时没说话，心想冯渊雷爱物理但更爱美人，实属寻常事，不便评价。冯渊雷又说，离开树仁之后，他在医学院读了三年基础课，之后就跟着他的舅舅干整形外科，是舅舅手把手把他带出来的。蒲刃又没有说话，因为冯渊雷生在医生世家，父亲是著名的眼科专家，全家的亲戚内科外科小儿科干什么的都有，够开一家医院了，人脉关系了得。冯渊雷如入无人之境也在情理之中，他真没什么可说的。那次冯渊雷就告诉他，和乔乔有一个女儿。又问蒲刃过得怎样？蒲刃说还是一个人。

轮到冯渊雷无语。蒲刃笑道，又不关你的事，我不为谁，中间也谈过几次恋爱，只是没有合适的而已。

这一次的邂逅还好，有点一笑泯恩仇的感觉。

蒲刃推想冯渊雷回来之后，一定跟乔乔讲了这件事。否则按照乔乔的性格，即使天塌下来，她未必会找他。

蒲刃推开卧室的门走了进去，或许在他的脑海中也闪过与乔乔的重逢，一万零一次都不会是这样的情景。卧室里只亮着一盏台灯，乔乔穿着白色的睡衣靠在床头，侧着脸望着漆黑的窗外。她头发凌乱，面色惨白，目光呆滞迟缓，显然是被猝然降临的灾难击垮了。

乔乔大学毕业之后，在电力设计院当工程师。

当她看到蒲刃的一瞬间，顿时泪如雨下。

蒲刃走过去坐在床前握住她的手，乔乔垂头而泣，哽咽道，他才四十四岁啊。又断断续续地说道，我只要一闭上眼睛，就会看见他，一闭上眼睛就会看见他。她把头埋在另一只胳膊的臂弯里，边哭边说，我看见他在一个迷雾笼罩的森林里叫我的名字，一直叫一直叫，真不敢相信他就这么走了。

看得出来，乔乔深爱着冯渊雷，这让蒲刃微微提着的心一下子松了。她还是那个他曾经深爱过的乔乔，诚实而本分。她找他，是在绝望中寻找力量。他非常感激她能在最困难的时候想到他。

他一直以为他们之间隔着千山万壑，不想却被时间轻轻抹去。

我就坐在这里，你睡会吧。他对她说道。

也许已是疲劳过度，乔乔听话地躺下，手还一直被他握着，似乎这样才踏实一些，不久她便沉沉睡去。

清晨，蒲刃才回到家中。他依旧把门钥匙放在古瓷碗里，这时他想起阿蓉留下的纸条，阿蓉一周才来一次，所以废纸篓没倒，蒲刃轻易在里面找到了那个纸团。上面写的日期就是三月十二日，正是玻璃迸裂的那一天。而冯渊雷突然鬼使神差地寄还一本书，也预示着他在冥冥之中准备离开。

什么样的人会产生心灵感应？俄罗斯"人类环境研究所"的科学家通过试验，多次证明了意识是可以远距离传导的，尤其是相似的人，同时彼此心灵对开。

对于蒲刃来说，冯渊雷既是他的敌人，也是他的朋友。或者说有这样的朋友，还需要敌人吗？反过来对冯渊雷来说也是一样。现在冯渊雷猝然离去，蒲刃心里不仅难过，还多了一重无以言说的寂寞。

乔乔睡着以后，柳师母轻轻推开卧室的门，打手势让蒲刃出去。

柳师母给蒲刃做了一碗馄饨面当夜宵，她像所有的母亲一样看着蒲刃吃，一边慢慢地对他说，冯渊雷当年并非横刀夺爱，只是柳教授常年在冯渊雷的父亲那里看眼疾，熟悉之后两家在一起饮茶吃点心作为答谢，大人们便觉得两个孩子很般配，极力玉成此事。要怪也只能怪柳教授，这个人固执得很。

蒲刃没有说话，他想当事人一死，所有的事情都变成"罗生门"，不提也罢。想到此他下意识地看了冯渊雷一眼，冯渊雷但笑不语。

的确，冯渊雷一开始是竭力拒绝的，虽然他对乔乔也是动了凡心，但他无论如何不能担当他自己所不齿的角色，这一点理智他还是有的。但是后来，柳次衡教授跟他有过一次长谈，柳教授对他说，即使你不跟乔乔好，乔乔也不可能跟蒲刃在一起。冯渊雷万分不解，他说为什么呢？

柳教授说，蒲刃的问题并不是他的贫寒，而是他的偏颇、骄纵、狂妄、自以为是，这是性格缺陷，我不能把女儿嫁给一个有性格缺陷的人。

夜深人静，人的身段和心灵有时会呈现出极端的柔软，柳师母当然不会把这些话告诉蒲刃，但她知道蒲刃一直单身，以她特定的身份产生"合理误识"也在情在理，那就是蒲刃为了乔乔而感情重创，表现出男人少有的重情重义。现在家里出了重大变故，乔乔三天三夜不吃不睡，她真是束手无策，没想到蒲刃会第一时间冲到家里来，静静地守在乔乔身边。

于是以前心中隐隐的抱歉变成了愧疚，不知不觉便说起了陈年旧事。

逢到这种时刻，蒲刃多是无言，他微低着头，细细地品尝鲜虾馄饨，做出感觉十分美味的样子。

接下来的事具体而且繁琐，像到殡仪馆去烧人，要亲眼看着棺木烧剩下的铆钉，看着滚烫的灰烬被人扫成一堆。否则，便不知道花高价买的棺木会不会重卖？捧在手中的灰烬会不会是别人？所有这一切，乔乔没法面对，冯渊雷的父母没法面对，外人就不用说了，只剩一个蒲刃成为合适人选。

蒲刃也没有想到会是这样送走冯渊雷，加之选择墓地、碑文、下葬的日子，在六榕寺做法事，种种这一切早已变得程式化、工业化。碑文按字收费，墓地要带有雕塑造型的才能占据好的位置，蒲刃找到六榕寺的如觉法师，是共同参加一个活动时成为朋友的，这才得以在大雄宝殿唱经。以至于人的忧伤慢慢变成一种走程序的身心疲累。

等这一切尘埃落定，蒲刃决定换掉书房里的玻璃，稍加思索，干脆全部换成了加厚的隔音玻璃。

书房里更加安静了，蒲刃下意识地舒了口气，他坐到书桌前，看着这段时间积累下来的事情挤满案头，一时恨不得像日本人那样喊几句励志的口号，然后正襟危坐，认真处理。由于昏头涨脑，他给自己煮了杯咖啡，心想近几天一定要谢绝应酬，把手头的事全部处理掉。

咖啡开始飘逸出浓香，蒲刃只喝了一口，电话铃就响了。

是乔乔打来的，约他晚上到家里吃饭。蒲刃知道这是乔乔想答谢他，本该婉拒才是，正犹豫着，乔乔说了个六点，就把电话挂了。

晚上见到乔乔，蒲刃暗自吃了一惊，只有几天不见，乔乔明显暴瘦，加之穿着无领黑T恤，根本就是形销骨立，她的头发随便在脑后挽了个髻，一些发丝零乱地散落下来，娥眉微锁，淡淡的无从掩饰的漠然。

家里只有乔乔一个人，显然女儿已跟柳师母回了树仁。桌上放着四菜一汤，还有一瓶红酒。菜是钟点工做的，荤素搭配，水平正常。乔乔把红酒倒进两只高脚杯，将其中的一杯酒推到蒲刃面前，由衷地说了几句客套话。但她自己并没有喝酒，而是点燃了一支烟，随即深深地吸了一口，铁了心全部入肺，这才如释重负地缓慢吐出。

蒲刃忍不住道，你这又是何苦？乔乔没有马上回答，只是优雅地抬起手臂，用拿烟的那只手的小指，轻轻拨开额发，轻叹道，我总不能每晚都拉着你的手入睡吧。

她指了指茶几上堆积如山的图纸，还有桌上打开的苹果笔记本电脑，说话的力气都没有了。

的确，生活在继续。不这样干不了活。她说。

要不你喝点汤吧，或者少吃一点饭。蒲刃一边说，一边在乔乔面前的空碗里盛了半碗鸡汤。

乔乔又抽了一口烟，然后注视着蒲刃，脸上渐渐有了一丝笑意，是那种极度痛苦之后的无意识，她说蒲刃，当年我们在一起的时候，你最讨厌的就是吃饭，也从不劝人吃饭，你一看见双双对对的情侣坐在饭店就气不打一处来，你说人谈恋爱怎么会饿呢？怎么会想吃饭呢？有爱饮水饱，那是有科学依据的。由于高度兴奋，人的饥饿感会被彻底淹没，这是著名的基本世俗要求沉没原理，一边吃饭一边表达爱情那简直是胡扯。

蒲刃也忍不住笑了。

凝重的空气终于找到缺口，开始缓缓地流动起来。

的确，遥远的记忆归来，蒲刃脑海中的画面都是和乔乔一起看画展、听音乐会、看话剧、逛书店，或者花前月下，江边漫步，真不记得烟火气十足的情景，好像从来不饿似的。

他相信冯渊雷会比他现实得多，婚姻其实都是给现实主义的人准备的。

这时的乔乔突然话锋一转，在烟雾中悠悠地说道，你知道吗？蒲刃，她略一迟疑道，其实我做了决定以后去找过你，我想无论如何这件事必须有个交代，我去了你宿舍。

蒲刃笑道，你记岔了吧，你没到过我那儿。

我去了，可是你睡着了，所以你不知道。

那你为什么不叫醒我呢？

乔乔半晌才说道，你睡着的时候也是眉头紧锁，头发像钢针那样立着，我想象你若是醒来，说不定会对我咆哮。我害怕的也不是争吵，而是谁都没法说服谁。你那天穿了一件蓝色的T恤衫，胸口印着两个黑体字：干吗？！

乔乔又用小指画了画上额，语气平静而和缓，眼睛望着无尽的远方。

蒲刃一时无言。

当时乔乔离开蒲刃的宿舍时，还在他的额头上轻轻亲了一下，随后流着眼泪离去。但是这一举动乔乔只字未提。

不知不觉，夜已至深。蒲刃起身告辞，乔乔把他送到门口，深情款款地说道，大恩不言谢，想不到这么多年过去了,你一直是渊雷的好朋友,这些天把你累得眼圈都黑了,如果渊雷在天有灵,我想他也是看得到的。

又说,现在渊雷已经走了,请你不要再怪罪他。

那声音听起来发自肺腑,无限柔情。想来她约他无非为了说出最后这句话。蒲刃一直没有吭声,只是默然。他想,既然如此这般相爱,那么他们当年在一起就是合适的。手法和过程也没有那么重要吧。

他打开银鼠色的宝马车,再一次向乔乔点头示意,而后离去。

深夜的马路上少了一份喧嚣,他静静地驾车,心如止水。

蒲刃按下一侧的车窗玻璃,一只手臂架在窗框上,微风拂面,他暗自对渊雷说道,意外总是难免的,但有友如我,有妻如乔乔,你可安息。

下课之后,蒲刃急忙拿出裤兜里的手机,七个未接电话。

手机已改为振动模式,在讲台上课时,蒲刃就感觉到一次紧接一次地振动,通常这种现象极少发生,熟人一般都知道他会在合适的时候回电话,不会这样穷追猛打。但是他上课是绝对不接听手机的,师道尊严很重要,任何一个轻慢的举动都会给学生造成不良影响。

电话是老人院打来的,蒲刃当即一惊,全身的血液直涌头部,他连电话都没有回拨,拔腿就跑下楼梯,冲出教学楼，立刻开车奔向老人院。

果然，父亲坐在房间的地板上哭，一身的污垢，几个老人院的看护围着他又哄又劝，院长也在其中。见到蒲刃，院长忙道，你可来了，你老爸不吃不喝，还又哭又闹，说你不要他了，我们根本劝不住。

父亲仍然坐在地板上，没有起来的意思，还恶狠狠地盯着蒲刃。

蒲刃自觉理亏，因为操劳冯渊雷的后事，他按部就班的生活被彻底打乱，完全挤不出时间到老人院来。

蒲刃的母亲已经故去，父亲患脑萎缩，智力逐年下降，直到现在的六岁左右。蒲刃在老人院给他买了一级一等条件的待遇，单人房间，所有的生活设施一应俱全，相当于四星级酒店。同时还有专人看护，进口尿不湿，二十四小时点食营养餐。所有这一切当然价格不菲，也算是老人院的豪客了，所以院长对他的事都非常在意。

见到蒲刃出现，众人都松了口气。

他们走后，蒲刃把房门关上，先到洗浴间的浴缸里放热水，然后才过来扶起父亲，让他坐在椅子上。自己忙着找换洗衣服和大浴巾。

待父亲泡到水里，要玩塑胶的小鸭子、小青蛙，但显然他的情绪已经平复，任由蒲刃给他擦背洗头，一声不吭。洗完澡之后，蒲刃用大浴巾包住父亲，把他背到床上。

洗完澡的父亲喝了一碗白粥,然后放心地沉沉睡去。

蒲刃这时才感觉到有些疲劳,他拉过来一张椅子坐在床边,顺手翻看着父亲放在床头的一本小人书,这一套连环画版的《三国演义》是他给父亲买的,他还给父亲买过许多玩具,像变形金刚、火车模型之类。其他小人书也很多,但是父亲好像格外喜欢三国,百看不厌似的。

有一次,他问父亲,你看得懂吗?

父亲头都不抬地说,不懂。

他怔怔地看着父亲好一会,正要准备离开,父亲又道,才怪。不懂才怪。这才是正确答案。同时他斜着眼睛看着他。

父亲的眼睛很大,称得上很傻很天真,但他的目光并不清澈,时而会投射出猥琐和躲闪,让人琢磨不透。对于蒲刃来说,似乎父亲来到这个世界上,就是为了跟他作对。

蒲爸曾经是造船厂的工人,大老粗,一穷二白。年轻的时候他性格暴躁,只看心情不讲道理,酗酒。后来老得满脸千沟万壑,头发花白,仍旧不安分。

在他的智力降到四十岁的时候,赌博。

降到三十岁的时候,把"夜莺"招到家里,夜莺是那种专门骗老年人钱的几乎毫无姿色的中年妇女。她们先是跟老年受害者做几天野鸳鸯,大概摸清楚了老年人的钱财放在什么位置,然后等到合适的一晚,拿着钱财悄然离去。

降到二十岁的时候，他去立交桥上卖淫秽盗版光碟。

十岁，吃东西停不下来，医生说这样会胃破裂导致大出血。但是拦不住，不让他再吃就大打出手。

六岁，他开始依赖蒲刃，成为唯一一个让蒲刃"跑警报"的人。

万年青老人院坐落在市郊的南湖板块，这里依山傍水，称得上风景如画。因此不仅楼价居高不下，而且一切相应的配套设施、楼堂馆所也都门槛不俗。万年青自然成为高价位的老人院，住进来的人要不就是自身曾经有头有脸，攒下几个钱，要不就是儿女们事业有成，扛得住高昂的花销。

但即便是如此，小账也还是要算的，住在这里的老年人大多选择四人房或六人房，蒲爸的待遇在这里就显得有些突出。总之全院上下，各色人等，都很羡慕蒲爸有一个有钱又孝顺的儿子。

有一个老头就说，我五个儿女凑钱把我送到这儿来，那就是天恩浩荡，一年半载都不来看看我，哪顶得上蒲爸一个儿子。老太太们也说，有钱，院长都跑得快一点，还陪着蒲爸下跳棋，换成我们，哪有那么好心情。

所以，蒲刃就算是常常来去匆匆，也还是被许多人行注目礼。

生活的节奏终于从西皮流水回到了四平八稳的慢板，

没有意外的日子，就是异常沉闷也是好的。

一天，蒲刃下班回家，例牌打开楼下的信箱，拿了一摞信件上楼。泡好一杯明前龙井之后，他坐在餐桌前处理信件，大部分都是对账单或者商品促销手册。只有一个信封干净别致，打开之后是一封打印的公函，说是由于有重要物品移交，请在接到信函后速到银行保险箱租赁部领取钥匙。

谁会干出这么郑重又这么神秘的事呢？蒲刃凝思片刻，不得而知。他想，人最难以抵御的就是好奇心。因为他居然都忘记喝茶，仿佛有人引领似的直奔金融大厦。

顺利地拿到钥匙。

保险箱里有一个画框，装在牛皮纸套里，蒲刃抽出画框，是一幅水墨斗方，小而精致。画面的风格写意，是民宅前的一道拱门，门下立着两个妇人模样的女子，斜上方插出一枝梅花，地上还散落着几片花瓣。

画的名称叫做《西宅》，并不是什么名画。

另外还是一个信封，里面有一个U盘。回到家后，蒲刃把U盘插进电脑里。打开文件，冯渊雷的图像出现在他的对面，蒲刃虽不至于大吃一惊，但也着实不可思议。冯渊雷冲他挥手道，没错，是我。

我是死了，对吗？他说。

看得出来，图像是在他的办公室录制的，因为他坐在办公桌前，身上还穿着白大褂。他的神情有些凝重，又有些无奈，或许他想故作轻松，但表现出来的是少有的郑重其事。

蒲刃，我跟你说，如果我死了，就一定是被害。冯渊雷非常冷静地说道，千万不要相信我死于意外，我是不可能死于意外的。

他说，叫我死的人是贺武平，这一点肯定无误。你可以在网上查"松崎双电"，他的个人资料很全。但是我没有证据，所以无法报警。我也相信他会把我的死做得天衣无缝，因为他有这个能力。想来想去，白死总是很冤枉的，而贺武平却逍遥法外，那还有天理吗？

所以，拜托了。

冯渊雷继续说道，老蒲，哈哈我终于可以管你叫老蒲了，年轻的时候我脑袋里就总有一个怪问题，那就是我们俩到底谁更聪明，现在我已盖棺，但也还是不分胜负吧。

紧接着，他果断地说，拜拜。

蒲刃把这段视频看了数遍，他非常了解冯渊雷的苦心，因为若只是留下一封信，他未必会相信，皆因这种事太过离奇。同时也只有冯渊雷知道，若一件事非蒲刃莫属，激将法是不二法门。否则以他当时的心情，生命危在旦夕，该不会说出谁更聪明这种废话。

然而，既然已经知道凶手是谁，那么其中原委，必定了然于胸。为什么一个字都不说呢？唯一的原因是说不出口。蒲刃也很了解冯渊雷，他的死穴是爱面子。如果他掉进河里，喊一嗓子就能得救，那他便是不声不响沉下去的那一位。

留下这段视频，蒲刃知道冯渊雷的心情十分复杂，也十分矛盾。那就是，如若蒲刃能够把贺武平送上法庭，无论发生过什么事都不重要，但如果蒲刃没有办法做到水落石出，他也宁愿让其中原委随他而去，成为无人知晓的秘密。

只是有一点冯渊雷很清楚，这件事他无法拜托任何人。

但他为什么也不告诉乔乔呢？蒲刃思来想去，叫乔乔来找他岂不是更稳妥？这一点冯渊雷心知肚明。这么沉重的托付理应交给枕边人，为何交给自己的情敌加对手？这又传达出两个信息，一是乔乔根本不知道这件事，二是冯渊雷也不想让乔乔知道这件事。

显然，这是一道难题，有答案而无解。

蒲刃坐在椅子上，凝神良久，半天一动也不动。《西宅》就立在书桌的紫檀笔筒前面，似乎已经被他望穿，可是他到底想跟他说什么呢？

如果冯渊雷所托之事成立，那么他的赴死过程才是证据。聪明如冯渊雷，早已算出在劫难逃，才会事先留下这段视频。

蒲刃在网上搜了一下贺武平，是个典型的富二代。他的家族生意是做电线电缆，松崎双电在业内是龙头企业，业绩显赫，相传公司自创出品牌后，又创下无论风云变幻，订单从不间断，十余年包赚不赔的神话。而贺武平又是独生子，他在网上的照片长相酷俊，神情倨傲，一看就是雄视天下的二世祖。

一夜未眠。

快天亮的时候，蒲刃才慢慢进入浅睡眠，脑海深处依旧想着，这两个毫不相干的人到底有什么关联呢？

第二天上午正好没课，蒲刃去了一趟交警支队。问询部门接待了他，他被告知冯渊雷车祸案已经结案，由于是自撞事故，他自己负全责，事实清晰，毫无争议。如果仍然需要查询，请到服务窗口排队。于是蒲刃又去排了两个多小时的队，又填了一些表格，这才有一个女内勤把他带到一个房间里，让座后，从文件柜里拿出资料。

女内勤穿着束腰的制服型衬衫，白白瘦瘦的却有几分英气，但脸上的神情温和得体，给蒲刃留下极好的印象，排队时的烦闷情绪顿时一扫而空。

警方的存档事宜做得十分完备，车祸现场有不同角度拍下的照片，首先是挡风玻璃全部碎裂，许多裂片就像锋利的刀子，在车头车内随处可见，这显然是第一碰撞。

第二碰撞看上去是冯渊雷被气囊割喉，但实际上身体部分，因仪表盘和方向盘的边缘都已撞碎，裸露的方向盘轮毂直插进冯渊雷的胸腔，照片上血肉模糊，惨不忍睹。

冯渊雷的车是一部黑色的顶级皇冠，当然已被撞得面目全非。

女内勤道，还有就是第三次碰撞，属于体内碰撞，那就是死者的心脏在胸腔内壁上撞破，大脑在颅骨内撞碎，这就是一次完整的车祸。

蒲刃又把照片重看了一次。

请问还有什么问题吗？女内勤在蒲刃翻看资料的时候不再说话，直到蒲刃合上卷宗，她才适时发问，素质井然。

蒲刃根本提不出任何问题，他说请问你能给我一张名片吗？女内勤微微一愣，蒲刃解释道，主要是以后万一碰上什么问题，方便向你请教。女内勤想想也对，又觉得蒲刃的样子令人无法拒绝，就拿出了一张名片双手递给蒲刃，蒲刃接过名片，只见上面写着：关菲尔。蒲刃道，小关，那我就管你叫小关好了。又说，我是树仁大学的老师，我姓蒲。

离开交警支队以后，蒲刃驱车驶向中山大道，因为冯渊雷出事地点就在中山大道上。

中山大道仅是双向车道，并不宽畅，但是笔直易行，两边的确都是小叶粗身的大树，具体叫什么名称蒲刃没有研究，只觉它们似曾相识，毫无特点，是那种广义的树。

蒲刃回忆事故现场的照片，记得背景隐约可见一家大型超市，而这家超市也的确正在大打广告战，四处披挂着降价或导购的横幅和招牌，五颜六色，抢眼夺目。

蒲刃轻易就找到了这里，他把车停在超市的露天车场，徒步走到冯渊雷的出事地点。也许是时间过去已久，又下了几场春雨，现场早已没有痕迹，甚至连干枯的血迹也没有，似乎从未发生过什么惨剧。

但是蒲刃并没有草草了事，即使看无可看，他也在马路牙子上伫立了半个多钟头，心中默数着急驶而过的车水马龙，按照正常的车流量，这里根本开不了快车，没有车速，遭遇车祸的概率应该不高。

此后的三天，蒲刃一直在报废汽车的垃圾场转悠，偌大的垃圾场车尸遍布，堆积成山，只有两架吊车在不屈不挠地做清理工作，把各种各样的烂车送进压缩机的大嘴里。从一开始，蒲刃就知道他想找到冯渊雷的黑色皇冠，是不可能完成的任务，他熟背车牌号，希望有奇迹发生。这么做的理由并非是奢望寻找一点蛛丝马迹，而是他需要找到一点真实感。

如果看不到任何实物，他都无法相信这些天所发生的一切。

松崎双电的前身是红棉牌电线电缆，创立于一九七五年，当时仅是平凡普通的一份实业，乏善可陈。直到一九八二年正式改名为松崎双电，这一招还真是立竿见影，客户的数量和业绩一路疯涨，一时间令业内同行目瞪口呆，艳羡不已。后来分析缘由，疑是有太多太多的客户认为它是日本产品，至少也是中日合资，但其实这是一家地道的本土企业。

可见贺武平的父亲贺润年骨子里就是一个精明的生意人,他出身低微,学历粗浅,但却不缺胆识和胸襟,他坚信人生在世,无信不立,所以在更名之后,他两次东渡日本,明为考察,实为偷师。最终他逐步创造条件,在整个企业采用了步步为营的日式管理。

贺润年还提出了松崎精神,那就是敬业、守信、创新、感恩。

他的观点是,既然已经有了冒牌的嫌疑,那就不如把冒牌进行到底,只要把产品做得跟日本货一样好,那就不会有人起疑心,好的口碑便是企业的生命。就算有朝一日真相大白于天下,上当受骗的感觉都会轻得多。其实又有多少人爱日本,无非爱优质而已。

改革开放之初,松崎的资金还是十分有限,企业先是以小资本快速切入市场,另一方面将资金的百分之三十投入到品牌建设中,并以跨国公司的气度向全国招商。无论是权威媒体,还是高速公路和铁路沿线都竖有硕大的广告牌,上面只写"松崎双电"四个大字和销售热线,吸引了大批经销商加盟松崎。使其销售量在短期内便跃为行业第一,创造了货真价实的品牌神话。

随着财富的增长,又恰逢一个暴发户辈出的时代,贺润年当然也不例外,最红火的时候可谓日进斗金,这让颇有大将风范的贺润年自己都始料不及。他慢慢变得财大气粗起来,争强斗狠的本性浮出水面,他说何以要三代才能培养一个贵族，从来就没有这个故事，文人之言当不得真。

他的信念是只有想不到，没有做不到。

贺润年请来普歇尔伯格和他的搭档雅布，这两位设计界大师来自加拿大。贺润年对他们的设计理念一窍不通，只听说是世界设计界教父级人士，通常只为国际品牌企业、酒店集团、奢侈品旗舰店等豪华部门服务，极少给私人住宅做设计，而且设计费用高昂。为此贺润年等了整整两年，才算跻身于迪拜的酋长、小国的元首这一类服务对象的队列中，令他感受到独一无二的荣耀。

然而所有的等待似乎都是值得的，贺润年的住宅翠思山庄的确是用简约风范打造现代奢华的典范，同时又是自然风光和艺术美学的缠绵之恋。独立的园林、回廊是传统的东方元素，中景是千灯湖的私家湖畔与一片茂密的荔枝林，远景是风云岭延绵的山脉，景观品质无可比拟。

而三层的大型别墅却是纯粹的法式结构，简洁、洋派。隐蔽在浓绿之中，两者的结合相映生辉，总体风格大智若愚，贵而不喧。

家里雇有留学英国的职业管家，红案、白案的两个厨师则来自香港。

传说中的贺润年是穿着和服的暴发户，尤其重视优雅和洗底。那就是不能露出半点穷相，他说钱的一大功能就是改变，就是化腐朽为神奇。所有的金科玉律都将在这个时代土崩瓦解，松崎就是尊贵的象征。

对于自己唯一的儿子，贺润年当然是宠爱有加，他把贺武平送到美国沃顿商学院学习金融财务学。但是贺武平只在那里学了两年半，粗通学业之后，他便失去了耐心和兴趣，于是自作主张去了欧洲游学，选修的尽是"艺术史""星相学"这类跟商业、管理沾不上半点边的无用功。对此贺润年并不恼怒，反而对贺武平的母亲说随他去随他去，只要他高兴，又不是干坏事就由着他去吧。知情人都知道，贺润年的家教就是放任自流。

也许正是这样，贺武平的天性保持得相对完好，三十八岁的人了，还像个大男孩似的简单、可爱。

蒲刃对他的印象，比照片上要好得多。

本来，蒲刃觉得和贺武平的见面有些遥不可及。没想到仅仅过去两周，他就在报纸上看到松崎双电的通栏套红广告，意思是公司周年纪念，要举办一系列的活动，同时优惠酬宾，回报新老客户。活动之一就是主办一场大型音乐会，宗旨为呈献盛典，再创辉煌。

此刻，蒲刃便坐在音乐厅楼座的位置上，春雨绵绵，他穿了一件黑色的风衣，衣领竖起，感觉不受干扰。他靠坐在椅子上，一只手撑着下巴。

音乐会的主题是谭盾先生的《水乐》，这样先锋、新潮又充满禅意的音乐语汇并非一般听众喜闻乐见，何况是一家商企的庆生活动，搞点什么《喜洋洋》《步步高》很恰如其分，无非是体现一种其乐融融。

显然这种演出是贺武平的动意，据说他的音乐修养超出一般的好。

事实证明，财富和艺术才是真正的绝配，那真是郎有情妹有意，能够制造出令人眩晕的美感。当谭盾先生微笑着请贺武平上台指挥乐队演奏一曲时，坐在第六排的贺武平大步流星，从舞台中央就跳了上去。

他指挥乐队演奏了一曲《查尔达什》，情感不动声色地奔涌而出，乐段之间过渡得不留痕迹，转换境界近似可以触摸的透明水晶，没有分毫的真空可以独立于音乐之外。内心也如同鼓风的帆，饱满到犹如长出翅膀，令人比飞天还要自在快意。这就是音乐的力量，可以使平凡的生命华美而铺张。

蒲刃用欣赏雕塑一般的眼光盯着贺武平的后背，这个家伙的后背还真是持重、稳健，总之他杜绝了一切摇头晃脑、甩发，或者抖腿、扭腰等多余的动作，只是用最简洁干练的手势与台风，让所有的音符像小精灵一样飞翔、盘旋，然后直冲霄汉。尤其是他那双魅力无穷的手，手指修长、灵动，造型和节奏一样流畅并富于质感。

一曲终了，顿时引来掌声雷动。

他笑了笑，笑容里还隐藏着一丝羞怯，两只眼睛亮晶晶的。

他并非坏小子的模样，也不是那种城府颇深的阴暗角色，他身高约有一米七八，相貌俊朗，看上去整洁、正派，还带有些许难得的浑然天成的艺术气质。所以当他与真正的艺术家并排而立时,压根闻不到一丝铜臭。

脑海陷入胶着。

反而是蒲刃感觉到近来的形象有些可笑,他福尔摩斯上身,但最终一无所获。也就是说,每个人的工作都是值得别人尊重的,尤其是那些看起来也没什么了不起的工作。像公安干警,冤假错案让他们几乎成为无能的同义词,但仍然有着庄严的专业性,不是谁都可以随便取代的。

也就是在数天前,蒲刃主动邀请乔乔带着女儿一块儿去踏青,乔乔在电话里沉默了大概有半分钟,蒲刃只好抢先说道,我知道你没有心情,就当散散心吧,至少孩子不能总那么压抑。

乔乔勉强同意了,为此蒲刃准备了大麦包三明治、各种饮品、水果沙律,阿蓉凉拌了青瓜,还做了素什锦,好像他多么期待这一次郊游似的。

他们去的地点是粤北乳源大峡谷。

车子进入清远以后,山色变得明丽秀美起来。也许是性格使然,蒲刃偏爱寂寞,沉闷时需要独处的运动,比如爬山,他可以明显地感觉到有另一个蒲刃与他同行,他们不说话,只是远离尘世一同游荡。

对他来说是一种减压和释放。

这一次他见到了乔乔的女儿冯幽云,是个小美人,性格也很乖巧。这孩子跟蒲刃一点都不生疏,两个人相处得和谐愉快。

穿山越野，汽车终于停在一马平川的乡野近旁，然而宁静的川田背后，孕育着山崩地裂的狰狞。这一次的闪电是固定在大地上，长十五公里、深四百多米的裂痕令人望而生畏，岩壁像禅师一样淡泊，赤红的颜色犹如滴血的心。

严格地说，来到这里并不是爬山，而是朝着谷底下行，谷内苍松翠竹遮天蔽日，苍翠的藤萝乔木密密层层，绿得失真，也绿得惊心动魄。顺着栈道一路向下，人已化作微尘，被无关岁月的静寂吞没。所幸的是，幽云穿着粉红色的运动衣，成为忽隐忽现的淡淡余痕。

百米之下的回音谷，是临潭观瀑的最佳位置。黝黑的岩石间，奔瀑素白，是那种耀眼夺目的雪净，鸟鸣伴着水声，水雾中闪烁着鸟影。幽云终于忍不住欢呼起来，也就在那一时刻，乔乔倏然转身，背过脸去足足哭了一分钟。

看到她微微抖动的双肩，蒲刃决定不去打扰她。

其实在柔弱的外表下，她是骨子里强硬到顽固的人。如若不然，他们当年断不会分手吧。

可是在原始的自然面前，任何倔强和坚持都毫无意义。

而山谷对于蒲刃，早已不是惊叹、感慨、心醉或者寄情，他熟悉太多山峰峡谷的苍劲和冷峻，他与它们漠然对峙，又如回到母亲的怀抱。

这一天的晚上，三个人夜宿大布镇。幽云累了，早早就进入梦乡，剩下两个大人在农家院子里闲坐。月光如水，空气是带着泥土和草香的清新。直到这时，乔乔才渐渐舒展了眉头，这是她在冯渊雷过世之后，第一次感到紧绷的情绪开始缓解。

她似乎体会到蒲刃的良苦用心，便道，谢谢你，蒲刃。

不用这么见外吧。蒲刃说道。他看了她一眼，目光平静。乔乔略带感慨道，你真的变了。后面的话她没说，她是真的没想到蒲刃会变得这么成熟和体贴。

但其实，蒲刃做足所有的功课，只不过是想在无意间问乔乔一句话。

他想过是否给乔乔打个电话？但还是放弃了，电话没有表情，也没有神态，属于告之而不是交流。

他需要她的第一反应。

他说乔乔，你和渊雷是怎么认识贺武平的？乔乔想了想，反问道，贺武平是谁？蒲刃道，你不认识吗？乔乔又思索了片刻，茫然地摇头道，不认识，一点印象都没有。蒲刃故作轻松道，或者是渊雷的朋友？乔乔沉吟道，应该不会吧，也从来没听他提起过。

蒲刃有些意外，也只能在心里苦笑。

按照文科生的说法，平行宇宙理论就是如果有一些东西怎么找也找不到，过了一段时间它们又自己出现，那是因为它们滑落到了其他的平行宇宙又穿越了回来。

蒲刃现在觉得这一派胡言也多少有点道理。

别异想天开了，我又不是神探。他暗自对在天有灵的冯渊雷坦言，目前的状况是既没有思路，也没有方向，而你几乎没有给我留下任何线索，或许等待灵光一现是唯一的办法。

而且这段时间蒲刃的确很忙，他要上课，还要给学生看论文，同时飞往新加坡开学术会议。加上手机铃声一响，只要是老人院打来的，他就一个激灵准备百米冲刺。这样忙忙碌碌的，时间流水一般，大半个月就过去了。

一天下午，蒲刃有点累了，他提前回到家中，想靠一会儿养养神。阿蓉正在打扫卫生，见他回来也没有吭气，以前不是这样，总会笑嘻嘻地打招呼，还忙不迭地给他拿拖鞋。毕竟他还是个不错的米饭班主，但是今天不知怎么回事，阿蓉的情绪明显低落。

蒲刃没有在意，月有阴晴圆缺，活着的人都值得同情。

他嘱咐阿蓉给他下一碗面条，阿蓉头都没抬地嗯了一声。隔了一会儿，在她切黄瓜的时候，蒲刃发现她的眼睛红红的。

他走过去问道，你怎么了？阿蓉说没什么。蒲刃有些不耐烦，叫你说你就说嘛。他也没法养神了，单手撑在腰间。阿蓉指了指阳台，没好气道，你看你们城里的树都可以打吊瓶，当初我们家老大三岁时发烧得肺炎，没钱打吊瓶就这么死了。

又说,我还给医生跪下了,也不给打,还是……她说不下去了,只好低下头去接着切黄瓜。

蒲刃家的阳台上的确养了一些粗生植物,其中一棵盆栽的榕树,几年就长得枝繁叶茂,圆形的绿叶厚实得像一枚枚铜钱,重重叠叠,浓翠欲滴,所以又称发财树。但最近这段时间,不知怎么回事,好好的榕树突然就病了,枝干抽搐,遍地枯叶,一副无精打采的样子。

以至于蒲刃心想,冯渊雷真是阴魂不散,每时每刻都生出一些怪事来提醒我替他报仇雪恨。他其实也不是不当回事,真有点儿才下眉头又上心头的意思。

只是有一种等待是必不可少的。

于是他找来小区的花工,花工是最有经验的,他看了看榕树说道,活不成了,换棵凤尾葵吧。蒲刃急道,怎么说活不成就活不成了?原先一直好好的。花工笑道,谁不是好好的就死了,死了也正常啊,再说家里养榕树也没有什么好,容树不容人嘛。

蒲刃心想,这棵树陪伴我多年,虽不算亲密爱人,也如同糟糠老妻。这种感情岂是能跟常人说得清的?所以他直截了当道,我就是要救它,你就说救的办法吧。花工回道,救它可比买新的贵,而且也不包活,也许救来救去还是个死。蒲刃烦道,我没问你多少钱,你就说怎么救,花钱是我的事。

于是花工一通剪枝、修理、浇药水、打营养针。打营养针就是植物吊瓶，结果勾起阿蓉埋藏心底的伤心事。

不知是什么时候，阿蓉已经离开。由于无法安慰阿蓉，蒲刃只得站在阳台发呆，默默注视病中的榕树，只见营养水点点滴滴进入榕树体内，似乎也是仅为自己心安。

直到天色渐晚，他才回到餐桌前，只见一碗泡好的方便面孤零零地放在桌上，另有一碟黄瓜，如此而已。方便面耶，简直就跟植入广告一样不真实，这还需要阿蓉做吗？她做的炸酱面本是一流，黄瓜丝、掐头去尾的豆芽丝、金黄色的鸡蛋皮丝，配上肉丁黄酱，拌起来真是既朴素又美味。现在算什么？根本是减肥餐啊。摆明是阿蓉痛恨所有的城里人，但只能报复在他头上。

蒲刃一时火起，加上身心疲惫，回家不仅没有休息，还吃了一肚子的闲气，真恨不得立刻炒掉阿蓉，难道他还要看她的脸色不成？不过转念一想，罢，罢，跟草根阶层有什么好计较的，本质就是水火不容。估计在阿蓉和花工的眼里，他也就是一副欠扁的样子，活该受罚。

泡面的味道当然不怎么样，但是蒲刃正襟危坐，故意吃得津津有味而不是气势汹汹。也就在这一时刻，灵感不请自来，他突然意识到，原来隐藏在深处的陈年旧事，对待常人也有足够的杀伤力。

蒲刃当即放下筷子，电话都没打一个，就直接去了学校的员工宿舍区，径自找到法学院的宫教授家。宫教授一家人正在热热闹闹地吃晚餐，餐桌上看着挺丰盛，围着老老小小一大圈人,总之跟蒲刃家的一个人对着一碗泡面形成鲜明的对照。见到蒲刃,宫教授一点都不吃惊,只是温和地笑道,真是稀客呀,什么风把你给吹来了?

宫西漓教授的个子不高,满头白发剃成板寸,戴一副硕大的黑框眼镜,如同潜水镜,两颗灵活的黑眼球在镜片后面闪闪发光。这个腰杆笔直、精力充沛的小老头不仅研究犯罪心理学,还是一位行为分析学家。

宫师母叫蒲刃喝一碗排骨汤,宫教授摆手道,他是一个在所有事情上都与众不同的人,你叫他喝汤?这太滑稽了。

此番话把蒲刃说得一脸尴尬又进退两难,宫教授这时候已经站起,一边擦嘴一边说道,我吃完了,到我的书房去吧。两个人在书房坐定,蒲刃说他突然有一些行为分析方面的问题需要请教。宫教授道,这不是天文物理,还是要具体一点。蒲刃想了想道,这么说吧,假如两个看上去毫不相干的人之间发生了命案,通常会是什么原因?

宫教授讲到自己的专业领域当然是滔滔不绝,他也并不奇怪蒲刃会提出这样的问题。学校里的人都知道蒲刃兴趣广泛,他喜欢中医,定时会去国医馆坐诊;他还会去旁听学校的王牌课《经济学导论》,课后经济学教授问他听明白没有?他说无非三个原理加三种方法,然后万变不离其宗。经济学教授问他哪两个"三"?蒲刃说，利益最大化、供求、等价交换三个原理，三种方法是成本收益分析法和均衡分析法加上帕累托标准。经济学教授若有所思，说我还没想过要这么总结呢。关于冰川消融之后的学术讲座，据说听众加上蒲刃在内才七个人。有一次在校领导的办公室开会，他觉得无聊，竟然把保险柜的密码给兑出来了，只听啪的一声响，大家全傻了。

而他却是一脸招牌的无辜表情。

在许许多多的陌生词汇和学术观点之中，蒲刃的大脑像计算机一样开始排列、分析、理清、相消，尽管宫教授陈述出来的原因林林总总，但他感到自己混沌的思绪渐渐清晰，最接近的答案只有两个字：复仇。

其实这也是他最初的想法，也许觉得过于简单和从众便让它一闪而过。并且这两个人都不是会轻易结怨的人啊，像雇员与雇主、穷与富、共同利益的分配不公等可能性，都和他们扯不上关系。唯一的重点是真正的恩怨或许隐藏在表象深处，他必须走进他们内心的神秘花园。

蒲刃和宫教授谈了整整一晚上，两个人都十分尽兴，尤其是蒲刃，有一点豁然开朗的感觉。

至少他要先了解死者过往的全部工作与生活。虽然他貌似跟冯渊雷的关系源远流长，但仔细想来，他们分手之后他便对他一无所知，基本上是熟悉的陌生人。蒲刃决定重新认识这位老友，对于他的事儿事无巨细，展开地毯式过滤。

接下来的问题是他怎么跟乔乔说？因为假如没有乔乔的帮助他几乎寸步难行。但若对他们的一切突然饶有兴趣，还有比这更奇怪的事情吗？

乔乔肯定需要一个说得通的理由，但什么才是令她信服的理由？她是冰雪聪明的女人，如果撒谎，还不如什么都不说。蒲刃想了几日，也没有想出什么像样的说法。

星期天的上午十点多钟，蒲刃独自一人来到了丽慈整形医疗美容中心。诊疗大楼十分气派，俨然一座不事张扬的五星级酒店，玻璃门的内外都是大理石的地面，擦拭得一尘不染，光可鉴人。正面是一块深灰色的水墙，流水连绵，始终冲刷着四个银质宋体：丽慈整形。

正如蒲刃估计的那样，接待厅里门庭若市，当然是女多男少，声浪和喧嚣沸沸扬扬。这样就根本没有人注意到蒲刃，于是他便悠然自得地四处观望。

看来，冯渊雷已经成为这里的无形资产，或者说，他的影响力还在被消费中。

令蒲刃感到意外的是，以冯渊雷为首的"云之队"的招牌广告并没有被及时换掉，照样气势磅礴地迎面而来，他还是双手抱臂傲视群雄的领军人物。而且在一侧墙壁上的专家风云榜上，冯渊雷也还是占据显要的位置，上面的头衔不胜枚举。甚至大幅的美女照上还有他的一段黑体字语录：通过科学的手段追求美，是一种积极的生活态度。美丽慈悲是人生的至高境界,相信丽慈,相信自我,展现你的无限精彩。

根据门口的示意图,蒲刃找到了设在三楼的冯渊雷工作室,当然,房门是紧闭的,他试了试门把手,打不开。

他有点不死心,但已用余光看见有人走过来了,工作室在走廊一侧,蒲刃无路可走,只好迎着来人而去。这是一个无龄熟女,她一身黑衣,头发松松地绾在后面,几绺发丝随意飘落,凛冽之中透出几分柔美。她素颜,戴着一副遮去半张脸的墨镜。与她擦肩而过的时候,蒲刃闻到一股淡淡的玫瑰香气。

蒲刃并未多想,便匆匆离去。

两周以后,蒲刃的榕树还是死了。

那天清早,他便发现阳台上的榕树俯倒在地,大约有一半的枯根从泥土中翻起,但榕树还是拦腰断掉了,树身里黑洞洞的,不知被什么虫害蛀空,只剩下一段貌似坚挺的躯壳。花工说得没错,它一早就没救的了。

就像人的生命一样,无论外表多么华美,里面无一例外,都是千疮百孔的吧。他想。

三

生活就是这个样子,越大安,越诡谲。

蒲刃第二次来到丽慈整形医院的时候,是与乔乔同行。然而做到这一点,他丝毫没费力气。

两天前的一个傍晚，蒲刃像往常一样下班回家，从电梯一出来，便看见乔乔在他家门口靠墙站着，不仅面色苍白，还有神情凝重。蒲刃忙道，你怎么也不给我打个电话啊。乔乔没表情地回道，打了。

又是振动。蒲刃一边拿钥匙开门，一边想起当天有个会议，而手机又放在公文包里，他完全没有注意。开会时，他有好几次走神，直到会议结束，也没把手机调回响铃。所以他赶紧跟乔乔道歉和解释。乔乔一言不发地跟他进了房间，她坐在沙发上，任由蒲刃冲茶倒水，人像是被猛击了一闷棍，怔怔地没回过神来。蒲刃把茶杯递给她道，你没事吧？

我接到一个奇怪的电话。乔乔说道，但声音比平时轻，似乎怕惊着自己。

是谁？

不知道，陌生人的电话。

他说什么了？

乔乔清了清嗓子，她看着蒲刃的眼睛说道，这个人说渊雷死于非命，而且他知道是谁干的。

蒲刃当即愣住了。房间里很静，仿佛可以感到空气的流动，茶叶在热水中伸展，若干种假设在脑海里对冲。片刻，他才缓缓地说道，要钱对吗？

乔乔的眉毛跳了一下，点头。

不要给他。蒲刃的语气非常坚定，又道，你无论给他多少钱，他都不会告诉你所谓的真相。第一，他是为了求财;第二,他是利用你的好奇心。

乔乔道,我也是这么想的,可我想不通的是,渊雷这个人根本不会跟任何人结仇结怨,又不贪财,谁会对他下狠手啊?

这也正是我想知道的啊。蒲刃起身去倒茶,他不想让乔乔看出来他的神情不见得多么意外。而且他想,这个神秘的陌生人貌似有用,其实根本没用,一个答案他完全不需要听两遍。于是他安慰乔乔道,现在的骗子很多,让你搞不清他们的消息来源,然后就变换花样地骗。乔乔打断他的话道,你不觉得这个骗子有点太离奇了吗?蒲刃收声。

乔乔不快道,还是你想叫我就这么装聋作哑,反正人都死了,就别再深查究竟了。人死如灯灭,就算查出花来,又有什么意义呢?!你是不是就这个意思?!蒲刃微低着头,一时不知说什么好。

突然,乔乔面若冰霜,侧过脸去望着窗外,冷笑道,是啊,我跟你是什么关系?渊雷跟你又是什么关系?我跑到这来干什么?简直莫名其妙。

她站起身来,准备离去。

蒲刃一把拉住乔乔,他说,那你想怎样?

乔乔盯了蒲刃好一会儿,一字一句道,我拜托你调查这件事,我想知道到底发生了什么。

乔乔有冯渊雷工作室的钥匙,蒲刃却是再一次来到工作室门前,与上次不同的是,门把手处插着一枝不知名的小花，粉红色，茎部有刺，把乔乔的手还扎了一下。花掉在地上，被蒲刃小心拾起，放在进门边的杂物柜上。

他很自然地想到那个黑衣女人，但已完全回忆不出什么，只记得的确有过那么一缕芳魂。

毫无疑问，这个女人跟冯渊雷一定有关系，但是蒲刃完全不作深层次的联想。这便是他独特的思维方式，他天生具备强烈的目标感，枝节问题根本无法纠缠他的视线。

看得出来，工作室里的一切还是井井有条的，但是写字台和柜子上都积了一层薄灰，房间里飘散着一股霉味。乔乔默默地把窗户打开，看见她黯然神伤，满眼含泪，蒲刃低声对她说道，你还是先回去吧，我想在这儿多待一会儿。

显然，乔乔的心里也是急于逃避这个让她难以面对的地方，否则，她早就过来收拾冯渊雷的遗物了。

乔乔打电话叫来冯渊雷生前的助手小郭，请她听从蒲刃的安排。小郭的相貌平平，且不施脂粉，人略显清瘦，没什么多余的表情，是那种踏实可靠，见一面就知道可以信任的人。蒲刃留下了她的手机号码。

两个女人走了之后，蒲刃开始重新打量工作室，因为刚才乍一进屋，只是常规地环视了一圈，可以说毫无印象。

工作室还比较宽敞，分内外两间，外面是例牌的写字台、皮椅、书柜等作为工作区，另一边是一组沙发和茶几。里头的一个房间，是诊疗床、白布帘，还有医用的工作台和药柜。一切都没有什么特别之处。

外屋的墙上，挂着一排鲜活的整形案例广告，有去眼袋、隆鼻、除皱、削骨缩面、磨皮换肤、抽脂去肚腩等等，若不是亲眼所见，蒲刃很难相信人类还有这么多匪夷所思的需求，单从字面上看，他还以为进了白公馆的酷刑室。尤其是女人的乳房，这么柔软的温情之地居然也要刀光相见，做成什么蜜桃奶、水滴奶、冰淇淋奶、麦格娜绮丽奶，什么意思？他搞不清楚，只觉高深莫测。

所有的乳房，都没有女人的面部，全部是脖颈至胸脯的一截，令人浮想联翩。各种别致有型的文胸托着娇艳欲滴的女人宝贝，丰实饱满，乳沟毕现。

他的目光在游移间落到一对乳房前，文胸是黑色的，外层是半透明的蕾丝，胸脯很美，充满诱惑。但是真正引起蒲刃注意的是，左胸的上方，文着一枝小小的梅花，深青若黛，与黑色的蕾丝文胸遥相呼应，欲语还休。

这时，小郭提着半桶水，手上拿着一块抹布走进来，腋下还不忘夹着一瓶矿泉水，她把水递给蒲刃，自己手脚麻利地打扫卫生。她还算健谈，说了冯大夫许多好话，无外乎技术高超，同时待人友善，又有绅士风度，还说有好多客人都是冲着冯大夫的名气来的。基本上是赞不绝口。

从小郭那里，蒲刃还知道丽慈虽是医院，但极少提到病患二字。本来嘛，追求完美人生的人怎么会是病人呢？要是没有他们的执着，又何来这么现代化的医院呢？

蒲刃对小郭说道，我能看看这半年来的客人登记簿吗？小郭说当然可以，我一会儿就给你拿过来。

在等待的过程中，蒲刃坐在写字台前，想象着冯渊雷平时上班时的样子。他推断冯渊雷是在工作场合与贺武平相遇的。一边想着，他一边低头打量写字台的抽屉，让他意外的是右边第一个抽屉明显被撬过，因为有撬痕，也没有刻意修复过，听之任之的样子。蒲刃信手打开抽屉，里面除了空白的处方笺，就是一些 X 光照片、做 B 超等辅助检查的表格。蒲刃心想，冯渊雷是个心细如丝的人，他既然都记着还一本借了二十年的书，抽屉就一定会清得干干净净。或者说，撬锁的人已经拿走了该拿的东西，这个抽屉也就没有加锁的必要了。

拿走了什么呢？

贺武平应该是那种什么都不需要的人吧。

蒲刃下意识地一张一张翻着表格，脑子里全是一些零星的闪点，目前还找不着接通它们的电流。表格和处方笺散落地摊在桌上，最终他把它们合拢摆齐。一张处方笺掉在地上，蒲刃俯身把它捡起，看见纸的背面写着一行字：一寸情色一寸灰。字虽潦草，但是冯渊雷的笔迹，想来是他一时心境的写照。

中午，小郭要给蒲刃去买一个盒饭，蒲刃说如果方便就买一个三明治吧。细心的小郭买了一个三明治外加一听酸奶。

不过午饭蒲刃两点多才吃，一直翻看的访客登记簿上并没有贺武平的名字。赭石色封面的登记簿有好几大本，内容整洁详尽，估计是小郭分内的事，条理分明，尽职尽责。

可是的确没有贺武平的名字，怕漏了，又翻一遍，还是没有。

下班前的两个多小时，蒲刃就坐在冯渊雷的位置上发呆。直到小郭来锁门，蒲刃便问小郭有没有人来整形是不登记的。小郭说当然有啊。蒲刃说那都是些什么人呢？小郭笑道，明星啊，大明星和明星主持人当然不承认整容啊，所以不登记。蒲刃说还有呢？小郭说还有就是官员。蒲刃瞪大眼睛表示不可思议，小郭道，不奇怪啊，官员也是明星，要上报纸、上电视，还要拿着金剪刀剪彩，仪容也是很重要的啊。蒲刃心想也是，又道，还有没有呢？小郭说总之身份显赫的人，出场都是很隆重的，不但不登记，还有人专门来清场。

蒲刃总算哦了一声。

蒲刃离开工作室的时候，看见杂物柜上的那枝带刺的小花，本想丢掉的，转念还是用一张旧报纸包住，拿走了。

回到家中，蒲刃给管理处打电话，叫他们请花工到他家来一趟。等了好一会儿花工才来，不仅满脸笑容，手上还提着一株年轻的凤尾葵。他笑着说我就知道你会找我，榕树死了吧。蒲刃说好好好，种吧种吧，多少钱我给你拿去。花工把根部还是一团泥的凤尾葵拿到阳台上，又把空置的原先的榕树盆里的土全部倒出来，他愿意这么忙乎当然是因为蒲刃手松，在钱财上不大计较。

蒲刃拿着报纸包走到他的跟前，打开之后问道，你知道这是什么花吗？花工看了一眼说道，这是刺梅。

不知为何，蒲刃当即就愣住了，脑袋里迅速出现了黑衣女人乳房上的刺青梅花和《西宅》那幅画上的梅花，它们像听到命令一样排列在一起，使蒲刃的内心似有一股电流通过，整个人像是被一种无形的力量猛击了一下，让他的思维在休眠的状态下惊醒。

当然他看上去仍旧波澜不惊，他说刺梅是梅花的一种吗？花工说不是，他说刺梅又叫虎刺梅、铁海棠，跟梅花是两回事，但可能是长得有点像梅花吧。

当天晚上，蒲刃给小郭打了一个电话，要工作室墙上的乳房组案例的资料。小郭说全部吗？蒲刃说全部，所有形状的都要。小郭说这些资料都在医务处存档，据说还是加密的，她要托托朋友才能拿到，所以没那么快。

蒲刃谢过小郭，但他知道自己只是为了那枝黑色的刺青梅花而已。

他直觉冯渊雷案跟一个神秘的女人有关。

过了一个多星期，蒲刃以为小郭早已把他的事忘了，现在的人和事虚虚实实，忘了也属正常。结果他接到了小郭的电话。第二天，他去了工作室，小郭把他需要的资料封在一个牛皮纸的大信封里，交给了他。

蒲刃笑道，我还以为你把我的事忘了呢。小郭没表情道，忘谁的也不会忘你的。蒲刃没有说话，眼神却是疑惑。小郭认真道，乔乔姐说你是一个天才，我在网上查了，你果然是一个天才，我在天才面前是很没有自我的。说完这话，两个人都笑了起来。

蒲刃拿出从网上打印出来的贺武平的照片请小郭辨认，小郭肯定地说这个人到工作室来过，因为这个人坚持晚上来，而且是下班之后，所以那天冯大夫请小郭加班。这种事并不出奇，高端客户的第一要求都是隐秘，像明星、官员、知名人士，他们愿意出高价，就是不想碰到任何人。

蒲刃问道，他来的目的是干什么呢？小郭道，他是去眼袋、打除皱针，我觉得这个人挺帅的，但有点自恋，他的眼袋也并不明显，但他自己觉得挺困扰。蒲刃道，是冯大夫给他做的手术吗？小郭道，奇怪就奇怪在这里，本来他是坚持要做的，也非常信任冯大夫，因为冯大夫的特点是快刀手，不露痕迹，做了之后看不出来，非常自然。但是后来不知道什么原因，他的手术取消了，人也再没到工作室来过。

那个刺青女的名字叫梅金，由于资料是复印的，所以照片仅是一个黑影，完全模糊不清。她做隆胸术的时候是二十一岁，迄今已有十五年之久。手术的确是冯渊雷做的，那时他还是公立医院整形科的大夫，估计是丽慈整形的前身。

资料当然宝贵，但是信息量少之又少。

蒲刃找到一位律师朋友，请他介绍一个靠谱的私家侦探。朋友说找小柯吧，小柯绝对靠谱，但就一个字，贵。两个字，很贵。蒲刃说怎么靠谱法？朋友说，他总能提供你想要的东西，有人评价他跟客户的关系有点像夫妻，说不出来的一种默契。

蒲刃问道，那我怎么跟他见面？朋友说小柯从来不见任何客户，也不暴露工作地点，只靠手机、账号和蓝色信封的特快专递联络，据说他手下有一个挺专业的团队。蒲刃说，那有什么不能见人的？朋友说，自保呗，有私家侦探涉嫌非法得到商业机密判刑一年零六个月，干哪一行不都得防身有术嘛，还有就是万一大婆二奶找的都是小柯，那不是太纠结了？人若是没有是非感和倾向性，单纯到一盘生意，谁也没有钱的面子大。

小柯也是假名吧。蒲刃问道。朋友回道，当然是假的，现在还有什么东西是真的？哪天你看见我的讣告，记得给我打个电话，安慰安慰我。

蒲刃给小柯打电话，小柯的声音显得有些遥远，一问，果然他在哈尔滨出差，他叫蒲刃三天以后再打给他。小柯讲一口纯正的普通话，完全听不出他是哪里人？高矮胖瘦？脾气秉性？像是一个影子。律师朋友早已打过预防针，这年头，为了达到目的，疑人也要用。

还好，小柯的声音里透着一份从容，这便成为蒲刃决定跟他发生关联的唯一理由。

汽车驶进某知名大厦的车库，蒲刃远远就看见电梯出入口有霓虹灯狂闪，是美洲豹夜总会的标志，一只飞奔的豹子，用最简洁舒展的线条，勾勒出凶猛和动感。正门还好，可能是怕树大招风吧，并不特别张扬，刚才蒲刃开车经过时，有点不相信这里有什么猛料。

车库里的霓虹灯反而是分外耀眼。不过电梯口静悄悄的，并没有长腿妹妹做咨客小姐，似乎一切尽在不言中。

蒲刃的朋友里没有谁熟知怎么泡夜店的，所以他只好只身前往。

这种地方都是这样，进去了就别有洞天，无外乎是灯红酒绿，美女如云。刚一进门，蒲刃就看到一个长和宽差不多的肥佬，可能是喝高了，满脸通红地喋喋不休，嘴巴里嘟嘟囔囔不知道在说什么，身体也摇摇晃晃地站不稳。一个穿黑色制服的领班模样的人，一边轻轻拍着他的胖脸一边在哄他，那人仿佛听到催眠术，慢慢安静下来。

大厅里有表演，男咨客把蒲刃带到一张圆台前，又问他有相熟的小姐吗？蒲刃说他要找小豹姐，隔了一会儿，小豹姐来了，就是进门时见到的那个制服领班。她虽然有些岁数了，但烫着波浪卷，妆容适中，整体效果还很不错。小豹姐说，我看着你眼生，不如你告诉我你喜欢什么样的女孩？蒲刃照实说道，我就点你的钟，我想跟你聊聊天。小豹姐惺惺然道，我也不便宜啊。蒲刃道，我没觉得你便宜啊，你点瓶酒吧，我请客。

小豹姐爽快道，行，那我就点一瓶拉菲副牌吧。蒲刃笑道，您真客气，还是把后面两个字去掉吧。小豹姐故作俏皮道，你确定吗？蒲刃直接对侍应生道，要一瓶2000年的大拉菲。小豹姐当即给惊着了，眉飞色舞道，我也喜欢2000年的拉菲古堡，比较内向、轻盈，绝不会让你立刻就品尝到它的特色，含蓄永远是最美的，不是吗？又说，既然都点到我的心头好了，咱们就进包房吧，聊什么都行。她的话音未落，微笑的侍应生就懂事地开始转移战场了。

前几天，蒲刃收到了小柯寄来的第一个蓝信封，小柯的超贵价格还真是物有所值，首先是梅金正面和侧面的高清照片。美人。而且跟在丽慈碰到的黑衣女人是同一个人，轮廓和气势这种无形的东西，其实是容易辨认的。

小柯还说了一个重要信息，梅金是贺武平的太太。但她相当低调，几乎隐形。她跟贺武平有一个八岁的儿子叫丙丙。据说贺润年非常疼爱这个孙子，故取贱名大饼，以示好养活，后被贺武平改为贺丙丙。

关于梅金的经历，说来话长。

但她的蜕变，跟小豹姐不无干系。小柯只是说，梅金上大二的时候，为了挣钱到美洲豹来做陪酒，短短的两年就麻雀变凤凰了，皆因小豹姐是一个不同凡响的妈妈桑。

进了小包房，纸醉金迷暂时被隔在镶嵌着豹纹织锦的实木门外，但房间里是深度奢靡的紫色调，一切装饰梦幻虚无，尽显堕落之美。空气里有一种让人魂飞魄散的艳香。

沙发很舒适，小豹姐先行踢掉高跟鞋，左腿压右腿地坐下。你随意，她说，别当这里是图书馆。她的口气一半命令一半揶揄，蒲刃果然就轻松下来，他发现庸俗的东西绝对能缓解压力。比如掩埋在黑色羽毛里的水晶灯，还有猩红的透纱帐缦，一本正经显得尤其可笑。怪不得男人在这里喝高了就见人派钱。

梅金？小豹姐微微一怔，显然对蒲刃提到这个名字颇感意外。不过她马上媚眼如丝道，你为什么会对她的事情感兴趣？蒲刃道，我是对你感兴趣，听说你很会调教人。小豹姐淡淡说道，没有的事，那是她自己的造化。我要是那么有本事，就不在这里混了。蒲刃碰了个软钉子，只得照实说道，我在了解一件事，也是受人之托，这事跟她有关系。

小豹姐轻轻抿了一口红酒，陶醉地闭上眼睛，真的是好酒啊，她睁开眼睛说道，我跟你说啊王先生……蒲刃道，我不姓王。小豹姐挥挥手道，不想说真名的人就都是老王啦，我告诉你，美酒和女人是拿来品赏的，不是拿来搞清楚的，而且你搞得清楚吗？

来，再喝一口，这酒真是能喝的绸缎啊。

这时侍应生走了进来，在小豹姐身边耳语了几句。待侍应生走后，小豹姐懒洋洋地起身，对蒲刃笑道，对不起，又来了一个老王，是个舞痴，把我们这儿当健身房了，我要不陪他跳第一支曲子，他就不开香槟。小豹姐一边说着，一边单手撑着蒲刃的肩膀四处找鞋，然后一扭一扭地出门去了。

真是如鱼得水啊，蒲刃在心中暗自感慨，从未见过活得这么松弛的人。

包房的门开着，大厅里的半个舞池进入蒲刃的视线。那个爱跳舞的老王的确是个货真价实的老王，足有七十来岁，很正规地穿着白衬衣、背带裤，倒是一点肚子都没有，估计是跳舞跳的。见到小豹姐他便兴奋地熊抱，转眼间音乐换成了闷死人的老派伦巴。

小豹姐极其缓慢地起舞，上身完全不动，只有胯部像钟摆一样自如地滑动，尤其转圈子的时候，她的手臂微微乍起，神情有一点点心不在焉，但是每一个动作都精准地落在节拍上。关键是这种老掉牙的百乐门做派早就无处可寻了。

老头开了一箱香槟，见者有份。

回到包房不久，又有侍应生来报，说有一位来美洲豹庆生的大明星要上厕所，要求清场。小豹姐说对呀对呀，偶像怎么能让人看见是怎么上厕所的，随即起身去维持清场，还用手机跟偶像拍了一个亲密大头照，拿回来跟蒲刃一起分享快乐时光。

她的发梢只微微扫到他的脸颊，一种意想不到的、性的神秘感，悄悄地渗透到他的体内，自然而然。

蒲刃突然有一种想跟女人亲近的冲动，当真久违了，遥想自己的情史，算是乏善可陈吧。他曾经跟一个美丽的模特同居了四年半，终因自己不想结婚而令那个好女孩黯然退场。如此而已。

这种感觉也属弥足珍贵，不能说今晚白来了，但是酒应该是白开了。这样想着，居然也被小豹姐洞察秋毫，突然就言归正传了。

梅金刚来的时候土得掉渣，小豹姐平静地叙述道，她一个乡下孩子倒是够直白，她说我听说这里的小费最高，陪酒一千块起跳。我说还有三千块起跳的，问题是你有什么？我让她翻过来倒过去地让我看，除了小腿长点，其他一无是处，我说你都没发育，还是省省吧。我这么折腾她是想让她知难而退。

这个女孩子心大，还有就是她的坚持和忍耐打动了我，那段时间她每个晚上都在门口等我，我来上班见到的第一张脸就是她，穿着寒酸的地摊货，满脸菜色。气得我破口大骂，还很少有人能激怒我。保安也说这个人赶都赶不走。没办法，最后还是让她当了侍应生。

我旗下的女将都是高学历哦。小豹姐突然偶尔跑题那样，有点得意地自夸道。

蒲刃也是真的不解，又漂亮又有学历的女孩子，好像没有必要干这行吧。

小豹姐笑道，其实很简单，我刊登广告，都是说只招端盘子的服务员，但是要个子，要美貌，薪水也给得很高。人都是这样，进来了之后就会攀比，不是说人比人会死，货比货要扔吗？

她停顿了一下，发现蒲刃果然是在洗耳恭听，便继续说道，端盘子的小姐可以站着喝酒，另有提成，但是坐下来喝，工资立刻翻倍，还有小费拿，为什么不呢？陪酒也是一样，下决心的时候都是"卖艺不卖身"，看到别人带出场了，拿那么多回来，最终还不是一点一点沦陷。

听起来真是惊心动魄啊。蒲刃说道。

小豹姐回道，关键是惊心动魄都隐藏在不疾不徐的琐碎之中，她一边说一边把身体向后靠去，居高临下道，所以我从来不担心无人开工。

蒲刃心想，梅金也无外乎是这个渐变过程。

话题又转回梅金，小豹姐道，跟她打交道会像阵地失守一样节节败退，她每个晚上都跑到很远的地方去给我买夜宵，比如馄饨面、葱油饼之类，一定是离你最远的那家最好吃。我说不想吃她也照样买来。我又开始发火，我说你到底要干什么？她说她想跟我学洞箫，我说傻孩子那不是洞箫，是尺八。

尺八的样子酷似洞箫，因管身一尺八寸而得名，盛行于盛唐，后来就渐渐绝迹了，直到九十年代初有一个日本老人到杭州护国寺认宗，才把这个古老的乐器带回来了。我就是跟一个禅师学的，为的是修身养性，因为那段时间特别躁，深感生不如死。

谁都有对幸福生活的美好憧憬，我也不例外，我曾经是一名歌手，艺名顶顶红，当然没红，但也算多才多艺吧。你笑什么，没错，我就是那种给人热场子的小歌手，那也没什么好笑的吧。我的确是情路坎坷，如果找真爱就一定是给人骗财骗色，后来干脆委身一个富商，搞不清是做小三还是小四，反正我也不求婚姻，只想要一个孩子，跟了他三年才知道他一直给我下药，医生说没得治，就是终身不孕。行到水尽时，我求助于禅师，终于明白人生不过是自生自灭，自灾自度，所以我干了这一行，因为只有这一行是不需要本钱的，而那时我一个大子都没有。日本银座的妈妈桑说过，女人最重要的是有脑、强势、无情，我决心做最坚强的泡沫。

一个女孩子，够穷，够美丽，够想出人头地，就可以是她不择手段的全部理由。我的确教过梅金，自尊从来没有想象的那么重要，没钱就没有自尊。

我也说过，你只有先叫别人高兴，自己才能高兴。

我说，对待工作要像对待爱情那样痴迷，肯下工夫，对待爱情要像对待工作一样，敬业，负责。如果你做到了,就不会有什么背叛和辜负。

蒲刃离开美洲豹的时候,已经是午夜至深,但他感觉到的是小豹姐恰到好处的贴心和抚慰。小柯说,这个女人的过人之处在于她严苛的分寸感,她知道怎么让客人掏钱掏得心甘情愿。她可以陪着客人四五个小时一言不发地枯坐,也可以助兴助乐大跳脱衣舞,百无禁忌。

如果寻欢作乐就能解忧,那人生不是太简单了吗?蒲刃也不能幸免地被小豹姐深深打动,一个风华老去的女人,需要具备怎样的胸襟和透彻,才能叫人见一面就无法忘怀?

梅金出生在贵州习水一个贫困农民家里,她有一个哥哥和一个弟弟,分别叫有金、有银,但可能是姓氏的发音不好,他们家什么都没有,很穷。

梅金的父亲非常重男轻女,母亲由于胆小,还有一点轻微的智障,也只有全面服从父亲。

穷人家的孩子再加上不争气,简直就是灭顶之灾。梅金的哥哥就是这种人,不爱念书也不爱干活,终日游手好闲,有时还喝酒赌博。但父亲看他仍是花一样顺眼,对他没有任何要求。有银还好,跟梅金一块儿去十几里路以外的学校上学。不过回到家里,梅金还要包下许多家务和农活。

她记得父亲几乎都没有正眼看过她。

哥哥对她也是轻蔑的,你学得再好也是给我和有银换亲。他笑嘻嘻的样子让她心里充满了仇恨。梅金很小就知道,只有上学才有可能改变命运,所以她在学习上格外勤力。

但是贫穷就像癌症一样顽强。经历了难以想象的艰难,梅金考上了大学,还是外语外贸大学的法语系,这件事变得荒诞可笑。因为家里没有钱。

然而,或许梅金命中注定就是一个传奇的女子,有一天她剁完猪菜坐在石头上发呆,当时她穿了一件橙色的太空服,这件衣服已经很旧了,是大城市的好心人赈灾时捐赠的旧衣物,发到梅金手里时已经褪色,还掉了一粒扣子,但梅金仍然如获至宝,每年寒冷的冬天都是这件衣服陪伴着她。

太空服两边的手臂上都有装饰兜,梅金从来没有介意,但是这一天非常奇特,她本来是埋着头暗自流泪,一只手无意间摸到一边手臂的装饰兜里有个小东西硌手,她拉开拉链把手伸了进去,原来是一粒纽扣,那时她才知道,城里的衣服是有备份纽扣的,她也终于可以把掉了的纽扣缝上了。

和纽扣一块还带出来一个白布条,布条上有字迹,但已被洗得浅淡模糊。上面没头没尾地写着,你是幸运的,如果有什么困难,请写信给深圳八三四五信箱,刘力姿收。

城里人真能开玩笑,听说他们还会把小纸条放到瓶子里扔进大海，结果有人在六十年后得到了这个瓶子。

上学念书的唯一好处就是让梅金有了幻想。

她给刘力姿写了一封信，她直觉这是一个女人的名字，她称呼她刘妈妈，她简单介绍了自己的生平和现状，并且告诉刘妈妈她有多么不容易才考上大学，但是根本没钱去上，她希望得到她的帮助。写这封信的时候，梅金想象着刘妈妈慈祥的样子，她泪如雨下。

这封信在寄出之后，便泥牛入海。

九月，所有的大学都在迎接新生。奇迹没有出现，梅金彻底绝望了。

突然有一天，村里来了一个陌生人，四十多岁，他高高的个子，穿着朴素，脸上总是挂着友善的笑容。

他被乡亲们簇拥着来到梅金家，他说他是来找梅金的，但是梅金并不认识他。这个人和蔼地对梅金说，他是受刘力姿的委托来找梅金的，要看看她本人和她的家境，还有她的大学入学通知书。把所有情况都了解完之后，他说刘力姿愿意拿出钱来资助梅金读大学，也可以付给她微薄的生活费，只有一个条件是她必须要努力学习，学成之后挣了钱就把这笔钱还上。

这个从天而降的好消息让梅金一夜未眠，她总是掐自己的大腿，反复证实这一切是不是真的。

梅金的父母和哥哥也没有合眼，待他们冷静下来之后，决定让有银顶替梅金去上学。梅金当然不干，她拿着剁猪菜的刀对父亲说，你要这么做我就砍了自己。梅金的父亲还是第一次从女儿眼中看到毒汁一般的火焰，像毒蛇嘴里的信子哧哧直响。他说你吓唬谁呀，死就死吧。他毫不犹豫地把梅金的脑袋拨到一边，直接去找刘力姿的代理人。

代理人还是一样的和颜悦色，他说不行啊，有银差几分没有考上大学，我们都要面对这个现实，这个机会就是梅金的啊。

双方争执不下，代理人最后还是微笑地说，如果你们实在不想梅金出去读书，那么这个机会我们就收回了，完全没有可能换一个人去。话都说成这样了，梅金的爸爸才算作罢。

第二天，梅金收拾了简单的行李，跟着代理人叔叔走了。

村里也有人说，长成的姑娘交到一个陌生男人手上，怎么能放心呢？父亲对梅金早有交代，无论遇到什么情况，就是要挣钱，然后把钱寄回家，因为有金和有银都要娶媳妇，要走，这笔账也要背着走。

梅金和代理人叔叔走了一整天的山路，晚上到了县城才坐上长途汽车，直到坐上火车沿着铁路一直向东，这才让梅金在心里暗自吁了一口气。

这是十九岁的梅金第一次走出大山，第一次坐上火车。一路上她都死死拽住代理人叔叔的手，生怕他化成一缕青烟，突然消失了，她的梦想便也一同破灭，因为这一切实在是突如其来，让人难以置信。在埋头赶路的过程中，她一次头也没回，她没有家，就是石头缝里蹦出来的，要逃得远远的，她在心里发誓只要有一口气都不再回到这个地方。

代理人叔叔已经累得在火车上睡着了，梅金却兴奋得毫无倦意，她倚窗而坐，欣喜若狂地看着窗外呆板乏味令人昏昏欲睡的景物，这一切在她的眼中完全是金色的。是的，太阳正值当午，阳光穿过车窗的玻璃照在梅金的脸上，她满脸细嫩的绒毛都在阳光下倔强地挺立着。

南方的这座大城市，有着炎热的气候和最冷的人情。梅金觉得除了代理人叔叔每个月给她寄来微薄的生活费，还有就是她寄给代理人叔叔每个学期的成绩单之外，她跟这个繁华的城市是毫无关系的。同宿舍的女生各忙各的，如果有人跟她说话便是，梅金，没开水了。于是她提着两个热水瓶去打开水。要不就是差她去买方便面或者便宜的水果，她便马不停蹄地跑到学校的商店去照单采购。没有人再跟她多说一句话。

好在她还聪明，慢慢知道了女孩子要保养皮肤，皮肤要美白水嫩就要用高级的护肤品，要去角质敷面膜就要去美容院做护理。女孩子还要去做有氧运动和健美操，这样身材才会起伏有致，勾魂惹火，就是穿一条牛仔裤配件T恤也能让男人流鼻血。班里有一个女同学就是这么无可挑剔，大伙都羡慕她背的名牌包包，又都在晚上熄灯之后议论她去酒吧陪酒。

梅金心想原来陪酒有这么多好处,可以变成漂亮的女人,那她就应该以救火队员的心情来抢救自己一天都没有保养过的身体啊。

干什么都行,就是不能身无分文地等待。

梅金在美洲豹当侍应生的时候,是店里最勤快的人。为了不影响学业,她每天晚上准时来上班,双休日当然也都泡在店里,依旧是被人差遣得东奔西跑。但她的确是一个聪明的女孩子,只要到美洲豹来过一次的客人,她全能记住他姓什么,同时记得他喜欢哪个姑娘,早不早地去当耳报神,让人家两个人都情意绵绵心花怒放。

为此,有一个客人一次就给了她五百块钱小费,差点没把她给乐疯了。

有了钱,身体开始悄悄地发生变化,虽然还是一身学生装束,但梅金自己能够体会到点点滴滴的滋润,就像地里的庄稼被浇水施肥了一样。

有了钱,亲情也开始回归,梅金发现自己也没有那么痛恨父母,至少穷也不是他们的错吧,而且再穷不是还让她念书了吗?她给家里寄了点钱,还买了一个便宜的手机,写信告诉他们手机的号码,但是父亲要不就不来电话,只要打电话过来,说不了三句话就是要钱,一会儿种子一会儿化肥一会儿长毛兔一会儿养猪一会儿修房子,而且父亲的口气永远都是理直气壮的,我们又没有花到你的钱,都拿去派用场了。这样几个来回,梅金还是身无分文，不仅如此，还向相熟的小姐借了钱，一身的债务。

最后一次通电话，父亲终于惹恼了梅金。父亲先是说如果有挣钱的地方就别念书了，念书耽误时间又没什么用，接着又说有金要相对象，见面礼要三万块钱。梅金一下就火了，说我哪有那么多钱？！父亲说有也得有，没有也得有，反正你要寄过来。梅金说你怎么也不问问我在做什么，怎么就有钱寄回家啊。父亲在那头沉默了一会儿就把电话挂了。

梅金哭了，小豹姐云淡风轻地说道，有什么好哭的，你自己还没出头就想当救世主，活该你被追杀，又没见过钱又想当老大，你不哭谁哭？又说，家庭这个泥潭，多少人陷进去，死都不知道是怎么死的。

梅金被骂醒了，她换了手机号码，从此自称孤儿。

她至今都感谢小豹姐，尽管她有时会比较凶悍，对她又喊又叫，有时又冷酷和绝情得让她脊背发凉，但是她的坦白和风情永远都让她着迷。

她还教会了她高超的化妆技巧，那就是化了跟没化一样，却就是不可名状的美丽。她也常把自己的旧衣服扔给她穿，有些只洗过一两次，令她一改土包子的形象。

可是她的胸小是谁都没办法的。

入夜，她依旧像鬼魂一样睡在宿舍的上铺，无论是什么话题，她一个大山里都是插不上嘴的。女同学们在议论乳房的问题，说真空包装也就是不戴胸罩，乳房都保持坚挺的,还有就是平躺时乳房仍旧高耸入云的,肯定必假无疑。但据说男人既看不出来,也摸不出来。她们嘻嘻哈哈笑作一团。她们也议论哪个医院的哪个大夫做得最好,但是很贵。

利用寒假,梅金去做了隆胸手术。由于她没有钱,作为交换条件,她答应免费接拍广告资料,这在她看来是一件挺光荣的事。伤口长好以后,她仿佛重生,于是刺了一朵小小的梅花留作永久的纪念。她感觉自信了很多,拍广告的时候还充满了自豪。

老实说,美洲豹是梅金的另一所学校,这里虽然没有语法课,或者精读课、赏析课之类,但却有千奇百怪的小姐和客人,无时无刻不上演着丰富多彩的戏梦人生,绝对是浓缩的小社会、大课堂。尤其是还有小豹姐,她有时穿一件豹纹的小背心,有时穿一双豹纹织锦的高跟鞋,永远像是不经意地露那么一点点,点缀着她的一身制服,既是制服美女,又是美洲豹的标志和灵魂。

在梅金的眼里,小豹姐根本不是一个失败者,不是一个女人最惨淡的失意案例,她觉得她特别棒,她的自信令她具备同龄人身上早已消失殆尽的野性奢华、性感脱俗,同时她多才多艺,坚不可摧,不仅有吸金的本事,还能在男人的世界里游刃有余。

刀尖起舞,欲火焚身,却毫发无伤。

一天,小豹姐对她淡淡地说道,你的机会来了。

她派她到福建出差,是美洲豹的一个常客要搞掂他的金主，至于这个人是官员还是商家，从外表看不出来，但这个人非常谨慎，绝不在自己的地盘之外搞什么事，因为江湖上陷阱总比蜜罐多。

梅金被告之先飞过去，然后在五星级酒店恭候，总之她就是一份被打了蝴蝶结的礼品，等待着给客人惊喜。

梅金相当敬业，就跟见工前的心情一样，紧张而忐忑不安。但是该忙的事情还是有条不紊地进行，头发焗油、修甲、全身褪毛、玫瑰花水泡浴等等，最重要的还是服务精神，无论是陪酒还是聊天，梅金都是满脸微笑，心甘情愿。这个客人有处女情结，所以他给了梅金十万块钱。

不过这一次好像没有拿到五百元小费时那么欣喜若狂。

说来也巧，就在蒲刃造访后不久，便是小豹姐的生日，不过以她四十八岁的高龄，真不想被人隆重提及。

还好，一天将尽，无惊无险。这样小豹姐心底又有些唏嘘，活得甭管多热闹，又有谁是用心的呢？不过你哄哄我、我哄哄你而已，什么亲的热的情义无价，当不得真，人也就活个冷暖自知。

下午四点，有客户打电话要谈点生意上的事，说是六点有车来接。车也不是什么好车，普通的子弹头。一路上司机无话，小豹姐便闭目养神，这样过了一个时辰，等她睁开眼睛，已经到了一个温泉度假村，寻常的秀丽风景，设施和建筑都相当气派，人却不多。

司机引她来到一所单独的庭院，里面灌木成荫，绿荫深处藏着十米见方的温泉池，细烟袅袅。房间是一排整齐的落地窗，透过玻璃可以看到是一个高级套房的格局，分别是客厅和卧室。正厅门户大开，游廊处放着一张桌子，铺着深玫瑰色的桌布，只放了两套精美的餐具和高脚杯。桌下是满地的各色花瓣，落英纷呈，这哪里是什么商务宴请？小豹姐顿时热泪盈眶。

除了梅金，不会有人这样对她。

果然梅金一脸柔情地从房间里走出来，她们只是淡淡地相拥，轻轻地贴了贴面。让我们好好地过一个晚上吧。梅金轻声而妩媚地说道。她穿了一件米色的修身裙装，无领无袖，只戴了一串珍珠项链，头发随意地绾在脑后，神情安静闲适，一双裸色的细高跟鞋把她的小腿衬得曼妙修长。

她对她的情分非比寻常，应该是可以理解的。当年，就算她具备了一切硬件，也是不可能妖娆动人的，是她教会了她用尺八吹奏古曲，她为她请了脱衣舞的导师教她形体和舞蹈。她对她说，仅仅隆胸是没用的，要腰细，还要提胯翘臀，她说你的屁股和腰连成一片，光是波大有什么用？不要以为脱衣舞就只是脱脱衣服，要有身段，要懂得调情的节奏，还要会咬唇、飞眼放电。她告诉她，所有的美都是下过苦功的。

她还教会了她投资房产，当年她手上的十万块钱，她花七万买了一个小小单位的二手房，剩下的钱全部拿来请专业人士装修，立刻就被一个单身女人出价二十四万元买走了。慢慢地，她在倒房子上深得其道，因为对于大多数城里人来说，他们更喜欢坐享其成。

有两个喜欢她的男人都要送给她一辆车，她便分别把他们带到同一个车行，买了同一辆车，多出来的那一部车款，事先打过招呼的售车小姐私下退给她了，可以说是轻松入袋，而那两个男人又都认为她开的车是自己送的，也算是一个大团圆的结局吧。

她对她说，女人有了钱才有自信，否则再美也是一脸的穷相。

老实说，梅金最感激小豹姐的就是她让她找到了自信，就如同灰姑娘穿上了水晶鞋，让她从此走上灿烂人生。

侍者端上第一道汤，清汤盛在雪白的瓷盅里，盅底盛开着一朵半透明的荷花，仔细端详，荷花是上好的小白菜胆雕刻而成，汤是鸡肉和大粒瑶柱用山泉水慢火调制，清新鲜美。

不见得汤有多好，而是她的用心，她也不是总给她过生日，有时是一束花，有时是一份礼物，总之她从来不会忘记，就算人不到问候总是到的。这一次，仿佛她就知道她有些落寞，安排了一个惊喜。

菜式都非常简单，可口，关键是食材精选，就是开水里过一下都相当美味。最后放在小豹姐面前的不是蜡烛蛋糕，而是一个红木的盒子，打开，是一个翡翠手镯，上乘的玉料，瓜青柳绿，水汪汪的充满春意。说来奇怪，女人到了年龄，一定爱玉，爱它的平静平安，爱它的柔润和贴心。小豹姐也一样，她爱不释手道，不光这只手臂，连整个人都像良家妇女了。

梅金莞尔，道，清辉玉臂，你是宝刀不老！

宝刀不老有什么用，人老了，转眼就到了戴玉的年纪。小豹姐轻叹一声，拉开距离欣赏着手镯，并没有看着梅金。

梅金笑道，你在我心目中永远是超级国手，总有一天会拿金牌。

小豹姐慵懒地挥挥手道，国什么手，励志的歌谣还是让女孩子们去唱吧，我要是有来生，也要像你一样，二十几岁钓个金龟婿，一辈子吃穿不愁。决不吃二遍苦受二茬罪，一大把年纪了还看人脸色吃饭。

梅金似笑非笑，小豹姐看透她的心思，语气轻佻道，当然不容易，你以为当良家妇女就不辛酸吗？梅金想想也是，不过嘴上仍道，我有丙丙了，到底不同些。小豹姐道，有钱有儿子，还想老公不花心，我看你也是太贪了吧。

这时她们的目光碰上了，相视一笑。

由于有了自信，在学校的时候，梅金和老师与同学渐渐有了接触，尽管人们依旧没有把她放在眼里，她依旧像不存在似的存在着。

有一次，班主任病了，住进了医院，班主任是个强势的女人，失婚，没有子女，但她生活得非常优雅，让人感觉不到任何破绽。同学们都成群结队地去看班主任，不仅有买水果的，还有同学买了高级补品。总之病房里一直都挺热闹，人来人往络绎不绝。只有梅金，她从来不买任何东西，她只是在同学们呼啦啦地走后，静静地留下来，陪着老师输液，有时说说闲话，有时一手举着输液瓶，一手扶着老师去上厕所。还有时天都黑了，她一定等到输液彻底结束，给老师擦脸擦手，最终洗完毛巾晾好后才肯离去。

整整半个月，梅金几乎每天如此，她的话也很少，仿佛她做的一切稀松平常。但是大学毕业时，班里的同学只有梅金一个人得到了老师亲笔写的推荐信，她顺利地进入一家外资银行工作。

小豹姐说，有身份的人都有记性，他们喜欢礼尚往来，两不相欠。

第一次领到薪水，梅金便找到代理人叔叔，她给他买了一个精致的真皮钱包作为礼物，并且告诉他自己已经有能力偿还所欠下的学费了。她的最后一个请求是，想见一见资助她读书的刘力姿女士，当面感谢她藏在太空棉服口袋里的小布条，感谢她四年如一日的不间断的学费和生活费的资金保证，使她不仅拿到了毕业证书，还找到了自己满意的工作。

在此之前，她都非常急切地想见到这位自己生命中的贵人，但是深感自己没有资格，也不配提出这种要求。但是这么沉重的恩惠始终像山一样压在她的心里，希望能够得到一个面谢的机会。

说这些话的时候，梅金始终微笑着，但是眼泪一直在她的眼中打转。

代理人叔叔不得不告诉她，刘力姿是一个匿名捐助人，是男是女是什么样子他们也不知道，他们这个机构只是被要求用好善款，力姿是励志的谐音，是他们用来鼓励被资助人好好努力学习的。

梅金愣在那里，她突然有一种巨大的卑微感，卑微到如一粒细微的沙尘，尘起尘落，即便是一声谢谢也是没有人要听的。

的确，她的心大，她是绝不甘心卑微的。

不知不觉，月亮悄然升至头顶，两个人在泡温泉的时候，小豹姐不经意地告诉梅金，说有人在调查她。梅金笑道，谁会调查我呢？小豹姐道，我也觉得奇怪，这个人挺让人猜不透的。梅金道，这个世界上哪有你小豹姐猜不透的人。小豹姐微闭着眼睛，让水没过脖颈，她喃喃自语道，蓝田日暖玉生烟，人是让人受用死了，就是不知道他心里在想什么。又道，他还一本正经送了我一张名片，有在这种地方暴露身份的吗？不过倒是越发迷人呢。

梅金只是轻轻哦了一声。

梅金在公司形象是十分干练的，素颜、套裙、船形的半高跟羊皮软鞋，与她在温泉度假村的形象判若两人。

到目前为止，梅金也仅是松崎双电的一个副总经理，这样的副总，公司有七个之多。但是公司上下无人不知，贺武平那个总经理是挂名的，真正为他行使权力的人是梅金，尽管贺武平占据了公司最大也是最气派的办公室，而且他的办公室永远门户大开，有时他把两脚都跷在大班台上也不肯避人。

这一天也是一样，梅金上班时路过贺武平的办公室，里面空无一人，墙上不靠谱地挂着一张巨型海报，是贺武平在水底跟一条热带鱼嘴对嘴的照片，他和鱼都瞪着眼睛鼓着腮帮子，憨态可掬。

梅金问身边的助理，语调平缓，他又跑到哪儿去了？助理翻了翻手上黑色的笔记本，谨慎地回道，贺总今天去参加"深海奇缘——我和大海有个约会"了。梅金耐着性子道，说具体的。助理忙道，是一个名牌潜水表展示派对，在会展中心，有名伶唱昆曲。

梅金径自向前走去，目不斜视地道，那他到底是喜欢名伶还是喜欢昆曲？助理回道，他现在狂热地喜欢潜水，说是过段时间就去宿雾浮潜。

梅金的眉毛微微蹙了一下，想到贺武平办公室大海报上的那行黑体字：向海底出发！

家里的活动室，上天入地都是他的东西，好像的确有过一双蛙蹼。

贺武平从来是花样翻新地贪玩,谁拿他都没辙。有一次他连续三周都不在办公室露面,梅金去向贺润年投诉,贺润年听后哈哈大笑,还说滑翔伞很刺激,人类的梦想就是从羡慕鸟儿会飞开始的,他也想去试试。言下之意还挺欣赏自己的儿子。

在家族生意方面,贺润年倒是格外地看好和器重梅金。

当初贺武平执意要娶这个标致的女人,贺润年自然是颇不以为然,心想这样的花瓶,我只要承诺年薪十万元,公司里就不知云集多少校花。

然而梅金很快就让他刮目相看,贺润年也不是不望子成龙,他叫国外留学归来的贺武平从最基层的营销部做起,枯燥艰辛的工作让贺武平没坚持多久。后来贺润年发现都是梅金在基层部门上班,她离开了待遇丰厚的银行,一点一滴地了解松崎公司的业务,而且她坚持跟着贺润年学习经商。

后来梅金生下丙丙,从此便深得贺润年的欢心,更是手把手地教她生意经了。

一直做到高层,梅金不知不觉间成为贺润年最得力的左膀右臂,若一定要把他们放在一块比较,她只比贺润年更勤力、更严厉。贺润年做生意小气,梅金就必定锱铢必较,贺润年不愿出面的事,梅金必定挺身而出当恶人。总之,她跟着家公并肩搏杀,帮助他建立坚不可摧的松崎帝国,同时也成为这个家族都要敬畏几分的女人。

她深知所谓的年轻漂亮是最靠不住的，当芳华凋尽，她还凭什么留在这个心爱的男人身边？

梅金的野心是，在这个残酷的世界上，她一定要跟贺武平门当户对，而她拼的不是钱，是头脑，是担当，是精明硬朗，苦干实干。

为什么会这样？其实当年的她，做梦都没想过能够嫁入豪门。

她的命运，全仰仗她年轻时就赚到真金白银。她是在飞机的头等舱里认识贺武平的，他们碰巧邻座。尽管她着华服，拎名牌包包，但是真正打动贺武平的也许只是她从容淡定的神态。

后来所发生的一切，也不过是一个艳俗的翻版电视剧。

所不同的是，她竟然深深地爱上了贺武平，如果说当年她只不过想找一个钱柜，不承想得到的却是一颗情种。贺武平永远都不知道他自己有多可爱，他有着孩子般的纯真和淘气，毫无心机，自由自在。虽说贵为公子哥，可他在街边大排档吃碗面条，也能吃得满头大汗，硕大的鸡公碗挡住了整个面部。特别是他熟睡的时候，小麦色的皮肤细致润泽，头发蓬松浓密，两只手握着空拳，像阳光尚未照醒的婴孩。

他就像一面镜子，照出了她过去种种的卑微和不堪。她虽然不至于妄自菲薄，但是好的出身毕竟是中彩票，让人羡慕和向往。每当她看见那张无欲无求的脸，决不揣摩别人心思的直来直去，心中便生起无尽爱意。假如她也能活得那么单纯而快乐，该有多好！

当然，在爱上贺武平的同时，她也爱上了这个家族，原因是所有家庭成员的关系普通而且正常，贺润年从来不找小蜜，不泡夜店，除了工作之外，他的全部乐趣就是在家待着，他喜欢无论是在公司还是在家里的那种至高无上的地位。贺武平的妈妈一点不多事，她的名言是餐桌前的家人整整齐齐、健健康康，就应该杀鸡敬神了。她并不知道什么是"甲 A"、"F4"、《菊花台》，但是喜欢倪萍。

更重要的是这个家庭为她提供了一个黄金打造的平台，令她挖掘出自己无从估量的潜力，从而实现她内心深处的野心和梦想。

公子哥的确贪玩好玩，但是公子哥也说变就变。老实说，贺武平并不知道梅金有多爱他，也认为自己的花心天经地义。常常是他的所作所为已经让梅金备受折磨，但是他自己却浑然不觉。

如果把爱情当成工作，恐怕就不会那么伤神了吧。

但是，梅金什么都听小豹姐的，唯独爱的深渊，她毫无防备便陷落其中，甚至是心甘情愿地向下俯冲。

终于，梅金走进了自己的办公室，一分钟的路程，她用了整整十三年，从一个三陪小姐到如今权倾一时的企业家。现在她的办公室很大，分成内外两间，外间有会客桌椅，还有毛玻璃间隔的她的秘书、助理等人的办公卡位，一切都井井有条。内间是一排靠墙的文件柜，里面有书和不同颜色的文件夹，还有一些小摆设，以及贺武平和丙丙的照片。

她还要做得更好，让他从心底对她仰慕、钦佩和感激，最终成为他不可取代的恋人。

她的大班台上已经积压了不少公司事务的文件，等待着她的处理。她的助理也开始向她提示今天的会议和应酬，普通而繁忙的一天又开始了。

和梅金每天的繁忙相比，贺武平就显得悠闲多了。

此时的他正躺在游艇的甲板上晒太阳，这里是浮潜胜地，宿雾的巴里卡萨岛，它的独特之处是在离海岸三十米以外，突然垂直下降一百五十米，海底落差为海洋带来丰富的深海鱼种，那真是海底世界，梦境重现。

船上还有潜水教练和贺武平的好朋友米高，他们正和两个穿比基尼的阳光美少女打情骂俏。

浮躺在只能听到水声的蔚蓝深海，看着海龟从头顶缓缓游过，阳光透过海水，形成数道菱形光柱直指海底，为了看断崖边上的珊瑚，贺武平冷不丁看见九十度陡峭的悬崖就在眼下，他突然有一种不祥的预感，于是兴趣骤减，向着有光的地方快速上升。

还好，不知何时，潜水教练出现在他的身旁，做手势让他尽可能地放松。他想起教练最常说的一句话，不要跟浪潮的方向对抗，退潮的时候一定不要用力，否则游不到岸边，人已经累死了。

他镇定下来，水又重新变得亲切、温柔。

但是慌乱之中，他腕上昂贵的名牌潜水表还是脱落了，静静地下沉，下沉，直至葬身海底，仍旧在三百米深处闪闪发光，循序而行。

时间是唯一不可改变的东西，无论是飘浮还是沉没，始终记录着一切，不曾离你而去。这段时间，贺武平的心情一直都是这样，他极力想摆脱掉一些记忆，但它们却偏偏寸步不离地跟随着他，甚至围观和绑架了他。

他多么希望曾经发生的一切也葬身海底，永远无人提及。

然而深潜却不能令他有片刻的遗忘，以往的日子，气泡一般地浮升水面。

他至今还记得第一次见到梅金时的情景，他们在飞机上的头等舱相遇，梅金就坐在他的身边，她无疑是个美人，凛冽的美艳令人窒息，身上散发着淡淡的玫瑰香气。

她始终都很安静，根本无视他的存在，几乎没有看他一眼。

她微低着头，正在阅读一本法文原版书，贺武平随意溜了一眼，是卢梭的《忏悔录》，她静态的样子让人莫名地着迷。

当时贺武平就有些呼吸困难，即便是现在，也只能说他对她的气场实在是太陌生了。男人，总是对他们不熟悉的事物充满兴趣。而当时的贺武平充其量只是生态保护区里的一只名贵熊猫，对于野性的狸猫几乎没有常识。

爱的火焰就此点燃。

她很少说话，对他的喋喋不休偶尔回一句两句，算是礼貌，大部分时间是微笑不语。他说可以把你的电话号码告诉我吗？她说不可以。他问她为什么？她没有说话。他又问她在哪里工作，她说在银行，他问哪间银行？我可以去存款。她说是外资银行，只做公司业务。他说我也有公司啊。于是递给她一张名片，她却看都没看就夹在书里。

其实当时的梅金，一眼就看出贺武平是二世祖，但是曾经沧海的她，根本看不上这种手板向上讨要的混世魔王，和这种人打交道，上游的水龙头一关，就得跟他一道渴死。不如直接找个老头，不是什么都有了吗？

自己又不是什么金枝玉叶，难道还真的演一遍灰姑娘的故事才肯黯然收场？省省吧，戏是好戏，我不想演，可以吗？

飞机降落停稳，她一手拿着书，一手拉着LV的行李箱离开，他的名片从书中飘落在地，她全然不知，也没有回头看他一眼。在此之前，他几乎没有碰到这种情况，可以说无论何时何地，他都是众星捧月的宠儿。

很快她就消失在茫茫人海，留给他的只是一个谜一样的背影。

然而冥冥之中，似乎真有上天注定这么一回事。两个月以后，贺武平在一家高级健身俱乐部里再一次与梅金相遇，当时他正在恒温泳池中游泳，游泳池是"年糕"状的，从高处看就像一块碧绿的老玉，温润而宁静，还伴有舒缓的音乐。由于是会员制，人丁稀少。坐在泳池边上歇息的时候，透过落地玻璃窗，他看见有几个男女在练习泰拳。另一侧，一排走步机上，只有一个女孩子在挥汗如雨地走步，她身穿运动型的背心短裤，好身材一览无余，是典型的黄蜂腰，蚂蚱肚，小腿修长。

丰满的双乳犹如两座秀美的山峰。

定睛一看，居然就是梅金。

梅金两耳戴着耳机，沉迷在随身听的音乐之中。

直到她走，他也追出门去。

那时他开一辆深灰色的宝马7系列，心想这一次该不会被她小看，没想到她开一辆白色的奔驰小跑。从未试过这么别开生面的追女仔，车追车，追出几条街去。贺武平至今也无法解释，他当初为何会如此痴迷？

终于，梅金走进一家名牌珠宝店。

她拿掉耳机，开始跟店员讨论珠宝的样式，最终拿起一串珍珠项链，珍珠的个头比黄豆大一圈，形状均匀，大小适中，一颗一颗饱满圆润，柔光苍茫，是一种沉着的美丽。这款项链的价格牌上，挂零也像珍珠，足有一串。

贺武平站在梅金的身后,情不自禁道,喜欢吗?喜欢我就送给你。

梅金向后翻了个白眼,心想你是谁啊,关你屁事。不想回过头来,发现还是头等舱里见到的那个人,两个人寒暄了几句,算是正式认识了。贺武平坚持要给梅金买下珍珠项链,梅金淡淡说道,她买项链是送人的,坚持自己付费、刷卡。她也真是见惯了大钱,怎肯为这种小事欠下人情?

此后,贺武平便一头栽进了热恋之中,他总是出尽百宝地约见梅金,而梅金越是爱答不理,他越是斗志昂扬。

真正让梅金改变态度的,还是贺武平身边的一圈朋友。他们当然是非富即贵,身家显赫,见过梅金之后便视她为"不明飞行物",他们对贺武平说,你是不是看走眼了,她哪有那么美?而且身上一股狠劲,绝对不是什么省油的灯。更有朋友说,这种来路不明的人,又可疑的富有,属于高危人群,我们天然排斥,你最好也小心一点,你刚从国外回来,哪里知道什么叫美人心计。

也许当时的他实在太年轻了,自然气盛,这种话一句也听不进去。

朋友们设了饭局,故意带出他们的女朋友,希望唤醒沉睡的贺武平,那些女孩子个个美丽超凡,灿烂耀眼,有金牌主持、芭蕾舞演员,还有当红的歌手和首饰设计兼钢琴师,她们天人般的美貌和优生的长腿长手指，总是会让平凡的女孩子自惭形秽。只是梅金年纪虽轻却稍有历练，她表面上不动声色，内心里并没有把这一票人当成对手。她们无言的蔑视深深地伤害了她，让她决定极地反击。

同时小豹姐也说，你是猪啊，还是笨蛋？碰到这样的金龟婿就要死死咬住，刀架在脖子上都不能松口。

一天傍晚，贺武平和梅金到一家地道的日本店去吃加贺料理，一身和服的老板娘提着裙摆小跑着过来迎接客人。进门之后才发现这里是用一个小型的山庄来作料亭，包间不多，但最好的便是面对庭院的水景多功能茶室。

茶室是敞开式的，延伸出去的地板悬在一座不大的池塘之上，围绕池塘的是高大、浓密的长青植物和紫红色的长叶灌木，黄杨木和海桐花在蓝灰色的草丛中分外耀眼。静水深流，色泽鲜艳的锦鲤沉在水底缓慢地游动，似乎整个世界的节奏也渐渐慢了下来。犹如门口挂着的一幅蓝幡，上面写着笔画敦厚的三个白字"味自慢"，竟比"金池"两个字还要醒目。

金池正是加贺藩的都城。

这里的宁静与平和，即使是脚步最匆忙的过客，也忍不住会席地而坐，茶室的内外用日式格子趟门相隔，半截的布帘子上绘着一个风情万种的艺伎正往头上插发簪。屋檐之下设有一张乌木的方桌，檐上挂着一只玻璃彩绘的江户风铃，在秋夜长风中偶一作响，叮咚之声却能响彻心扉。

晚餐从一杯热茶开始,贺武平叫梅金点菜,梅金点的前菜是雪蟹和鲨鱼籽、金枪鱼的刺身,还有天妇罗和治部煮。

清酒是一整瓶的"加贺鸢",埋在冰块里上桌。

雪蟹和甲箱蟹的拼盘是老板娘亲自端上来的,梅金恭敬还礼,说道,日本菜的精髓就是吃食材,秋天渔禁开放,当然要吃蟹,如果是三四月间,我就要点怀孕的鲷鱼了。

老板娘的表情有一种如遇知音般的欣喜,当梅金说出盛蘸料的木胎金箔小盏是"轮岛涂"时,老板娘上扬的眉毛都要掉下来了,是啊是啊,日本漆器中的轮岛涂就相当于中国瓷器中的景德镇啊。

饭后,激动的老板娘亲自以一场抹茶茶道为客人送行。她以长柄小茶匙舀出适量粉末倒入碗中,特意将有图案的一方对准梅金,然后注入沸水,用竹筛拌匀,而后优雅地从和服衣襟抽出一块方巾,衬着茶碗底部递了过来。梅金接过碗,按规矩右手单掌托起,左手将茶碗逆时针转动半圈,小口浅啜品味,喝完用手擦一下喝过的碗沿,再顺时针把碗回转半圈搁在桌上,然后双手扶膝,直角鞠躬。意思是我吃好了。

但是双方都有一些意犹未尽。

这时梅金从包里拿出尺八,尺八放在一个暗红色的金丝绒套里,她取出之后,轻加抚试,缓缓吹奏了一首古曲助兴。后厨矮矮胖胖的老板厨师松任先生也跑了出来，他戴一副黑框眼镜，脖子上永远系着一条雪白的毛巾，驻足欣赏时满眼都是过于意外的惊喜。

贺武平当即傻了，几乎不敢相信眼前发生的一切。

他说，那天的聚会，你为何说你没有任何的才艺表演，是不是因为没带乐器？梅金说道，古曲从来都是一对一的心意诉说，如此清雅唯美之物，恐怕一个听众都嫌太多，拿出来挑战竞技就完全没有韵味了，更是俗事一件。

贺武平被她说得脑袋阵阵眩晕，如痴如醉，天上人间。

现在想起来，当时梅金吹奏的哪里是一支古曲，分明是万劫不复的魔咒，令这两个完全不相干的人并蒂而生。

贺武平贪玩，贪靓，花心。

但若无这几样宝物傍身，又怎见得是人见人爱车见车载的公子哥呢？这年头，人人都爱公子哥，他们就像试管婴儿，纤尘不染，不食人间烟火，保持着最原始的天真和性感。

他说现代人为什么活得这么粗鄙？穷人也就罢了，富人也没有一个像样的，为什么？就是因为不会玩啊，人活一世，不玩对不起自己。再怎么拼命地工作赚钱是为什么？不就是为了开心吗？可是不玩怎么会开心呢？

他哪里有什么眼袋和皱纹？常人看来，无非一段时间夜夜笙歌有些眼肿疲累，丝毫不影响他近乎完美的气质。但他的审美要求细微而敏感，就像他本来牙齿好好的，非要花天价去做了一口明星牙，笑起来更加迷人，整齐洁白的牙齿闪现出钻石般的光芒。也许他微微出现的眼袋属于家族遗传，听说了丽慈的冯渊雷做得最好，没想到扯出一场陈年旧案。

冯渊雷死了，但是隐藏在贺武平心中的仇恨好像并没有随他而去。

的确，贺武平是在冯渊雷的工作室里意外地看见了梅金的丰胸照片，因为这太隐秘了，雷同的几率微乎其微。

粗粗一查，梅金完全变成了另外一个人，一个他完全陌生，根本不可能有任何交集的人。她不是孤儿，身体严重造假，还做过三陪女……后面的事他都不敢看了，一把火烧了这些文件，他对自己说，不要再查下去了，否则最先崩溃的将是他自己。

眼睛一眨，白玉变成豆渣。

当天晚上，贺武平便急招公司的常年法律顾问聂军飞密谈，这个人四十来岁，微胖，头发浓密还带点自来卷，一脸倔强的严肃，特点是嘴巴极严，号称老虎钳都撬不开。他是北京大学法律系毕业的高才生，贺润年钦定的可以融入家族体系的人选。

贺武平的意思是，根据法律对奸情受害者有利的规定，起草一份剥夺梅金分割财产权的离婚协议及起诉书。

以往思路敏捷的聂军飞愣了片刻，怔怔地说道，你确定这么做吗？

同样的问题，贺武平在心里又问了一遍自己，四目相望，聂军飞的目光意味深长，欲语还休。这让贺武平陷入了沉思，最终不自觉地冲聂军飞挥了挥手，表示自己想安静一下。

在巨大的谎言面前，他已经不知所措。

聂军飞无声地离开了，剩下贺武平一个人在马术俱乐部的休息室里发呆。也只有这个地方梅金是不来的，否则无论是办公室还是家里都不方便讨论这个问题。不知从什么时候开始，他便觉得梅金的眼光中闪动着神鹰一般的光芒，而且无处不在地笼罩着他的生活。

窗外绿草盈盈，视野相当开阔，远山蜿蜒如水墨画一般安逸悠然。

八岁的贺丙丙正在学习马术，他小小年纪一身马服马靴，认真地板着一张小脸。贺武平专门为他买了一匹纯血马，乌教练也是价格最高的教练，沉稳坚毅的内蒙人。谁都知道，马术是典型的贵族运动，不仅能够塑造正直的体态，还可以训练出人的节奏感和柔软度。

丙丙的样子根本就是贺武平的盗版碟，眉清目秀，神气俊朗。全家人爱死了这个宝贝疙瘩。

无奈，有些事情发生得太晚又太突然，时至今日，随着岁月的流逝，所有的假都因为有充足的时光浸润而变成了真。孩子是真实的，梅金的奋斗史是真实的，包括她在贺润年心中的位置也是真实的。

由于梅金的辅佐，贺润年在生意场上更加霸气，连续几年出手做成的并购案就有十一项，贺武平心想，父亲就是舍弃自己都未必会舍弃梅金。

父亲最欣赏梅金的硬朗风格，在柔性管理大行其道的今天，梅金坚持不靠"亲和力"解决问题，而是决不回避正面冲突，商场即是战场，只可能在斗争中求和谐。当年她初入松崎双电，便连续四十天追讨公司债款；在公司成功上位之后，她又带着少而精的营销团队，打败了国内一些厂家近千人的营销队伍；掌握权力之后，她坚持原则，规定凡拖欠货款的经销商一律停止供货。

她的冲锋陷阵有效地缓解了贺润年的职场压力，令他腾出时间和精力去考虑公司的整体规范化。二〇〇三年，账上并不缺钱的松崎双电选择了在香港上市，贺润年表示这纯粹是一种国际品牌的名号，但他必须走出亚洲，以了心愿。

此外，在得到贺润年最充分的信任之后，梅金还亲手打造了自己的团队，公司的命脉部门：财务，公关，核心技术的研发优势和新材料的应用技术全部掌控在她的手中，还有密如蛛网的营销网络，更是她一点一滴建立起来的。

十年一觉大梦归。

如今，当年的媚猫已经养成了老虎。如果说梅金的强势在公司内部早就不是秘密，那么还有一些外人不知道的隐痛深藏在贺武平的内心。

那就是梅金还救过他的命。

若干年前，贺武平在打网球的时候认识了一个女孩子叫林丁棉，不仅球打得好，而且人也长得健康喜气，理一个分头，小麦色的皮肤细致光滑，最招牌的打扮是一身雪白的超短网球裙，露出笔直匀称的美腿，白色的运动鞋配一双耀眼的鸳鸯袜，一只翠绿一只鹅黄，就跟搞错了似的，给人的整体感觉是年轻动感。林丁棉有一个哥哥叫林丁铁，是个网球教练，人长得高大威猛。由于他一直是贺武平高薪聘请的陪练，一来二往的也就跟林丁棉熟了。

本来，贺武平身边一直不乏女朋友，梅金知道他贪玩也并没有多心。她深知这种事管还不如不管，通常贺武平也没有什么长性，热得快也冷得快。但是这一回，林丁棉居然把贺武平忽悠得跟她一块儿去意大利的蓬扎岛度假，两个人在海滩上不顾旁人的目光，热情似火，不停地拥吻。被记者偷拍的照片登在报纸上，不仅让梅金颜面尽失，还让她觉得这个女孩子是有备而来。

林丁棉自称是一个健美教练，在健身房教教肚皮舞、钢管舞、普拉提什么的，生活状态简单而快乐，这显然是暗合了贺武平的价值观，两个人又能玩到一块儿去，所以很快就密不可分，情感也随之急速升温。

两个人最后一次结伴而行是去南非,这一次贺武平差一点就没有走出非洲。原来早有预谋的兄妹俩精心策划了这次死亡之旅,由林丁铁带着同伙先一步飞往异国他乡,在贺武平下榻的别墅住下。结果贺武平到达南非之后,便一脚踏进了机关算尽的陷阱,他还没看清楚当地的自然风貌,就被兄妹俩上下齐手绑了起来,在得知他的银行密码之后,林丁铁与其同伙先后多次到银行提取美金七十万元,人民币八十六万元,最终决定撕票,而后逃之夭夭。

就在林丁铁把准备勒死贺武平的电线绕在他脖子上的时候,贺武平对林丁棉说,我还以为你爱上我了呢,你们演得真好,可以当影帝影后。

话音未落,林丁棉飞起一脚踢到贺武平脸上,顿时血花四溅,贺武平只觉得脑袋嗡的一声,顿时山河倒立,眼前模糊一片,但他仍听见林丁棉恶狠狠地骂道,死到临头了你还那么多话!谁会爱上你这种自恋狂,你去死吧。

当时贺武平心想,这一回是死定了。

然而令人没想到的是,情形突然急转直下,都有点像品位不高的影视剧情了,由于梅金带着人及时赶到,贺武平得以脱险。

在归途的飞机上,贺武平的脸肿得像包子似的,脸颊和鼻梁一样平,还被白绷带五花大绑,幸好后来证实没有破相,只是掉了两颗牙,整个牙床也都松动了,休养了大半年才渐渐恢复，又找了一次明星牙医补牙。

依然是在头等舱，依旧是两个人并肩而坐，贺武平想起初识梅金时的一幕，不禁百感交集。

那是夜航飞机，梅金倚窗而坐，始终一言不发地望着窗外。

她是他的驱魔人，也是他的护身符。但他是从来不认错的，只是默默地抓紧了她的手，那一刻，他宁愿相信他是非常非常爱她的。

后来，他问过她，既然你早已看出了端倪，为什么不提醒我？她淡淡地回道，我当时提醒你，你会听吗？你会相信吗？

但是在她的原罪面前，所有的这一切又是多么的不堪一击啊。

不得不承认，随着物换星移，他们所谓的相爱已经演变为成年人的婚姻，原本青涩而炽热的激情早已烟消云散，剩下的均是权衡利弊，取舍得失，与什么爱不爱越发的没有半点干系。

所以，果然。

你确定要这么做吗？

千江有水千江月，似乎只在一瞬间，他再不是那个鲜衣怒马杀伐果敢的浪子，但她，却已成为与他比肩而立驰骋沙场的强者。

这时，贺武平感觉到船体重重地一靠，他醒过神来，发现游艇已经靠岸，他的若干保镖沿岸而立，成为一道奇特的风景。自从林丁棉事件之后，贺武平每次出行都像带了个旅游团，那也是没有办法的事。

人在摇摇晃晃之中是很容易思绪万千的，贺武平还在发怔，米高的手已经伸到眼前，他拉起贺武平，还不忘一左一右拥着两个阳光美少女上岸，他们商量着晚上到哪儿去喝酒。贺武平却一点心思也没有，这一次，他是被一种令人窒息的阴郁所劫持，心陷囚笼。

四

仿佛是在睡梦中，蒲刃便听到了淅淅沥沥的雨声，他跳下床拉开窗帘，果然下雨了。

才只有早上六点钟，又是星期天。他回到床上，想象着一会儿用他的复古拉杆咖啡机，配合九十摄氏度的开水，泡出一杯热气腾腾的"猫屎"咖啡，端在手里在窗边闲坐，和幽暗沉闷的雨天才是绝配吧。

他决定今天去一趟老人院，许久没有看望父亲了，眼见着八月节临近，他昨天就买好了荣华饼屋抢先出闸的豆沙月饼，这是父亲最爱吃的，另外还有娃哈哈饮料。此外，他还决定带父亲去游乐园玩一天，坐坐云霄飞车和摩天轮，父亲有喜高症，只要人升到半空中就会手舞足蹈地狂喜。

所以他昨晚已打电话到老人院，给父亲请好了假。

可惜天公不作美，但一般早雨不会下得太久，还有就是阴天游乐场没有那么拥挤，以前他们不止一次地试过和孩子们挤在一起排队，活像山羊里的骆驼，所以还是风雨无阻吧。

蒲刃习惯了有序的生活，脑袋里把一天要做的事过一遍，想一想没什么疏漏，心情变得坦然。

微雨的早晨，还可以再睡一会儿。闭上眼睛就是天黑，这不是废话吗？

电话铃响了，蒲刃倒是吃了一惊，谁会这么早给他打电话呢？他的手机二十四小时开着，为的就是老人院随时可能来电话，但是居家的座机，谁会一大早跟他说什么事？

蒲刃拿起话筒，对方的声音非常稚嫩，还有点怯怯的，蒲叔叔，我是幽云。得知是幽云来的电话，蒲刃大感意外，情不自禁地坐了起来，同时睡意全消。他有些慌乱道，幽云你在哪里？出什么事了吗？幽云回道，我在家里，也没有什么大事，但是蒲叔叔，你可以到我们家里来一趟吗？她的音调有点要哭不哭的。蒲刃一边跳下床一边回道，我马上过来。

尽管细雨霏霏，不曾间断，但是由于早上的街道车辆稀少，没有形成阻塞，所以蒲刃有条件把车开得飞快，马路坑洼里的积水，被车轮飞出一米多高，还伴着哗哗的声响。

很快，蒲刃就来到了乔乔家的别墅。

停车的时候，蒲刃看见幽云坐在家门口的台阶上，两手托着小小的下巴在等着他。看见他从车上下来，便冒雨扑了过来。

蒲刃拉起幽云的小手，又往屋檐下跑。结果两个人都湿了。

进到屋里，客厅是空的，一切如故，没有什么特别。蒲刃跟着幽云，右拐是餐厅，紧挨着餐厅的是一间比客厅小一半的起居室，乔乔坐在一张桌子的前面发呆。幽云小声对蒲刃说，她从昨天晚上就坐在这里，一句话都没说过。蒲刃点头表示知道了，又使了个眼色示意幽云暂时离开，幽云懂事地出去了，走时还不忘把门轻轻带上。

乔乔不烟不酒，只是脸色发青，人看上去十分疲惫涣散，而且好像跟外部世界完全脱离，不知神游在何方。蒲刃走上前去碰了碰她，她醒过神来，见是蒲刃，实在有些意外，眼睛下意识地看了看墙上的挂钟，有些难以置信蒲刃为何会此时此刻出现在眼前。

你怎么来了？她说，紧接着她的眼睛一亮道，这么早，是不是，她停了一下才说，有什么进展了？

蒲刃摇了摇头，他看见乔乔的眼神立刻就黯淡了，连一点过渡都没有。

可是他也不能瞎说，从掌握的情况看，他也只能整理出一条线索：肯定是贺武平意外地发现了梅金的一段私情，但是到底是什么不知道，从抽屉里拿走了什么也不知道，更不知道车祸是怎么发生的。

为此，蒲刃又去了一次冯渊雷出车祸的事故现场，这一次他并不指望有什么特殊发现,而是顺着这条路逆着车流方向慢慢走,马路上车轮滚滚,烟尘飞扬,笛声刺耳,人的心情立刻变得躁动烦乱。他也并不知道自己想干什么,或者有什么目的。总之,是既无奈又茫然,也许是他觉得劳心劳力之后,反而离真相渐行渐远,其实他对复杂的人性并没有太大的兴趣。

不过走着走着,他在离出事地点的第二个红绿灯处,看见了一个监控录像的探头,他想,车流是流动的,那么冯渊雷的车在撞车前出现过什么状况呢?有一种情况是什么都没有发生,突然间祸从天降。还有一种可能是出现了状况而后导致了撞车,那么会出现什么状况呢?

按照冯渊雷坚定的口气,也许他不止一次地遇到过险情,否则他应该不会断定自己绝不可能出现交通意外。

蒲刃当时就想到了关菲尔,那个给他印象极佳的女内警,他本来想给她打个电话,但转念一想,事隔已久,人家恐怕早已经不记得他是谁了。于是他抽了一个时间,又跑到交警大队去,打电话把关菲尔约到服务窗口,关菲尔果然不记得他是谁了,但还是和气地问他有什么事。

蒲刃说想查一段监控录像。关菲尔先是微笑了一下,之后才面有难色地问道,什么理由呢?蒲刃一时间愣住了,他的确没想过这个问题,所以无话可说。关菲尔进一步解释道,如果没有特别充分和过硬的理由,监控录像是不可能随便看到的。蒲刃想想也是,可是什么理由呢？他还真是没有急才，想来想去毫无头绪，总不能说我想证明一下我的假设吧，那不是脑子进水了。

于是，他只好有礼貌地跟关菲尔道别，一边说道，等我想好了理由再来找你吧。

这一回关菲尔大概能记住他了，因为从小关的眼神里可以看出她觉得蒲刃实在有些奇怪，估计几乎没有人提出过这种无理要求。

蒲刃陪着乔乔干坐了一会儿，突然，乔乔没头没尾地说道，蒲刃，你答应我，一定要找到害死渊雷的人，我不会放过他。就是到了阴间地府，我也会变成厉鬼等着他。蒲刃微皱着眉头道，发生什么事了？

乔乔不说话，眼泪无声地流了下来。

蒲刃火道，你说话呀，光有情绪有什么用？说那些狠话有什么用？我在问你，到底发生了什么事？

乔乔把桌上的一个牛皮纸大信封推到蒲刃面前，是那种装文件的卷宗袋，封口处有两个一模一样的圆轴。蒲刃绕开来回缠绕的细幼的麻线，打开厚厚的信封，里面全部都是白纸。

什么意思？蒲刃望着乔乔，用眼神询问。

乔乔答道，那个人又来电话了，他说他知道事情的真相，而且会告诉我凶手到底是谁。我不相信他，他说可以在火车站附近一手交钱一手交文件，后来他坐着载客摩托车，把这个扔给我就跑了。

蒲刃急忙问道，你给了他多少钱？

五万块。

蒲刃差点没背过气去，乔乔说她把现金放在一个黑色的垃圾袋里递给骗子，她说那个骗子在电话里跟她说得特别诚恳，说是自己良心发现了，一定要把真相告诉当事人。他还说若不是家里有人生病急等着用钱，他也不可能冒着被抓的风险来干这种事。

这么拙劣的漏洞百出的骗术居然都有人相信。

蒲刃不是对乔乔，而是对所有的女人绝望，她们考虑事情既没有逻辑思维，也没有理性思维，全凭一时兴起，感情用事。即使是学理科出身的乔乔，也像高中生一样好骗，这难道不是对她智商的污辱吗？你能不能不要再管这件事了！蒲刃忍不住脱口而出。

乔乔没有作声，只是看了他一眼。

这一眼让他感觉到了自己的失口，人家是恩爱夫妻，凭什么不管？说这种话什么意思嘛，蒲刃意识到这一点，便改口道，我的意思是这件事由我负责，我会把事情搞清楚的。

接着又说，我知道你心里窝囊，告诉你，我现在也窝囊，我还专门提醒过你这是骗子，为什么你宁愿相信他们也不相信我？

乔乔低声回道，我看你调查了这么久，一点头绪都没有。

蒲刃不耐烦道，没有头绪就应该相信骗子吗？亏得你还受过高等教育。好了好了，不要再说了，我去给幽云做点早饭,你也吃一点,然后睡觉。

说完这话,蒲刃先一步离开了起居室,他到厨房打开冰箱,里面几乎什么都没有,幸好还有一罐牛奶和几个鸡蛋。他把水池积下来的碗碟洗干净,又在吊柜里找到半袋麦片。

的确是没有头绪啊,有一天,他曾意外地收到关菲尔的短信,她说她想起了他和那一个撞车案,鉴于他的执着,她去查看了出事当天第二个红绿灯处的录像资料,结果是一切正常。

她没有劝他不要再纠结了,但在他回了短信,又提了一些疑问以后,关菲尔再也没有理会他。

就在他准备煮牛奶的时候,只听见洗手间的方向一声闷响,没等他反应过来,便听见幽云声调尖细地在喊妈妈。

蒲刃急忙冲进洗手间,见乔乔整个人瘫软在地上,脸色死灰死灰地晕了过去。蒲刃二话没说,抱起她来就往门外跑,一边嘱咐幽云看家,不要给生人开门。幽云有点吓傻了,一直跟在蒲刃的身后点头。

幸好雨已经停了,蒲刃把车开到小区的大门口时,才想起问门卫最近的医院在哪个方向,然后直奔医院而去。

急诊室的大夫说,乔乔虽然只是低血糖发作,但若是没有及时送来,也是有生命危险的。低血糖可以致命,这在医学上是有结论的,也是没有争议的。护士手脚麻利地给乔乔挂了葡萄糖水点滴瓶，乔乔虽然没有那么快醒来，但脸色已经渐渐好转，恢复正常的颜色。蒲刃心想，这一切肯定都是她心理压力巨大，不吃不喝造成的。

看来婚姻对于女人，恐怕真的是唯一重要的，所谓树死藤枯大概就是这个意思。蒲刃这样想着，暗自叹了口气。

过了好一会儿，乔乔终于醒过来了，但是她完全不知道发生了什么事。蒲刃把情况讲给她听，她好像才慢慢恢复记忆，虽然没说什么话，不过眼神里充满了感激。蒲刃对她说道，你就安心睡一会儿吧，我回去带幽云吃一个麦当劳，然后再跟她一块儿过来接你。

乔乔微微点头，却说了一句，对不起，我实在是太愚蠢了。

看到她有气无力的样子，蒲刃也的确是心存怜意，美人认错，是男人几大必不忍心之一，就像女人的害羞或撒娇都是她们手中的利器，无法抵挡。

蒲刃也一样，他毫无原则地说了一句，就当是破财免灾吧。

蒲刃带着幽云去麦当劳，席间，两个人相对而坐，蒲刃是不吃洋快餐的，便单手支着下巴看着幽云吃。

他对幽云说道，你今天表现得很好，很勇敢，以后无论遇到什么事都可以给蒲叔叔打电话。幽云瞪大眼睛想了想，停止咀嚼，很认真地说道，蒲叔叔，你现在还喜欢我妈妈吗？

听了这话，蒲刃当场给惊着了，他没想到幽云的话说得这么镇定和自然。当然他也不是傻子，不会马上回答这种没法回答的问题。

主要还是不知道怎么回答，其实他对事过境迁的东西总有些意兴阑珊。但是这种中年男人的情愫根本无从诉说，更不用说是面对一个小孩子了。所以蒲刃有些尴尬地沉默，但是幽云却一直小眼溜圆地看着他。

他只好说道，那你妈妈是怎么说的？幽云回道，我妈妈从来没说过，是我爸爸偶尔会提起，他总说妈妈真心爱的人是你，妈妈就会跟他吵起来，他们很少吵架，就是说到这件事不开心。

本以为幽云还会说下去，但是她此后就什么也不说了。蒲刃觉得孩子对他有些失望，但他实在想不出该如何回答这个问题。

吃完了麦当劳，蒲刃又带着幽云去了超市，买了很多食物回家把冰箱塞满，再回到医院去接乔乔，乔乔这时已经没事了，蒲刃又把她们母女俩送回家。总之忙完这一切再赶到老人院，已经是下午四点钟了。

天气彻底转晴了，而且因为下过雨，空气相对清新。

父亲就坐在老人院大门口的马路牙子上，有一个工作人员也坐在他身边陪着他，看见蒲刃从车上下来，工作人员先跑了过来，说是蒲刃的父亲一大早就坐在这里了，还换上了一直舍不得穿的新鞋新袜。蒲刃看了一眼父亲，果然是白得耀眼的耐克运动鞋袜，脸色却是掩饰不住的落寞，没有表情地望着别处。

工作人员还说，我一直给你打电话，但都没人接听。蒲刃这才想起他一大早走得匆忙，完全不记得带手机，并且对上午和中午的清静没有半点警觉。

他知道必须带着父亲马上离开，显然是不能去游乐场了，这类地方一般都是下午六点钟关门。还能去什么地方他还没想好，但就是在外面开车随便兜风也必须照做，否则今天的事就收不了场。

蒲刃把父亲扶上副驾驶位，又帮他系好安全带，然后才上车发动引擎。

工作人员如释重负地跟父亲挥手，父亲依旧是黑口黑面像没看见似的，蒲刃只好摇下车窗，有些夸张地点头微笑致意。

还是没有想好把车开到哪里去。蒲刃只能一边开一边想，没有目的地在路上跑。过了好一会儿，完全是因为他自己的肚子饿了，这才想起一家位于市郊的潮菜馆，是原来的国营面粉厂改建而成，装修得很花心思，走古朴端庄的路线，菜式出品不仅味道正宗，价格也贵，半只老鹅头就几百，炖汤更是足料足时价格不菲。所以最终这家饭馆的特色就剩下一个字，贵。

饶是这样，这家餐馆还是一副我是山、我不过去你过来的架势，但是蒲刃承认有时还是会想吃，皆因山高水远而放弃，这次去那里就正好。

车内的空间有限，所以沉闷的气氛让人很不舒服。

蒲刃用余光看见父亲正襟危坐，目不斜视地看着正前方，嘴巴紧闭，嘴角还微微向下撇，根本没有一点跟他缓解的余地。

这样开了足有十多分钟，蒲刃有些熬不住了，他正想打开车上的音响，放点音乐出来稀释紧张的气氛。父亲却突然开口说话了。

我的问题解决了吗？他说。

蒲刃回答得很肯定，解决了。其实他也不知道解决了什么，但父亲严肃的时候，最好就顺着他说，否则后果很严重，万一他情绪失控会变得很麻烦。

父亲仍旧坚定不移地看着前方，继续说道，我就知道一定会解决的，他们这么做，无非是要摧毁我的意志，但是我告诉你吧，我的意志比钢铁还要硬，这一点我的心里比谁都清楚。

蒲刃点头像是佩服加赞许，嘴上却说，可是水很柔软，却有穿石的本领啊。

父亲哼了一声，斜斜地看了蒲刃一眼，而后继续目视前方，不以为意道，你以为谁是水？我就是水啊。

蒲刃愣了一下，居然无言以对。

他们就这样两头不搭地聊着，汽车向市郊的面粉厂急驶而去。

每周星期二的下午，如果没有什么特别重要的事情，蒲刃都会照例去中修堂坐诊，不过他没有处方权，有时开了方子递给娄世清老先生看，没有问题的就给他签个名。娄大夫原来是省中医院的名医，退下来以后便被请到中修堂，现如今号称国医馆的机构可谓遍地开花，由于中修堂有中医药大学的背景，娄大夫才肯每周两次在这里坐诊。

中修堂在城东的一处僻静地方租了一片门面房，分上下两层，装修之后楼上看病，楼下就是中药铺，有几个伙计在抓药称药，用最古老的褐色的纸药袋装药，上面还有中修堂的字样，三个中等大小的隶书，给人挺踏实的感觉。

中修堂的理念是养生健体，针对都市人的亚健康状态治未病。

虽然算不上门庭若市，但也是人流不断。蒲刃跟娄大夫是老朋友了，因为蒲刃喜好中医，曾经遇到问题登门求教，真正聊起来娄大夫才发现蒲刃是做足了功课的，不仅《黄帝内经》《伤寒论》什么的认真通读过，就连《金匮要略》《思考中医》这类著作也都看过，尤其是《神农本草经》，读过并不令人称奇，而是对许多药材的运用，蒲刃说起来犹如取囊中之物，要知道他不仅不是大夫，又完全没有临床经验可言，实在是让娄大夫对他另眼相看。

蒲刃的解释是他自小生长在神农架附近的小山村，

小的时候为了凑齐学费便经常到深山里采药，晒干后再拿到镇上去卖，日积月累便对中草药略知一二，加上乡下中药铺的土郎中见他聪慧伶俐，对他有所指教。所以蒲刃是从内心尊崇中医，而并非略知皮毛就自鸣得意的大票友或三脚猫。

两人多少有点相见恨晚，引为知己。

娄世清的特点是不挂相，不琐碎，譬如他坐诊，就不会穿对襟琵琶扣的唐装，手臂上套个原木佛珠什么的，更不会搞得鹤发童颜盘腿搭脉，而是着装整齐，一切正常。他也不会被不靠谱的患者牵着鼻子走，周游列国，而总是思路清晰，用药精炼。他说流传百年的中药经典方子，"四逆汤"也就三味药，"生脉饮"也是三味，"独参汤"干脆就是一根人参救命，所以好的大夫都是以少胜多。

这年头人正常就不易，更不要说情投意合。蒲刃还喜欢娄世清的是他的话少，不客套，跟他在一块儿坐诊神清气爽。

有一次，蒲刃给自己开药治疗"宿食"，不仅不好还发起烧来，于是又服小柴胡汤，四五剂都不见好，便拿方子给娄大夫看，娄大夫说不该将里面的黄芩减去加芍药，这么一改，只两服就好了。

树仁大学也是一个小社会，有着偏门爱好的人并不少见，就像有一个女教授喜欢自制蛋糕，据说是纯手工制作而且有相当的水准，她做的无糖无忌廉的雪纺蛋糕，用料是比利时天然奶油和龙眼蜜，搞得订单如雪片似的飞来，她做不完就退单下次生日请早；还有一个教授是酷爱萨克斯，水平高到可以在五星级酒店大堂酒吧里独奏；更有一个年轻的讲师，逢节假日便去曲艺团拜师学习相声，但是相声真的能自娱自乐吗？

楼上的诊室是由白布帘简单隔开的，蒲刃和娄大夫的办公桌对摆，算是占了一间，另外两处，一处是中医推拿，以正骨为主，另一处是一位经验丰富的女大夫治疗更年期综合征，一般情况下都是她那里的病人最多，吵吵嚷嚷的也是常事，大伙都司空见惯了。

每一次到中修堂来，对于蒲刃都是一个休息的过程，中医自成体系，他可以在本职工作之外的世界透一口气。

但是这一次不同，几乎变成了一个治疗过程，由于他已经被冯渊雷事件搅得寝食难安，正常的生活完全被打乱了，加上他捕捉到的每一条思路，开头都是轰轰烈烈，疑点颇多、走着走着就没路了，根本不见柳暗花明，所以令他的情绪一度失衡，随时有可能火冒三丈。

逝者已去，活着的人为了他们能够安息就是不能有片刻的宁静吧。

蒲刃想起乔乔在医院时苍白而衰弱的样子，包括她不揭开事情的真相就誓不罢休的决心，估计都是他不胜其烦的原因。真相有时候就是在精神上压垮我们的最后一根稻草啊。

这一天的病人不多，停歇下来的时候，娄世清并不说话，只是专心看书，他的超平稳的气场令蒲刃原先烦躁的心绪一扫而空，渐渐归于平静。

中午，梅金跟贺润年在富美大厦的半岛酒店吃商务套餐，穿黑色制服的领班认识他们，便不动声色却礼貌备至地把他们带到靠窗的座位，窗外正好是新区的绿化带，比较养眼。领班还亲自奉上简单精致的饭菜。

隔一段时间，他们就会利用午餐时间聊一些事情，而这里离公司总部也只有步行十分钟的距离。

这段时间，梅金准备斥巨资引进一套全新的管理系统，但是公司大部分人都有抗拒心理，从财务部到供应链系统都比较紧张改变，也有人给贺润年传话，觉得松崎的定位还是传统老店，不必搞得太过新潮。但是梅金坚持松崎必须具备品牌意识，而品牌都有强大而专业的系统支持，最慢三天也能看到报表，现在的情况是一个月都做不出来。公司不能只扩不管，兼并当然爽，但是管理上的问题早已不是豆腐账，如果不掌握当月的营销数据，任何决策都变成了想当然，便是大企业管理失控的先兆。

一开始，贺润年就是默不作声，只听不言。后来，直到午餐差不多快结束了，他还是不说话。梅金搞不清他的想法，说了一轮也就不再说了，低头慢慢咀嚼，慢慢吃饭。

其实贺润年对什么新系统根本一窍不通，他对事物的判断另有一套，首先他是信任梅金的，而且他同样也是听说梅金为新系统的事，连续半个月在办公室加班直至深夜，人家也是正当年，不是没完没了地添置名牌和首饰，而是一心扑在公司的成长壮大上，反观自己的宝贝儿子，又不知跑到哪去疯玩了，公司里的事他听都不要听。

所以贺润年对梅金总有一份歉意，对她的要求也基本言听计从。

只是，贺润年习惯了深藏不露，无论是对家人还是客户，你都很难从他的表情里读到什么，深层次的想法是，任何时候都保留着扭转乾坤的权力。

太过感情用事，怎么翻脸？人生有许多时候是不得不翻脸的。

终于，他开口了，他轻描淡写地说道，这事你自己定吧，不用再问我了。梅金听他这样说，当然也很高兴。她说爸，谢谢你，我就知道你是会支持我的。其实对于引进最新的管理系统，梅金是没有半点私心的，自从生了丙丙之后，她觉得自己已经没有理由不把公司做得更好。

梅金感觉步履轻盈地回到了办公室，近几年来，她发现自己的全部喜悦几乎都是来自工作，永远都不要说权力是男人的春药，其实同样也是女人的春药，只不过成功离女人更远，所以连奢望的心都免了。

有时她想到有一天成为松崎双电的女王，应该是指日可待的事，内心真的是激动不已。

这时她在大班台前坐了下来，喝了一口热茶，她定睛看了一眼放在她面前的白色信封，当她看到右下角的公司名称，眼睛像是被烫了一下，"邦德高科"这四个字让她的心一下子提了起来。

一度快乐的心情转瞬即逝。

表面看起来，邦德高科只是一家普通的商务调查咨询公司，但其实它早已演变成一只恶名远播的可怕黑手，穿梭在位高权重的官员和财大气粗的商人之间，窥视隐情，设局下套，这只黑手无所不能，无孔不入，只要被它盯上犹如羊落虎口。

熟悉邦德高科的人都知道，公司的前身是由一位退下来的派出所所长创办，但其后渐渐聚集了离职的警界精英和黑帮中的佼佼者，逐步做大做强，突显实力。这是一家典型的影子公司，就是背后有人罩着，但你永远也不可能知道背后的黑影是谁。

这个说法并非故弄玄虚，只要见过他们最先进的精密而昂贵的侦探设备和巨大的绞杀能力，便可清楚这早已不是黄金荣时代的传统黑帮，所谓赌博、色情和高利贷这种支柱行业已成为雕虫小技。为了寻找新的财路，这只黑手业已伸向经济领域的方方面面，不仅触及金融敲诈、操纵股票市场和网络犯罪，给地产、物流、建筑等企业人士下套也屡见不鲜。

据称，百分之九十八的富贵显赫、财势熏天的企业负责人的家人情况、居住地点、车牌号码等个人信息都被他们搞得一清二楚。总之常人难以获得的信息，已成为邦德高科的利器，等待着送上门来的肥肉。

曾经，某高官的儿子在"中间人"的蛊惑下，欠下了上千万元的赌债，接下来是邦德高科介入此事，对这父子俩展开了无休止的追杀，直至高官心理崩溃，只得索贿还债，最终父子二人双双谢幕，关进监狱。有一位财经记者在写一本书，仅仅是分析金融案例时涉及邦德高科，他的书没有写完，就被一伙不明身份的人打至重伤，因内出血做了脾切除手术，外加间歇性失忆症。这样的例子数不胜数，以至于梅金一直记得贺润年对她的提醒，不要偷税漏税，不要参与任何幕后交易，因为这些钱如果进不到国库，也是流进邦德高科的账户。这么刺激的击鼓传花一点都不好玩。

如今贺董的话言犹在耳，她已经红花在手，周遭一片寂静。梅金的心一直提到了嗓子眼，虽不至于两手颤抖，但手心里已渗出冷汗。

她打开了信封，第一张照片就是她的黑梅乳房照，她像是被人扇了一巴掌似的，脑袋里蜂鸣声四起。大班台上的电话锋利地尖叫起来，好一会儿，梅金慢慢拿起话筒，感觉像是握着一个手雷。她的直觉一向很准：电话是邦德高科打过来的，事实上，她早已进入他们的控制视角。

果然，对方是一个超稳定的男中音。看到了吗？他说。好好看看吧,真是一个非凡人物论成功的故事,如果不是求财,应该向你致敬才对。他又说。

梅金的声音有点抖,但不失严厉,你们到底想干什么?

封口费。那个男中音说,封口费一千万,账号在最后一页。梅金没有说话,只是倒吸了一口冷气。男中音马上补充说明,这是诚信价,保证一次过再不反复。梅金心想,去死吧,随即大力地挂上电话。

最糟的情况已经出现,还好,能够用钱摆平的事情都还好。梅金一边暗自宽慰自己,一边调整呼吸。

但是很快,她就彻底崩溃了。

信封里最重要的证据是一本冯渊雷的情爱日记,里面涉及多人,其中之一便是和梅金的一段情,看上去非常刺激甜蜜。

然而记忆就像一把刻刀,在梅金的心中留下深深的印痕。

他们真是奇怪的一对,最奇怪的是他们都因为深爱着另一半而可以疯狂地做爱。当时她还年轻,美好的家庭生活却受到了林丁棉毫无顾忌的侵扰,她无法排解掉自己的负面情绪,决定报复。可是她认识的非常完美的男人实在有限,最终冯渊雷成为她的目标。毕竟他们是老相识了,虽然冯渊雷早已把她忘记,但是"黑梅"及时唤醒了他的记忆。

她是晚上到他那儿去的,事先,她给他打电话要求特诊。

清场，只剩你一个人就行了。我付特诊费。她的口气毋庸置疑。

晚上，在空无一人的诊室，她平静地对他袒露乳房，问道，我还需要做修补的手术吗？他说，不，你非常完美。她突然泪如雨下，她说你还记得我吗？我是一直记得你感谢你的。冯渊雷沉吟片刻道，我想起来了，你是梅金，虽然你在电话里说你是贺太太。但老实说是这个刺青提醒了我。

他一直以一个医生对待患者的口吻跟她说话，直到他一边安慰她一边给她系上衣扣时，她不顾一切地抱住了他。

令她没想到的是，冯渊雷的身体好像正渴望着这一抱似的，他先是愣住了，但是他最终的身体语言是接受。后来他对她坦白，说他一直过得很压抑，因为深爱着妻子，但是妻子永远不快乐，永远想着另一个男人。

事后，他又显得格外沮丧，他说男人其实就是这样，一念天使，一念魔鬼，处理感情问题是肾上腺素起作用，跟感情和道德都不相关。

我们再也不要见面了。他看上去有些恼怒。

可是到了第二天，他又主动来电话相约，两人去了很远的五星级酒店幽会。

既然都有深爱着的人，并不需要互诉衷肠，应该都是欠缺一个合适的人选宣泄情绪吧。结果他们的见面就只剩下一件事,而且是一件单纯就可以达到良好结果的事。

这样恣意妄为的关系维持了短短两个月,由于都是对方的"药",病情好转后就会脱离看似紧密的联系,两不相欠。

然而,这段不近情理和规范的性爱同样有瞬间之美,犹如昙花一现,香艳异常,刹那寂灭。这也就难怪冯渊雷会生发出许多感慨,要记录在案,留作收藏。不承想惹来杀身之祸。

她渐渐地平静下来,于是那颗坚冷的心又恢复了正常的律动,无所不能的气概重新附体。

她快速地翻阅了信封里的资料,说来奇怪,这时候的她,就像看另外一个人的故事。只要是关于她的一切变成了文字,她就会觉得跟自己关联不大。以前报纸上宣传松崎双电,把她吹得智勇双全,读上去也是莫名其妙。

事情很快理出了头绪,贺武平意外地发现了她和冯渊雷的陈年旧事,花钱找人制造了车祸,让冯渊雷一命归西。此事的内情目前全部掌握在邦德高科的手中,他们要索取一千万元的封口费。

总之,人固有一死,或死于苏丹红,或死于三聚氰胺,或死于地沟油,或死于情爱日记。

不祥的预感就像清水中的一滴墨,不可遏制地弥漫开来。

她的心再一次狂跳不止，不是因为钱，毕竟是人命关天啊。

梅金给贺武平打电话，但他的手机关机。难怪他最近一段时间一直关机，一直躲避，这说明他还没有想清楚下一步该怎么办。

梅金用召唤铃叫来助理，问道，贺总现在在什么地方？助理歪头想了想，又用一根食指挠挠右侧的太阳穴，说是好像明天从宿雾回来。好像？梅金的眼光像刀片似的扫了助理一眼，突然火道，我让你找人，你跟我说好像？你这是标准答案吗？他有那么多保镖，还有那个损友米高，找到他的位置很难吗？

助理吓得顿时无影无踪。

等到他再一次来到办公室的时候，天已经全黑了，梅金坐在大班椅上，背靠着大班台望着窗外发呆。助理回道，他们刚下飞机，直接去了"可一可再"红酒屋。梅金头都没回地嗯了一声。

"可一可再"红酒屋的装修风格是极简主义和罗曼蒂克的混搭，有一面青砖墙壁，中空的长方形墙洞里堆满了空酒瓶，绿莹莹的瓶底闪烁着深邃又有些诡谲的光泽。一楼有几张圆台围绕着U字形的吧台间，站在里面的调酒师正在调水果酒，散客大多是雅皮。

据说，一看酒单就知道这里只浪漫不极简。

沿着青砖墙的铁制楼梯，二楼是一个相对宽敞明朗的空间,一边是透明的玻璃酒窖,另一边是一条长桌,面对面放着两条长椅,都是沉如顽石的废弃船木所制,坚硬厚实。

桌子上方是两盏铁皮罩的碗灯,中间夹着一个油漆斑驳、样式老旧的吊扇,挂吊扇的那块天花板是四幅水粉仕女图,拼得严丝合缝,颜色明快清雅,比如嫩绿或鹅黄,还有浅粉、紫荷,尽其轻柔娇弱,扇叶转圈的时候,美女的目光也是一眼一波,顾盼游移,还没喝酒便已醉了三分。

贺武平的随从已经散去大半,只剩两个贴身少话的,外加一个米高,四个人开了一瓶木桐古堡干红,点了一份冷制鹅肝和一份秘制宫廷烧鸭下酒。见到梅金独自一人从天而降,又铁青着一张脸,除了贺武平之外的那三个人都借故离开了。米高走的时候,意味深长地看了梅金一眼。

就是这不经意间的一眼,让梅金从心里确认他就是她和邦德高科之间的那个"可靠的中间人"。

米高生了一双小眼睛,但是目光锐利狡黠,不过他脸上常年挂着笑容,所以一般的人都会对他失去警惕。他其实根本没有什么正当职业,就算开过书店,做过旅游公司和中介公司,也都是以失败告终。但是这个人是个滥交大王,什么乱七八糟的三教九流他都认识,因而天南地北的奇事怪事知道得不少,浑说起来满嘴跑火车,俏皮话一串一串的,把贺润年都逗笑过。

梅金曾经提醒贺武平,说米高是验明正身的损友,叫他和他保持点距离。贺武平不以为意,心想当然是损友好玩,难道还找个老师伴在左右吗?

损友的另一个好处就是贴心,刚知道这件事的时候,贺武平终日闷闷不乐,米高说你干吗要这样?谁让咱们不好过,咱们就搞死谁,这还难住谁了?贺武平还是一言不发,只是叹气。米高说,没事,保证雁过无痕,做不到这样,我还出来混什么混?

损友就是这样,他不给你上课,不给你讲道理,不给你权衡利弊,只一句话便直指内心,让人受用无穷。

当然这其中的过程,也是贺武平后来告诉梅金的。

你来干什么?贺武平抬起略有些沉重的眼皮,冷冷地说道。

梅金也是一脸冰霜道,回家。

贺武平有些不耐烦道,我已经在丽思卡尔顿订了长包房,你先回去吧,有什么话等我酒醒了以后再说。

梅金毫不犹豫地拿起桌上的半杯红酒往贺武平的脸上泼去,这是以往在任何情况下她都不会做出的举动,贺武平当即呆住了,酒汁沿着他的脸颊流下来,滴滴答答的,他都忘了擦,只是怔怔地看着梅金。

梅金轻声但坚定地说道,现在醒了吗?回家。

在车上,两个人都一言不发。贺武平坐在副驾驶的位子上,开始还看着窗外,最终还是不胜酒力睡着了。

下车的时候,梅金架着摇摇晃晃的贺武平回到家中,家里没有人，丙丙平时都住在爷爷那边。

贺武平倒在长沙发上，越发睡得昏天黑地。

梅金静静地看了他一会儿，像是在欣赏一幅油画。接着才无奈地蹲下身去，她帮他脱掉皮鞋，是约翰罗伯斯品牌的定制皮鞋，既美观又合脚。只听啪的一声，她的一颗泪珠打在鞋面上，随即整个人瘫软地靠着沙发滑坐在地上。

香奈尔 2.55 经典款的包还挂在肩上，她把包扔在地毯上，单手摸出烟盒，抽出一支来点上，深深地吸了一口。

她简直就是为了她自己，真正是伤心。

她不缺钱，可是有谁真正心疼过她？分担过少许她肩上的担子？这一路行来的艰辛终是被她期盼的风光掩盖，要风得风，要雨得雨，这就是她给外人留下的全部印象，有谁知道她的稍有疏忽便是满盘皆输的忧心？这一步她早看到了，她必须是不能输不能错的金刚不坏之身。

她还是第一次感觉到这么心力交瘁。

读大学即将毕业的时候，有金带着他新娶的老婆找到学校来，对她说，别以为不跟家里联系我们就找不到你了。他还是那样，斜着眼睛，笑嘻嘻的。她没好气地道，你找到我又怎样？我没钱。

他没有说话，满脸写着，你逃不掉的。

我真的没有钱。

那我不管，你现在是城里人了，知道要脸，我们只要钱。

的确，说是这样说，总不能看着他们两个人在女生宿舍楼的外面蹲着，只要有人问就说是等梅金的。那个土气痞气，让她丢不起这个人。

还不是得拿钱出来带他们去旅馆，在外面吃饭新嫂嫂还挑三拣四的，进超市看见什么都想要。两个人住了一个礼拜都没有要走的意思，梅金没有办法，只好把全部的钱拿出来送神。

有金收了钱，这才说要在城里打工，叫梅金给想办法，梅金哪有什么办法？还是求了小豹姐，好不容易托人在郊区找到一家合资的玩具厂，新嫂嫂在流水线上打工，有金开车运货。厂里管吃住，订单也还稠密，只要吃得起苦，还是可以赚到钱的。

过了半个月，梅金坐郊线车去看他们。人家说，你现在才来？他们三天前就跑了，说都没说一声。

梅金原路返回，一路上的心情就像一碗白水，淡之又淡，随着汽车的颠簸，她想不明白，不是说血浓于水吗？为什么她倾其所有，重新回到几乎身无分文的境地，都换不来哥哥对妹妹哪怕是一点点的疼惜？

然而，仅仅是九个月之后，有金就又一次出现在她工作的银行大楼门口。

他先是到了学校，得知梅金已经毕业了，并且不知去向。但是他当年就一直留有力姿机构经纪人叔叔的电话，所以再一次找到了梅金。这一次，他说他离婚了，所以出来疗伤。梅金说花了这么多钱娶老婆，为什么说离就离？有金说，没钱就留不住女人呗。他的话说得轻飘飘的，嘴角还挂着一丝笑意。

但她猜想这一切是真的，除了他脸上掩饰不住的落寞，还有明显的衣衫不整，胡子拉碴。

她迅速地从钱包里拿了一沓钱给他，平静地说道，赶紧买张票回家吧，对不起，我帮不了你，你就是再来，我也是不认识你的。有金听毕，微微张着嘴巴，趁着这个空当，梅金把钱塞在有金手里，转头离去。

她重新回到银行大楼，恢复了那张训练有素的银行脸，微微笑着，饱含原则。她径直走进电梯间，就在电梯的门徐徐关上时，她看见有金追了过来，却被两个保安死死挡住，因为她已经交代过，她根本不认识这个人。第二天她就出了一趟远差，接着休年假，等她回来的时候，没有任何人跟她提及什么，这让她自己也觉得什么都没有发生过。

梅金并不知道，有金这次出来找她，真正重要的事还没来得及说，那就是有银因为没有钱读大学，就只好到贵阳去打工了。他当建筑工本来就吃力，又不幸出了工伤事故，右腿给砸断了，当时急等着手术费用。

几年之后，她终于嫁了人，有了钱。

忽然有一天夜里，她做梦梦见母亲，她喊她、叫她，她就是不应，无论如何不理她，这让她觉得有些奇怪。

抽空，她独自一人回了趟家。跟所有的人都是说出差，反正她出差也的确很多，不会有人多问一句。

她看到有银的时候，他当年因为没钱做手术，只好随便找了个庸医接了接腿骨，结果右腿瘸得很厉害，自然干不了什么重活，成了名副其实的残疾人。

有银基本不说话，神情颓唐漠然。

梅金素来只跟有银感情深厚，便拉着弟弟的手哭得不能言语。母亲果然是不理她的，她骨子里更是重男轻女，一心认定有银就是毁在梅金手上。

父亲说道，你哭什么？你不是不认识我们吗？

母亲不仅不跟她说话，还经常恶狠狠地瞪着她。

她在县城里给家里买了套房子，让父母带着有银同住。有金没有见到，说是跟一个带着孩子的寡妇同居，一块儿跑点小生意。梅金帮有银娶上媳妇，又开了一个小杂货店。有银媳妇兴致勃勃，她胖乎乎的，大心大肺，最喜欢干四处张罗的事。梅金给有银买了一台电脑让他解闷，还给他设置了邮箱，只是后来，她无论给有银发多少邮件，他也是不回的，如同泥牛入海。

一切都是应该的，没有人感激她。

一天晚上，她从县城最好的酒店回家来看有银，她得承认，她的家她是回不去了，所谓脱胎换骨，大概就是这个意思吧。她听见父亲对有银说，她给你什么你都接着，这都是她欠我们的，如果她当年给你哥换亲，让你出去念书，家里也不会搞成这个样子。

没听见有银说话，父亲又说，你还是得跟她要一笔钱，如果没有钱，你那个胖媳妇怎么留得住啊？

这一次梅金没有进家门，回酒店收拾了行李，头也不回地走了。

并且，她知道，她不会再回来了，任凭谁托梦给她！她想起当年出来读书时也曾痛下决心，这一次却是最后的一丝温情也已凋尽。

从那时起，她好像就没再掉过眼泪。

一大清早，梅金迷迷糊糊地睁开眼睛，发现自己和衣睡在长沙发上，身上还盖着一条淡青色的丝毯。她知道贺武平虽然恨她，但是对她还是有感情的。

算是根正苗红吧。

客厅里静悄悄的，并没有贺武平的踪影。梅金起身，本准备先去梳洗，再换上一套家居服，放松地吃完早餐，再考虑上班的事。冰箱里有进口的牛奶，质量上乘的麦包，水果也是应有尽有。但是梅金坐在沙发上一动未动，心里像压了石头那样沉甸甸的，让她只要醒着就必定六神无主，才下眉头又上心头。

院子里似是而非的有些动静，她推开门走到阳台上，果然看见贺武平在院子里玩遥控直升机，直升机在半空中呜呜地起起伏伏，贺武平双手抱着遥控器，全神贯注地操纵着。

他的那个神情，便是丙丙都少有的，就算是世界末日来临,也要先玩完这一票再说。

梅金觉得自己快疯掉了。

不过突然转念一想,反正事情已经发生了,急有什么用?

她重新回到客厅,整个人陷进沙发里,脑袋一阵阵发胀,这是偏头痛的序曲,可她连药都懒得吃。这些年忠心耿耿陪伴她的也就是薄荷烟和必理痛了。

全身一点力气都没有。

差不多过了一个时辰,天气原是好好的,却倏地来了一场阵雨,雨点大如铜钱,噼啪作响。贺武平总算是用他的外衣包着遥控器,拎着直升机跑回来了。他放下手上的东西,又去浴室拿了一条大毛巾,这才一边擦头,一边在梅金对面的沙发上坐下。

梅金说道,米高跟你要了多少钱?

贺武平的手停在头顶,他看了梅金一眼,便知道现在是梅金手里掌握着遥控器,而他只是半空中那架装备制作都无比精良的直升机。他把手上的浴巾丢到一旁,闷闷地回道,一百万。

你知道他是托谁摆平这件事的吗?

不知道,也没兴趣。

那就让我来告诉你吧,是邦德高科。

房间里顿时一片死寂,显然,贺武平对邦德高科并不陌生,他的一个富二代朋友就是被邦德高科盯上,最终被打回原形——他们家族做海鲜酒楼起家,后来涉足房地产,迅速暴发,但是现在又重新回去开大排档了,个中缘由,一言难尽。这个朋友也从此再不露面。

贺武平当然知道邦德高科的厉害。

梅金继续说道,邦德高科要一千万的封口费。

贺武平故作镇静道,给他们就是了。

梅金顿时火起,你说得轻巧,我是不是要向董事局打报告,就说你杀了人,还欠下一个钱窟窿?

贺武平噤声,并且低下了头。

梅金突然什么都不想说了,她起身去洗澡、换衣服,准备上班。来到客厅,只见贺武平还是坐在原来的位置上发呆,看来他还是被吓到了,做梦也没想到事情会搞到这个地步。

梅金并没有理他,径直向门口走去。

这时她听见贺武平在她身后说道,这件事绝对不能让我爸知道。

梅金没有说话,心想废话,她其实一直都在想这笔钱从哪里出。幸亏,她刚刚申请到更换新的管理系统的可能,否则便是无米之炊。她继续向门口走去,贺武平也继续说道,你爱过他吗?

她当然知道他指的是谁,想都没想便答道,不爱。

那你为什么要跟他搞在一起?

她不想说,也没法说。

这就是典型的贺武平思维,在最紧要的关口,他从来都是提出最没有用的问题。船都要沉了,他跟你讨论的却是海洋有多么美丽就有多么忧伤。

他说，我知道那段时间我跟林丁棉打得火热，但我是真的喜欢她，并不知道她是在骗我，只要是自己喜欢，跟一万个人上床也没有关系。

梅金忍无可忍地转过身来，面目狰狞道，既然如此，那你为什么要杀他？

因为他冒犯了我。

冒犯了你就该死吗？

我承认那是我一时冲动，闯下了大祸。但是我还是要问你，不喜欢他，为什么还要跟他搞到一块？梅金我告诉你，就算你从头到脚、从里到外都是假的，那也是我当初瞎了眼，我自找，我不怪任何人，我也不后悔。但如果你一直都爱着别人，那就是另外一回事。

贺武平越说越激动，正待说下去，却被梅金严厉的目光制止了，那目光就像毒蛇吐出来的信子，伸缩之间让人不寒而栗。

拜托你什么时候能长大？什么时候能知道轻重？她盯着他的眼睛，一字一句道，别那么天真幼稚了，爱不爱不重要，冒犯了你也不重要，甚至……她停了片刻才继续说下去，死了个人也不那么重要，重要的是怎么掩盖这件事，这是最大的难题。要想人不知，除非己莫为。难就难在你的确是干了这事。你知道吗？除了邦德高科之外，还有其他人在调查我们。

贺武平的脸僵住了。

梅金垂下眼皮，口气略有缓和地道，我劝你也赶紧洗个澡上班吧。

后面的话她忍了忍没有说出来——你玩够了没有？还想惹出什么事来？就算是男花瓶，也要在公司摆一摆吧。否则，公司上下谁也不会说什么，但是人心就是江湖，谁还会对松崎双电真的存有敬畏之心？

贺武平当然知道梅金的心思，但他显然没有忍气吞声的习惯，所以只是白做了一个吞口水的动作，依旧蛮横道，我讨厌这种貌合神离、装模作样的生活。

谁都在过自己讨厌的生活，难道不是吗？梅金说道。

并且，她不以为然地白了贺武平一眼。哼，死到临头了还说这些疯话，你以为只要有钱就能逃得过这一劫吗？梅金这样想着，嘴上没有再说什么，但内心里充满不祥的预感，随即她面无表情地开门离去。

梅金吃了一片必理通。

在进办公室之前，她交代助理，不要因为任何人任何事打搅她。

她锁上了办公室的门，坐在大班台前打开了电脑，上网之后，她输入了"树仁，物理，蒲刃"等关键词，鼠标一点搜索，只消几秒钟，蒲刃的照片和相关资料便清晰地出现在显示屏上。

其实，她一刻也没有忘记小豹姐跟她提到的这个人。

没有人会无缘无故地调查另一个人，只是当时，她百思不得其解，为何一个素不相识的大学教授要调查她，现在她终于明白了，这件事百分之百跟冯渊雷之死有关。

梅金仔细端详着蒲刃，一时间觉得他有些眼熟。

但是这时候止痛药的功能开始显现，它不仅有效地制止了头部的胀痛，同时也使脑电波如同平静的海面，深沉、滞重，掀不起半点波澜。

蒲刃的班上有一个男同学，长得相貌英俊，学习也极有灵气。立志毕业之后要读哥伦比亚大学的理论物理，所以蒲刃对他极有印象。这一天他的妈妈突然带着他来找蒲刃，说是要休学一年。蒲刃问其原因，妈妈说儿子的身体不好，希望彻底地检查和调养。

他们这时边走边说，正好从教室回到老师的办公室。蒲刃让母子两人坐下，又用纸杯倒了两杯罐装水。

他自己找了一个靠近男同学的直角的位置坐下，情不自禁地给这位男生搭了搭脉，又看了看男同学的舌苔，乍眼一望，男同学的气色还是相当不错的，只是人偏瘦了一些。蒲刃嘟囔一句，好像没有什么病啊。

男同学的母亲叹道，所以说嘛，这就是大问题啊，所有的检查都做了，都查不出原因。你知道吗蒲老师，这半年来，他一直在出红汗，就是俗称的血汗，毛巾一擦，殷红的一片，你说吓不吓人？也带他去看过好多大夫，吃了各种各样的药，根本不见好。蒲刃略一思索，问道，你有没有给他进补？男同学的母亲茫然道，什么意思？蒲刃道，这么说吧，他有没有吃过红参？男同学的母亲奇怪道，你怎么知道？蒲刃语气肯定地道，而且还是最好的边条红参。

原来这个男孩子是个早产儿，从小体弱多病，长大之后不止一个大夫说他是阳虚寒症，竟然是高丽参、鹿茸等大补之品都用过的。半年前，母亲听说红参最适合阳虚体质者，自然买来给儿子进补。

蒲刃说，红参固然是阳虚体质的人首选，但多用于老人和久病体虚者，对于正值血气方刚的年轻人来说，就未必消受得起，更何况红参分成五等，倘若是用了最差的倒还好些，功能上会有所亏欠，也是一种调和，偏偏母亲爱子心切，用了一等一的红参，但孩子的体质并不适合这味药，结果应了盲目进补虚不受补这个原理。

蒲刃又说，男孩子偏瘦，学习的压力大，但不要忘记他们是早上八九点钟的太阳，正值生命力最旺盛的阶段，许多病症可以不治而愈。如果是补过了头，会出现正正得负的现象，我看他不仅不能吃红参，其他的补品也一并停掉，让身体自我修复，有时候治病是不用任何药物的。

男同学没有休学，只是回家停了红参，血汗也就自动消失了。他的母亲说，你们老师到底是学物理的，还是学中医的，还真是华佗再世呢。

"血汗男"把这件事挂到了网上，结果是有时蒲刃上完课，还有同学在讲台前排队等着他号脉瞧病。蒲刃笑道，我这也是听一位老中医说的，你们觉得出奇罢了，可见你们不仅没见过白色的乌鸦，连黑色的乌鸦都没见过。同学说，那你见过白乌鸦吗？蒲刃说我也没见过，但凡事都有反证，就像不久前发现有一个孩子的血是乳白色的，虽然都是孤证，你也可以不相信，但不能断言绝对没有。老中医跟我说过血汗的事，但他就没见过，让我这个二把刀碰上了。

蒲刃说，"雪白乌鸦说"的重点不在于有没有白乌鸦，而是要在头脑里建立逆向思维系统，否则很容易变成芸芸众生，做科学研究的大敌是什么？这时，围绕在他身边的同学便异口同声地拉长音调道，人云亦云。

蒲刃还说，他可以跟同学聊中医，但绝不号脉瞧病，他才看过几个病人，那不成了开玩笑了吗？

蒲刃提到的老中医，自然是指娄世清，而他到中修堂坐诊，除了偏爱中医的博大精深，好歹还有正宗的名家罩着，不至于出什么问题。而他天生不是哗众取宠的人，对待学生更是以诚相告，这也是同学们深爱他的原因。

这一天的下午，蒲刃上完课正准备离开，又有两个同学走上前来提问把他给绊住了，这时他无意中看到乔乔的妈妈柳师母站在走廊上等人，他并没有在意。等到他跟同学们解答完难题，足足用了一个时辰。等他走出教室，发现柳师母还在等人，便上前去跟她打招呼，又问她在等谁？

柳师母笑得有些牵强,她小声说,我就是在等你啊。

蒲刃顿时大惊失色,忙道,您干吗不早说啊?让您等了我这么久。

柳师母的神情明显有些憔悴,望着蒲刃全神贯注的眼神,一时又有点不知从何说起,再则教室外的走廊,实在也不是可以说正经事的地方。所以她想了想才道,小蒲,你有空到我们家去看看柳教授吧。

看到蒲刃的神情明显有点意外,她又补充了一句道,我觉得他挺想见你的。柳师母说这话的语气有些艰难,又有一些意味深长。

蒲刃道,那我今晚就过去。

柳师母感激地点点头,她转身离去时,蒲刃感觉到她的眼眶泛红,不由得心里打鼓,到底会是什么事情呢?这么严重吗?

他看了看手表,追了上去,并对柳师母说道,反正我后面也没有课了,不如我现在就陪您回家吧。蒲刃本以为柳师母会正中下怀,欣然同意,没想到她反而面露难色。蒲刃马上改口道,明白明白,那我还是晚上去吧。

显然,柳师母是背着柳教授来找他的,毕竟,当初是柳教授坚持把他拒之门外的,估计现在也不愿意跟他有什么交集。老知识分子的心境,完全可以理解,又碰上冯渊雷突然离世,无论遇到什么事,但凡能够绕开蒲刃的,柳教授一定不肯见他。

果然，到了晚上，蒲刃在乔乔家见到柳教授时，他不见得多么吃惊，但是绝没有过分的热情。

两个人进了书房，虽然好一阵谁都没有说话，只是看着柳师母端茶倒水，但是柳教授的态度并没有蒲刃预期的尴尬。待柳师母关门离去了，柳教授直言道，谁都不希望家里发生这样的事，但是发生了也只好面对。他说乔乔的变化很大，前段时间回到家来跟他大吵，对他当年插手她的婚事极为不满。

柳教授道，这都没有什么，我知道她心情不好，有怨气发泄出来总比憋在心里好，谁知道她说再也不会回这个家了，让我们当她死了。我也没有当真，还当她是说气话，结果她真的再也不回来，打电话也找不到她了。

蒲刃当然不信，因为他前不久还跟乔乔吃过饭，所有信息表明一切正常。于是他拿出手机打乔乔的手机，果然语音提示这是空号，他连拨了几次，结果都是相同的。柳教授叹道，她把房子都超低价卖给了中介公司，还跟单位请了一年的病假。

又道，如果晚上电话铃响，我就整夜不能睡，生怕她出什么事。照说我们也不应该找你，这关你什么事？可是……柳教授说不下去了，虽然面无表情，但是那种哀伤比老泪纵横更让人揪心。

蒲刃表示，他一定会找到乔乔的。

从柳教授家里出来，才只有九点十分。蒲刃当即决定还是去乔乔的家里看一看，也许是职业使然，他有求证的习惯。更何况他觉得这件事实在不可思议。

蒲刃家都没回，便驱车直奔乔乔家的别墅。

一路上，他想起前段时间，他突然接到乔乔的电话，约他吃饭。他记得那家餐厅布置得相当雅致，而且每一道菜都是量少，但口感无可挑剔，非常讲究。乔乔还要了一瓶查理天使的红酒。

在那个优雅的晚上，乔乔穿了一件窄袖的中式上衣，优质的白色真丝透出珍珠般的光芒，柔顺的浴衣款的翻领在胸部的下方自然交叉后，在腰部挽了一个蝴蝶结，全身上下只戴了一枚米粒大小的钻石项链，遭遇某一角度，便放射出纯粹而耀眼的光芒。

虽然只是白衣黑裤，虽然仅仅是不会出错的随意装扮，但是蒲刃还是感觉到了弦外之音。

他故作轻松道，突然请我吃饭有什么说法吗？

乔乔认真道，当然有说法，前段时间的确是麻烦你了，感谢你的陪伴，我也一直在整理情绪，现在基本走出来了，生活总还是要继续吧。

她对他粲然一笑，但他看到的却是朦胧空虚的眼神，眉宇间虽没有深刻伤痛的印记，却难以掩饰颓败早衰的疲倦，不过这样的模样与她的服饰倒是相映生辉，有一种说不出的凋零美。

现在想起来，她的装扮是多么刻意啊，刻意得都不像她了，还是那个逼他查出冯渊雷死亡真相的人更像她。

到底发生了什么事情呢？

按照乔乔的性格和教养,她应该不会这样对待她的父母,当年他们闹得鸡飞狗跳,她也没有做出这么决绝的举动。一种不祥的预感在蒲刃的心里漫无边际地游荡,他不喜欢这种感觉,因为有无限的想象空间。

正如他预期的那样,乔乔的家中毫无悬念的一片漆黑。蒲刃没有下车,他透过驾驶室的玻璃,看到月光下的院子里枯叶遍地,杂草丛生,原有的凉亭假山什么的早已灵秀全无,呆如拙物。院子里没有一点打扫过的痕迹,当然也没有住人的痕迹。这样看来,柳家老两口的担心不无道理,谁都会被眼前的一切惊扰,惦念着女儿的安危。

蒲刃把车重新开到大马路上,有一段街面,接连开着几家房屋中介公司,这么晚了还没有关门,但几家年轻的男经纪已经围在门口惬意地抽烟,仿佛是忙碌一天后对自己的犒劳。偶尔遇到有人驻足观望,也会随便奉送一句:我可以帮到你吗?

蒲刃把车停在路边,也做出买房客的样子,走上前去东看西看。玻璃门上的招贴五花八门,乔乔的别墅也在其中,上面写着一个红色的"笋"字,见他的目光有所停留,中介急忙过来介绍详情。蒲刃听得十分认真,直到那个人说完,他才回了一句,这套别墅的产权清晰吗?中介的表情立刻变得那还用说?嘴上还是尽可能耐心地回道,我们这里怎么可能有产权不清的房子,如果有,都不用混了。蒲刃追了一句,那你们有看房的钥匙吗？中介坦然地点头，那意思是当然了。蒲刃假装不经意说道，知道原房主搬去哪里了吗？

中介想了想答道，不知道。

蒲刃嘟囔道，这么好的房子干吗卖这么笋？

中介还是年轻，急忙抢着说道，先生你别想多了，这套房子就真的是好房子，既不是凶宅也不是产权问题，原业主好像说她决定搬到乡下去了。你也知道，乡下不仅安静，空气也好。老实说，这边一直在修路，不然也不会有这么多笋盘。

蒲刃谢过中介，说道，让我想一想吧。

在他转身准备离开的时候，中介经纪递给他一张名片。蒲刃迟疑了片刻，并没有伸手去接名片，而是对中介经纪说道，明天上午十点，你带我直接去看房吧。中介经纪顿时两眼放光，说了一连串的好。

第二天，蒲刃去了乔乔原来住过的别墅，房间已经完全被清空了，除了灰尘之外，清理得十分彻底。中介经纪显然不是第一次带人看房，而且来看别墅的人通常都是功成名就，很不喜欢别人在他们面前喋喋不休，所以他干脆站在院子里抽烟，发发短信，这样客户反而可以安静地看房。

其实蒲刃也不知道跑来看房会有什么收获，大部分的可能性就是静看一座空城。但他还是来了，皆因这件事情的行走轨迹总是歧路丛生，让人摸不着头脑。他也只好不放过任何一个细节，不是说魔鬼都藏在细节里吗？

蒲刃踱到书房，有一面墙的书橱是贴着墙壁度身定做的，所以虽是上好的木质，却是拆不走的。当然，书橱是空的，但是房间的角落里放着两个中等大小的纸箱。蒲刃毫不犹豫地打开纸箱，里面是两箱子书，一看就知道是冯渊雷的书，大部分是业务书，也有一些闲书。扔在这里不要了，或者等着新主人把它们扫地出门或者卖掉。这好像都不是乔乔的行事风格。

但也没有更深的意义，也可以解释成不愿意睹物思人。

厨房里有一个烧纸的铁桶，里面有半桶的灰烬。蒲刃伸手翻了翻，有一张没烧完的照片剩下一个小小的三角形，可以看出是婚纱摄影。怎么会把结婚照都烧掉呢？这也太出人意料了吧。

的确，乔乔在单位请了病假，也没有留下联络方式，说是有事会打电话过来，这也合乎情理。

幽云转学了。但是蒲刃坚信，再不理性的母亲都不会拿孩子的教育问题开玩笑。他查了所谓乡下楼盘附近所有的学校，在其中最好的贵族全英文教学的学校里，轻易查到了冯幽云的资料。

周末的下午，蒲刃驱车去找幽云。想不到学校的大门口热闹非凡，有各色家长开着车来接子女。好学校的校风是极严的，这从值班老师的一丝不苟和学生整齐的校服中看得出来，老师在维持秩序，校服是蓝白相配，男学生着休闲西装,女孩子是海军服。男女同学一律短发,女生也没有任何妆容,干净而本色。总之,放眼望去,似乎生活本身很有希望。

蒲刃怕进去打听反而和幽云走岔了,干脆也停车在门口等,差不多人快走完的时候,不仅看到了幽云,还看见了陪在她身边的乔乔。

母女俩边走边说着什么,见到蒲刃,乔乔并没有幽云吃惊。幽云几乎是扑到了蒲刃身上。原来这一天,乔乔正巧来开家长会。

蒲刃说道,时间也不早了,不如我们一块去吃个饭吧。幽云想吃必胜客。蒲刃和乔乔正好闲坐聊天。蒲刃这时才对乔乔表现出十分不满,他说无论发生了什么事,你都不应该惩罚我们这些关心你的人。

乔乔低头不语。

蒲刃又说你知道你父母有多着急吗?你现在有本事折磨他们了。

乔乔还是一副无话可说的样子。

蒲刃只好直接问她到底发生了什么事。

乔乔轻描淡写地回道,没什么事,我就是累了,希望重新开始生活。

场面突然就冷了下来,两人一时无话,只听见幽云在盘子里用刀锯比萨饼发出的吱吱的可以忍受的刺耳的声音。蒲刃心想,怎么也要安慰一下乔乔,于是说道,你不要着急,渊雷的事我一定会查出真相。

没想到乔乔马上提高嗓门,尖厉地回了一句,这件事你不要再查下去了,什么真相不真相的,我没有兴趣。人死如灯灭,查出真相又有什么用?

这样一百八十度的大转变多少有点让蒲刃错愕,他微张着嘴不知该说什么。显然,乔乔也感觉到了自己的失态,她又恢复到最初的表情,声调缓和下来,道,也没有什么啦,还是那句话,我希望重新开始生活。

说完这话,她望向窗外,脸色始终沉穆。

蒲刃没再说什么,但他难免会联想到被遗弃的那两箱书和被烧掉的照片,他直觉乔乔或许知道了什么。

吃完饭之后,蒲刃提议陪乔乔和幽云回家去看看柳教授老两口,被乔乔冷冷地拒绝了,她说过一段时间会回家的,叫他们不用挂念就是了。此外,她也坚持要和幽云一块儿步行回家,显然不想让蒲刃知道她们住的地方,更不要说去喝杯水,认个门了。

蒲刃觉得今天的收获已经很大,再强求什么就有点多余,难道还要看着他们全家人抱头痛哭不成?他并不喜欢"人生如戏"这个词,人生最好不要像演戏。人人都内敛一点,生活会更美好。

和蒲刃分手以后,乔乔便带着幽云散步一样地往她们住的小区走去,一路上都是熟悉的街景和人群,如果看见情侣一类的男女,她就会自然地把目光移开,这已经慢慢成为习惯了。对于她来说,也许这些景象就是软暴力，会让她的内心撕扯得很难受。

但是今天她的心情有点复杂，说不上是高兴，但又有一些淡而又淡的欣喜。她其实早就想到了父母亲会托蒲刃到处找她，但是没想到他会这么快找到她们，这其中有没有前缘未了的因素呢？

乔乔新搬的小区地段的确是乡下，但是由于开发商成片地开发，配套设施也就相当齐全，不仅医院和学校，就连园林的精美和讲究也是城里的住宅无法比拟的，如果不到城里去，也就没有远不远的问题。乔乔新搬的住处是一套公寓，客厅比较宽敞，两边像耳朵一样各有一间房。她觉得这样就够了，家里的陈设简单干净，墙上没有任何照片，只有一张莫奈的《睡莲》，挂在两处落地窗中间的白墙上，是前段时间心情最糟的时候她一点一点临摹的。

晚上，幽云睡下以后，乔乔却睡意全无，她从储藏室里拿出一个旧箱子。储藏室在厨房门外的小阳台上，小阳台放着洗衣机，上方有晾衣架，外加一间小房子可以做储藏室，也可以住保姆。

这个小箱子已经陈旧，乔乔结婚后就没有打开过，包括这次搬家前她也没有打开。但是这个晚上却鬼使神差地打开了。

里面有一些旧物，譬如碎花的手帕，女孩子第一个并不值钱的胸针什么的，还有当时认为非常重要的课堂笔记，其中一个笔记本里，夹着一张乔乔和蒲刃当年的合照,肯定是当年无论如何不想处理才得以保全下来。照片上的青年男女穿着情侣装,乔乔的胸前是一个猫咪,蒲刃的胸前是一副鱼的骨架。两人微微笑着,神情甜蜜。

乔乔突然就泪如泉涌,她为什么会恨父亲?父亲本是她最亲爱的人,也是她无比信任和膜拜的人。他说蒲刃有性格缺陷,她怎么就信了呢?事实证明是父亲自己有问题,他性格低调隐忍,所以平生最看不上霸气狂妄的人,怎么看都觉得冯渊雷这样的伪君子好,以至于搭上了女儿一生的幸福。

一个多月前,乔乔突然收到一个快件,快件被透明胶带封得死死的,这让乔乔不得不拿来剪刀,最终硬纸壳的信封还是被撕得稀烂,里面有一个软得像抹布一样的塑料袋,打开之后才看到一个本子。

这是一本情爱日记,字迹不用说就是冯渊雷的,对她来说一目了然。扉页是空白,没有字,但是夹着一条黑色的丁字裤。

还有一缕淡到只可意会的性感幽香。

乔乔的心顿时狂跳不止,脑袋也燥热得几乎炸开,根本想不通眼前的一切跟冯渊雷有什么关系。他这个人表面看上去斯文有礼,眼神平和,甚至给人那方面的能力低下的感觉。

然而电光火石之间,她的世界开始天地倒置,在瞬间崩溃坍塌,她并不知道他到底有多少个女人,只知道自己一直生活在这个男人的欺骗中。

那些女人他全部用英文字母或者别称代替,只翻看了一些片段就像吃了猪油膏一样恶心。其中的一个女人,他写到她太像乔而让他提不起兴趣,但反过来他又说,如果他跟两个女人说他要出差,其实是去会第三个女人,永远都只有乔相信他是真的出差了,这也是他不会离开乔的原因之一,因为男人也只有风流够了,才会发觉古典爱情中的传统美。

他总觉得乔并不爱他,尽管他们什么都做了,还生了孩子,但是乔从未有过片刻的激情流露。猜忌让他恨不得跟所有的女人睡觉,对于他来说,背叛只不过是一剂良药。

他还需要这样一个体面和完美的婚姻。

体面,这就是为什么满大街的人都在忙乱地奔走,疯了一样找钱,这就是整形医院无影灯下的刀光剑影,把血肉之躯当作赌注。当下的社会,活的就是一个体面。

她一直都是一个贤妻良母,但他也不是空穴来风。他曾经无意间发现她很喜欢看一个名字叫沉香的人写的科普文章。整形科大夫的心思都相当缜密,不久冯渊雷就查到沉香是蒲刃的笔名。这让他非常纠结,他对她阴阳怪气地说道,我早就应该明白,有些感情是分不开的,根本就分不开。她说你不要小题大做,我从来都没有跟他见过面,我不知道他的任何信息,现在只是做一个普通的读者都不行吗?冯渊雷勃然大怒,他说你还如直接去跟他见面，难道你这样就清白了吗？你其实一直活在他的气息里。

他对她始终不能释怀。

无论她怎么解释他都听不进去，或者也不想听。但她还是善意地把他想成他是爱她的，在意她的。

现在看来她什么都不是，要不就是他脚下的一颗可以践踏的小石子。

日记里充斥着直白露骨的描写，随处可以见到勃起、高潮、紧实、弹性十足、水嫩的肌肤、欲仙欲死等字眼，它们在纸张上变成钢针一般的荆棘，不仅刺伤了她的眼，而且狠狠地刺伤了她的心。

但是很奇怪，她一点都不怨恨那些女人，只是不能原谅他对她的如此深刻的伤害，死了也不原谅。

她要把这个人从心里彻底地剔除干净，哪怕是他残留的一丝气味，都会令她窒息而亡。因为伤害太重，她看上去平静多了。

梅金在心里暗暗佩服蒲刃，他的确是个天才，能够让完全不懂得物理的人知道他在说什么。

她收集了他几乎全部的学术和科普类的文章。

这年头，要想查清楚一个人的简历是再容易不过的事，但是要了解一个人的思想，就必须安静下来阅读。而时间，已成为她目前最为奢侈的东西。

她的日程排得满满的，间隔机动时间不会超过二十分钟。有一次她因为儿子的老师家访耽搁了,那一天的日程便顺延到半夜十二点。

还好,时间和乳沟一样,挤一挤总是有的。她除了应付公司的日常工作之外,全部时间都拿来科普扫盲。老实说,梅金的生活中不能出现目标,一旦出现,她就像食人鱼一样穷追不舍。

像以往一样,中午时分,梅金没有外出午餐,只是叫她的助理给她买了一个鸡蛋火腿肠的三明治,这样她就可以在办公室里为自己争取到一点时间。她承认自己不是什么天才,读蒲刃的文章常常读得头皮发紧,一个三明治吃完了,也才读了十来行。只是每次准备放弃的时候,就会有一段让她的脑袋灵光一现的话出现,轻易就吊住了她想继续读下去的信念。

蒲刃说:"根据相对论原理,任何物理现象都可以在人们选择的任何坐标系中得到正确的描述,没有一个特定的唯一正确的坐标系。"

这些话本来对于她是没有意义的,但是非常奇怪,梅金就会想到,当一件事情发生之后,她和蒲刃之间的关系就变成了对弈,对弈应该是取舍,而不是较量,不存在什么正义与否的问题,无非是正确描述的出发点不同,或者说立场不同更加直接明了。尽管同样是一个人要揭发,而另一个人要掩盖,但至少事情已经变得比较单纯,而不再是一团乱麻了。

蒲刃还说:"霍金创造性地、全面地继承、捍卫和发展了爱因斯坦主义，但也有一些时空概念可能会吓倒爱因斯坦：时间可以倒流，历史可以倒转，结果可以发生在原因前面；时间是二维的，既有实时间，也有虚时间，而且虚时间比实时间更实在。"

这简直是神的指引，可以说直接导致了梅金决定把情爱日记寄给柳乔乔。

丁字裤和香水是她加上去的，这样的糖衣炮弹对于女人一向是百发百中。假如柳乔乔对所谓的真相了无兴趣，她就会用她的方式阻止蒲刃，这也可以理解为一种因果的变化吧。

但是，柳乔乔好像什么都没有说，她只是直接选择了隐退，而且是那么彻底。这个结果有点超出梅金的预料。

下午三点整，梅金来到丽思卡尔顿酒店的咖啡厅，这里不像其他五星级酒店的大堂那么明亮宽敞，气势汹汹，而是沿袭一贯精致奢华的路线，丝质的地毯和沙发，氛围既贴心又柔软。墙上是抽象派的画作，不同的角度有不同的解读，但是色彩完全与现场的摆设相融合，没有半点的突兀和喧宾夺主。

一个穿着露肩礼服的女孩子在三角钢琴前弹奏肖邦的《华丽的大圆舞曲》。

一切都是歌舞升平的，似乎什么事都不会发生，不过是一个无所事事的、慵懒的下午。

约她的人好像已经来了，因为那个人坐在一个靠边的不起眼的位置，见到她时他站了起来，她走过去看清楚那个人的长相，一个中年男人，普通得看多少眼都记不住那种。但是这个人的神情倒是沉稳淡定的，他对她礼貌地笑了笑。小圆桌上放着一杯冰咖啡，已经喝掉了三分之一，这说明他来了有一会儿了。

无利不起早嘛，何况她拿来的是厚礼。

服务生走了过来，梅金点了一罐苏打水。调整了好一会儿，她都觉得脸上的表情是僵硬的。

来人说他是邦德公司的汪经理，资金部的主管。梅金哼了一声，听都懒得听，但是又要装模作样地喝一口苏打水。毕竟这是公共场合，不能失礼给外人留下什么印象。汪经理的声音还是温和好听的，他缓声说道，谁遇到这种事情都会郁闷，可是破财免灾天经地义，这个世界上总有一些人要人，一些人求财，其实是各得其所，想通了也就不纠结了。

梅金真想说一句放屁，然后拂袖而去。

钱是要给出去的一刹那最痛苦，她也实在懒得周旋，于是打开LV的包包，从里面拿出一个暗酒红色的真皮支票夹，她把支票抽了出来，直接推到汪经理的眼皮底下。

按照她的想法，汪经理肯定是如获至宝地把支票收起来，然后夸张地看一下手表，埋单走人。但是汪经理并没有这么做，他仔细看了支票之后，微微皱了皱眉，又把支票推了回来。好像数目不对，他说，接着又说，通知我来拿的不是这个数目。梅金一下就急了，反问他道，那是多少？

汪经理没有说话，只伸出了两根手指。

梅金气得脸都白了，一句话都说不出来。但她在心里骂了一句粗口，看看吧，不是流氓怎么可能坐地起价？见她这副样子，汪经理反而显得更加专业和敬业，他起身走到咖啡厅的另一侧去打电话。

过了一会儿，汪经理神情泰然地走过来，把自己的手机直接递给了梅金，然后知趣地去了洗手间。

对方的声音是那个电话里的"熟人"，这把声音是梅金最不愿意听到的魔咒，但是没有办法，梅金答应了一声。不过这一次电话里的熟人还算客气，他说梅小姐你不要生气，情况有些变化，我们也没有想到你会不知道。他还想说什么，梅金拦腰斩断他的话，问道，什么变化？

熟人说道，贺武平已经正式委托我们把树仁大学的那个老师……他的声音停顿在此，梅金当然知道他话中的含义，当即啊了一声，心脏差点没从嘴巴里跳了出来。

梅金的脸色从白到灰，她死抿双唇，任凭胸膛里的金戈铁马，奔驰踩踏，足有半分钟电话的两头均是一片死寂。

她非常清楚，贺武平的儿童心理终将把他带上一条不归路，他这个人的内心不能承受半点压力，当他得知有人在调查他的时候，根本受不了日日煎熬的折磨，所以选择了最简单的方式,天真地以为这样便能够一了百了。

然而,杀一个人容易,但是要掩盖这个事实是比登天还要难的事,尤其是把柄落在邦德高科的手上,那是一个深不见底的泥潭。

粗略地算一下,那种不正规的男科医院,对一个阳痿病人的期望值是一百万,无论治好与否,没有哪个男人敢出头告的。那么冯渊雷案的封口费一千万,加一个人不可能是翻番,只要这件事做成了,邦德对他们的敲诈不会少于一个亿,那不是另一个噩梦吗?

而且不全是钱的问题,冯渊雷案已经够棘手了,任其妄为,只会把这个口子越撕越大,最终不可收拾。

梅金暗自做了一个深呼吸,强迫自己冷静下来,她知道这种时候首先要控制住局面,任何意气用事都于事无补。于是她压低声音对电话那一头的熟人说道,听着,钱我一定会照付,但是我要活人,那个老师绝对不能死。你现在就去办,我在这里坐等你的回复。

熟人沉默了一会儿说道,你们两个人两个意见,我们到底听谁的?

你说呢?

好像他是正牌的太子爷吧。

那你看着办吧,她半点都没有迟疑地说道,办完之后可以直接通知公安局抓他,我这里不会给你们一分钱。梅金说完,啪的一声挂断了电话。

她把手机还给汪经理，她几乎没有注意他是什么时候回到座位上来的，但从神情上看，他的确不是洞察全貌之人，因为她发现他一直都在注意不远处两个喝下午茶的美女。她一眼就看出那两个女人是整过形的，美得跟假人似的。梅金喝了一大口苏打水之后，略显平静地对汪经理说道，你先回去吧，我来埋单。汪经理也不啰唆，起身离去了。

本来梅金想独自坐一会儿，但此时感觉钢琴声分外地吵，坐下去只会让她心乱如麻。放狠话容易，但是还得她来收拾残局。这一点她清楚，邦德也清楚，只不过她必须赌这一把。汪经理说得没错，邦德不过是求财，或许会看在钱的分上照她的话去做。

于是她埋完单，去了洗手间，先用冷水拍了拍额头。

也对，解铃还须系铃人。梅金用手机拨了一通电话，准备叫贺武平立刻去制止邦德的行为，但是贺武平又是关机。她只好把电话打给助理，助理说贺武平他们一票玩家今天上午飞往马来西亚的沙巴岛，估计现在在吃肉骨茶。那里也是世界顶级的潜水胜地，据说西巴丹岛的边缘，多跨一步水深就直接从三米到六百米。口气中又是难以掩饰的羡慕，真恨不得自己是贺武平的助理。

这种一步悬崖的游戏他还要玩多久？

她真的有点累了。

突然，她猛醒过来，她怎么能相信邦德高科的人呢？他们完全可以利用米高支走贺武平，巴不得蒲刃在这一刻死掉，没准她的阻止反而加速了他们的行动。梅金一下子惊出了一身冷汗，脑袋里一片空白。

这时有人进来上厕所了，梅金也只能走进一个隔间里去，好在坐便器干净得跟洗脸盆似的，她直接坐在马桶盖上发呆。

时间一分一秒地流逝，她强迫自己在漫无边际地找不到坐标的思绪中，抓住一块游游荡荡的浮板。

慢慢地，她想起了一个人。

灯光渐渐转暗，空气里一点一滴地渗入了迷迭香和薰衣草混合的气息，这时候的音乐也换成了若隐若现的《水晶禅香》，清灵剔透的曲调行云流水，缓缓而来，如甘露般滋润心田。每当瑜伽课上完之后，代课老师都会和学员一起冥想打坐，这个阶段被乔乔视为自我修复的过程。

元气大伤之后，病去如抽丝。她的如万骑踏过沙场一般的内心世界已经烟飞灰灭，有时看着自己的陈尸四处游走，惊觉原来没有心的人也是可以活的。

她清理掉冯渊雷给她买的所有的东西，高级时装、名包、镶钻的手表和限量版的珠宝，她托熟悉的朋友在网上的米兰店出售，但据说立刻被一伙名牌控的女人给分了，还找到她问有没有存货？有多少要多少。

一个色情狂用他特有的方式摆平她，简直就是她的耻辱。什么时候想起来都让她恶心。然而这一切都处理完之后，她觉得自己彻底空了，空到没有活过。

她的衣橱只剩下灰白黑，还有就是净色的衬衣和牛仔裤；阳台上是一些粗生植物，家里没有一朵花，省得想起业已埋葬的青春；不照镜子，她讨厌自己凄怆落寞的样子；更不去树仁大学，重访旧地只能是处处惊魂。

她甚至都没有什么可冥想的。

她开始素食、慢跑，为了从阴霾中走出来，她想尽一切办法拯救自己。

电话响了，乔乔拿起手机到健身房外面的走廊去接听。心里还有些奇怪，这个时间段是不应该有电话的，换过号码之后，手机成为摆设，如果不是因为幽云，她完全可以不用手机。

电话是一个陌生女人打来的，她叫乔乔立即找到蒲刃，告诉他处境危险，要减少外出，尽量不要开车，凡事小心。听到她的声音急促，乔乔还是打断她的话问道，你是谁？你又是怎么知道我的电话的。陌生女人的语调变得严厉，她说这你就不用问了，马上照我的话去做，否则你会后悔的。

鉴于以前反复被骗，乔乔对许多事情已经失去判断，她还是坚持问道，你到底是谁？我又凭什么相信你？

我是给你寄日记本的人。

只这一句话，乔乔不仅傻了，而且给惊着了，半晌默不作声。

陌生女人继续说道，叫他不要再查冯渊雷案，小心惹来杀身之祸。不等乔乔回话，那边径自挂断了电话。

乔乔站在走廊上发了一会儿怔，突然周遭的世界完全静止，她隐隐地感觉到阴风四起，脊背发凉。本以为一切都过去了，然而草蛇灰线，蜿蜒千里，仿佛是上天注定的一段劫难才刚刚开始。

好一会儿，她缓过神来，但还是通体冰凉，刚才做瑜伽出的一身细汗早已了无踪迹，但她顾不得细想，立刻拨打了蒲刃的手机。

完了，没有人接听。

这是她最害怕的结果，哪怕是关机也比这样令人浮想联翩。就在乔乔完全绝望的时候，手机里传来蒲刃沉稳的声音，喂。乔乔激动得声音都颤抖了，她说是我，你现在在哪儿？

我在去老人院的路上，我想去看看我爸。

又说，刚才在翻包里的电话，越急越翻不着。

似乎一切都十分正常祥和，乔乔还听见汽车上的音响传来碧昂斯的歌声。她一时变得无话可说，如果说你要小心点啊，根本就是莫名其妙，说危险更是莫名其妙。于是乔乔说道，我想晚上跟你见个面。

好。蒲刃答道，我一会儿去接你。

不用了，我自己开车过去，就在你家附近，随便找个地方吧。

天气不好，就你那个车技，二把刀，还是我去接你吧。

不等乔乔回话,电话突然断了,乔乔一连串地喂下去,声调从平稳到焦急,先是对面一点声音都没有,接着就是嘟嘟嘟嘟占线的声音。

乔乔火速地回到健身房,拎起自己的包就走。

来到会所的门口时,发现岂止天气不好,根本就是瓢泼大雨,刚才在拐角的健身房,整整一面墙都是镜子,相对的一面是透明的玻璃门对着走廊,由于没有窗子,完全不知道室外已经风云突变。

那她的确不能开车,加上心慌意乱,不知还会出什么事。她在会所电招了一辆计程车,家都没回,就穿着练功服匆匆离去。

计程车一路奔驰,但是乔乔住的乡下和老人院的位置完全是两个方向,其中有一段路经过城里,平时就塞得水泄不通,碰上雨天,情景可想而知。乔乔坐在车的后座上一言不发,但她的内心早已急得几近燃烧的炸药包,随时都会爆炸。其间无数次地拨打蒲刃的手机,永远都是占线的声音。

乔乔赶到出事地点的时候,雨势小了一些,但是并没有停止。

只见车辆零件、玻璃碎片散落一地,出事的车子不止一辆,有好几辆车子夹在一起,全部严重变形,血迹随处可见。

乔乔的心一下提到嗓子眼里,当她看清楚一辆水泥搅拌车旁边的铁饼是一辆出租车时,暗自松了口气。

公路一边的护栏被撞得稀烂，显然有车子从这里飞了出去，不知所终。整块区域被警察用黄色的警戒线围住，有人在测量、拍照。道路突然狭窄到只能通行一辆车，一个相貌威严的警察边打手势边吹哨子指挥车辆快过，手势迅猛，哨声急促，不允许车辆缓行看热闹。

乔乔下了车。

警察远远地指着她狂吹哨子，她不顾一切地奔跑。

严格地说，这里是一座小型的立交桥，桥下是条大河，流水湍急。这样的地势在南方非常多见，并没有什么特别。

乔乔跑下河滩，正看见起吊机从水里缓缓吊上一辆车来，车头冲上，像一条钢铁的大鱼。

当然，是蒲刃的车。

她的腿一软，坐在了地上。

实在对不起，"熟人"打电话来说道，我们是真心想阻止这件事的，反正你答应给钱，我们也没有什么损失。他停顿了一下，才继续说道，可惜还是晚了一步。

梅金倒吸了一口冷气，心里想的却是，真会演啊。

她不能一直在五星级酒店的厕所里坐着，于是重新回到了办公室。整个下午她没有心思做任何事，加上天气这么糟糕，都是不祥之兆。尽管，已经有了充足的心理准备，但还是奢望柳乔乔能够拖住蒲刃，让他逃过这一劫。

在哪儿？她觉得自己的嗓音发干，还有一点哑哑的。

市郊国道上，车祸。

梅金用另一只手打开遥控器，电视里有滚动播出的新闻，其中说到在恶劣的天气下，国道上出现了连环撞，还有汽车掉进水里的情况，配合画面，触目惊心。警方公布的伤亡数字是两死三伤。

见她没有任何反应，"熟人"继续说道，如果你一定要我们报警察局，我们也没什么所谓。虽然是双输，那也没办法，没有什么生意是包赚不赔的。

她开始做深呼吸。

是啊，一盘生意而已。什么圈都是娱乐圈，任何事都可以成为交易。

好吧，她突然变得心平气和，明天下午三点，叫汪经理在老地方等我。说完这话，梅金仿佛看见从未谋面的"熟人"嘴角泛起一丝笑意。她合上手机，重新回到大班台前，开出一张两千万元的支票。

她觉得身体僵硬，刚才拼尽全力压制住即将失控的情绪，现在变得一点力气都没有了。

梅金瘫软在沙发上闭目养神，平静是暂时的，年关一过，他们就会开口要松崎双电的股权，绝不会对她心慈手软。这是邦德的一贯作风，也是长演不衰的看家戏码。她不敢想下去了，总之挨过一日是一日。

梅金重新拿过手机，拨了一个号码，很快，对面传来一把同样喑哑的声音，怎么突然想起我来了？

梅金叹道，我想去喝一杯。

我去找你还是你来我这儿？小豹姐问道。

还是我到你那去吧。梅金想了想，也不是毫无顾忌，多年来她们从未一起在公共场所露面，现在也不必坏了规矩。

小豹姐住在闹市区的旧公寓，房子是租的，这样的地方交通方便，所以她也没有车，用她的说法是扫黄打黑随时可以远走他乡，身外之物全是累赘。捞偏门的人其实不容易，更是冷暖自知。

旧公寓基本算是临街而立，是不带电梯的小高层。楼前车水马龙，同时各色的小店铺林立，总有穿着睡衣的行人周街乱走，当马路是自家客厅。

梅金戴了一副太阳镜，从出租车上下来，许久没到这里来了，实在有一种陌生感。

小豹姐穿了一件大牡丹花的睡裙，头发披散着，还剩些许妖娆。房间还是老样子，有一些无心和凌乱，家具和家电比原先更旧了，但陈设都还齐全，房间里尚有化妆品挥之不去的艳香，总之是过日子的氛围。墙上仍旧挂着小豹姐年轻时候的照片，眼神柔顺下滑，我见犹怜。相比之下，现在已经蜕变并具备赵一曼的风采了。

餐桌上铺了一块干净的碎花桌布，上面放着已经开瓶的红酒和两个高脚杯，另有一盘水果。

小豹姐拿了两袋真空包装的食品袋过来，拆封后装盘。梅金看见包装袋上分别写着"宫廷酱鸭"和"鹿儿岛猪肉干"，小豹姐笑道，慈禧吃过的鸭子和日本猪肉干，你信吗？问题是你得敢想敢干。

酱鸭的香气弥散开来。

梅金什么都不想说，只是闷头喝酒，啃鸭架吃猪肉干。

喝得差不多有点意思了，梅金突然说道，蒲刃死了。小豹姐愣了一下，但是并没有太吃惊，她摇晃着酒杯问道，怎么回事？

车祸。

那还是挺可惜的。

梅金抬头看了小豹姐一眼，嘴角暗含笑意，道，上次他去找你，你都说了我一些什么？

小豹姐道，全部，尽我所知，你知道我见到有魅力的男人就挪不动步。

说完，两个人都笑了，高脚杯发出咣的一声脆响。

隔了一会儿，梅金淡淡说道，有些事不是我不想说，而是说起来太麻烦。小豹姐说道，麻烦就不要说了，而且你不说我也知道你情况不好。

是吗？

你看你现在满脸戾气，眼露凶光，简直是枕戈待旦的战士。

梅金下意识地摸了摸自己的脸颊，她叹了口气说道，我的心都操碎了。

小豹姐用鼻子哼了一声说道，老虎伍兹的老婆，心碎价是七点八亿美金,我当年的心碎价是零,心碎也是有价的啊,怕就怕你是白操心。

梅金看着杯中的红酒,有一种被人说中的不自在。

小豹姐又道,我也不想知道发生了什么事。她叹了口气,如果不是太难,你也不会到我这来吧。

凭借酒力,梅金终于泪流满面。

小豹姐不再说话,只是起身去拿了一盒纸巾,放在梅金的面前。

她们痛痛快快地喝酒,饱尝着各自的心酸。

直到夜深人静,梅金准备离去时,小豹姐提醒她道,如果情况完全失去控制,别忘了你还有一个终极选择,那就是优雅地走开。

梅金差点没笑出声来,心想谁会在金山银山面前优雅地走开?

小豹姐看透了她的心思,不觉冷笑道,别以为大权独揽,母凭子贵就一定是铁打的江山,有钱人翻脸比变脸快,你可小心着点。

红烩小羊腿,据说这道法国菜的制作配方足有一百多年一动不动,没有丁点变化,品尝的时候就像见到老朋友一样舒心。

贺武平手拿刀叉,就是这个表情。

他的面容依旧透着帅气,看上去还是那么匀称有型,只是随便地穿了一件白底蓝道的棉质细纺衬衫,背上搭了一件黑色高领的开司米毛衣。这样就已经恰到好处，典雅的气质显得极其自然，同时表露出一种潇洒的心态。眼神中既无讥讽也无宽容，是那种含混不清又难以表达的逆向美。

他是她眼中最精致也最动人心弦的杀人犯。

他喝了一口琥珀色的法国香槟，据说这种平均陈酿二十三年的美酒有着纯正的天鹅绒般的口感，和与生俱来的王者霸气，似乎也是为贺武平度身定做的。

这家伙就是天生的公子哥。

他们已经很久没在一起单独吃过饭了，上次是什么时候？梅金仔细地想了想，根本毫无印象。君悦酒店的西餐厅，布置得无可挑剔，灯光、音乐、装饰，包括侍应生的裙长和微笑，一切都彰显尊贵和风范。

梅金对西餐从来不感兴趣，也不大碰洋酒，她只点了一份龙虾汤。

说吧，什么事？贺武平微微皱着眉头，一边刀叉并用地切羊腿，一边摆出略显公事公办的神情，看也不看梅金。

这样的状况早在她的意料之中，但她已经不想计较了。事情都已经了结了，她故作轻松地说道，我们的事也可以了结了吧。嘴上这么说着，她完全明白这件事的麻烦随后就到，但那都是贺家的事，她已无心恋战。

贺武平没表情道，怎么了结？

离婚吧。

贺武平愣了一下，足有十秒钟，他的刀叉处于停顿状态。

梅金平静地说道，如果孩子归我，我就净身出户，如果你们贺家一定要留下孩子，那就给我公司百分之十的股权。

她想了整整三天的时间，选择了全身而退。

没错，她是有野心的人，但是人生更伟大，充满了不确定性，用一个字形容是扯，两个字是很扯，三个字是非常扯。许多事像剧情一样发生着，远离麻烦其实也是成功中的一种。

真是一个艰难的决定。说到孩子，这是她唯一的筹码。她其实已经跟丙丙谈过了。

丙丙的性格，现在越来越像爷爷，小小年纪就稳重而有霸气。梅金感觉跟他谈话也要打起十二分精神，而且以她的历练，并不会像文艺女性那样先哭上二十分钟，再让孩子取舍，说一堆爱来爱去的废话。她才不是这种扮可怜的妈妈，恰恰是她的硬朗之风得到了丙丙一贯的崇拜。

她对丙丙交代，无论遇到任何情况，一定要选择留在父亲身边。

丙丙问道，为什么？你要去哪里？

梅金淡定地回答，公司已经很成熟了，妈妈离开以后也是去打拼新的业务，充实自己的人生。

丙丙想了想，沉着地问道，那我为什么不能跟你一起去打拼呢？

丙丙一直以母亲为荣，他觉得她又漂亮又能干，每次去开家长会别人都以为她是电影明星，给丙丙挣足了面子。

全班最漂亮的女同学郑小莉就说，我将来长大了，一定要成为你妈妈那样的女人。

梅金郑重其事道，你不能跟我去打拼，因为你还有更艰巨的任务。

丙丙的眼睛一亮，道，什么任务？

你要照顾好你的爸爸啊，梅金继续说道，因为他太贪玩，真正的心理年龄跟你也差不多。而你的将来，是一定要掌管松崎双电的，你会坐上爷爷的那把交椅指挥一切，然后照顾好你的父亲。

丙丙想不明白，道，为什么不是他坐在那把椅子上照顾我呢？

梅金很肯定地说道，因为你比他聪明、能干，而且有担当。

什么是担当？

就是意志坚强啊，可以顶住很大的压力，像你学习马术和跆拳道，这都是对你意志的锻炼，你都坚持得很好。

爸爸是个花花公子对吗？

是的，可是你还是很爱你的爸爸，对吗？

丙丙点头。

他们拉钩。梅金叮嘱儿子,这是我们两个人的秘密,不要跟任何人说。

只有梅金知道,这是儿子唯一能接受的谈话方式。

倒是贺武平的反应有些奇怪,对于离婚的提议他不是同意或反对,而是生气。他放下刀叉,心爱的小羊腿也不吃了,还把脖子拧到一边生气。

生气的原因可能是他完全没想到梅金会这么出牌,这个女人善出狠招,而自己仿佛素来都是她的手下败将。本以为这个卑微而又有野心的女人一定会像狗皮膏药一样,死死扒住贺家,用尽浑身解数保住自己的地位,但她总是变化多端,无从揣摩。

他想,我还没说什么呢,几时轮到你选?

他的儿童心态又开始全面复苏,不禁还有一丝恐惧。他也没有傻到以为从此天下太平,这个世界,谁是好惹的?邦德高科的人就更不好惹。她一走了之了,那他怎么办?她是他的驱魔人啊,其实她才是最了解他的人,而且有能力做他的保护神。

他不能想象离开了她,他这个小孩子该怎么生活。

贺武平越想越气,但是吊诡的是,一直在他心头纠结的情绪却意外地得到了缓解。本来,事情走到这般田地,梅金主动离开是最好的了结方式,也维持了两个人表面的体面。然而人就是这样,不到最后一刻,完全不清楚自己内心真正的决定,现在好了,事到临头,他是绝对不能放她走的。

于是他注视她片刻，答非所问道，你给我听着，这件事再也不要提了，而且所有的事情都不能让家里的人知道，尤其是不能让我老爸知道。

他站了起来，把胸前雪白的餐巾扔到桌上，补充了一句，把账做平。

然后气势汹汹地拂袖而去。

他的反应的确有些意料之外，情理之中，梅金疑惑地看着贺武平远去的背影，心想，他可真是一个病中的孩子，可以发号施令，为所欲为，喜见周围一片唯唯诺诺，可是他面对的是成人世界啊，一边是严酷的现实，一边是永远的少年，他们对峙下去注定是一场惨烈的同归于尽。

但是没有办法，她还是喜欢他的。

五

很难想象，这座水泥城市的前身竟然是"东方威尼斯"。

"春城三百七十桥，夹岸朱楼隔柳条。"

河涌，是城市的一部分，泛指用于防洪、排涝、排水、航运的天然河道、人工水道或人工湖泊。

三道口河涌原先是珠江的支流，所以河面宽广，水势是表面风平浪静，其实河道结构复杂，暗藏杀机。整治之后虽不是山清水秀，但已摆脱垃圾成堆、臭不可闻的状况，应该说已有了一定的清洁度，但是河边竖立严禁游泳的牌子。

这便是蒲刃当时出事的地点。

那天的确是风大雨大，蒲刃在接听乔乔的电话时，发现车的侧镜全部是水，根本搞不清后面的情况，他打开雾灯，仔细辨认了一下，才发现有一辆水泥搅拌车以超常的速度紧逼过来，然后一直与他并驾齐驱，为了安全起见，他减慢了车速，但那辆泥拌车始终贴着他开，随着他的车速变化，一度几乎密不可分，他一再地鸣笛也毫无作用。

而闪电雷鸣和哗哗的雨声似乎也淹没了鸣笛。

蒲刃突然意识到了什么，而且泥拌车翻车，混凝土砸扁小车的事故时有发生，完全不是什么新鲜事。泥拌车刹车不灵是常见的出事原因。

蒲刃被挤得动弹不得，前面又有一辆大公羊挡着他的道，他心里明白，只要在合适的时机，前面死挡着，泥拌车侧翻，他肯定必死无疑，和冯渊雷一样殊途同归。

这时的雨已经大到雨刮器几乎失效，天地间烟雾浩渺，混沌一片。

但是蒲刃的思维却是少有的清晰，车至三道口时，他看见泥拌车为了紧紧跟住他的车，连续追刮了七辆小车后，冲他直扑而来。在毫无生机的情况下，蒲刃只好照直把车开进了河涌，就在汽车在空中飞行约三十米间，他做了一个打开车门的动作，因为压力的缘故，他知道车门在水里是根本打不开的。

坠江的一刹那，他还是被挡风玻璃撞晕了过去，连呛了几口水后，他开始恢复意识，在昏昏沉沉中用脚踹开了车门，逃了出来。

事后，他在报纸上得知，泥拌车的确是准确无误地侧翻了，压扁了紧随蒲刃的一辆出租车，司机当场身亡，坐在副驾驶位置的客人跑了出来。这辆泥拌车不仅有本地车牌，并且购买了高额的强制保险，赔偿不成问题。

蒲刃至今对自己的头部缝了六针、轻度脑震荡外加尺骨骨折的结果表示满意，死里逃生，这已经是成本最低的代价。他醒来的时候，见到的第一个人就是乔乔，她为他忙里忙外、清洁擦洗，送汤送饭，尽管是件累人的事，但她的表情倒是显得十分受用。

仿佛她一直期待着这场他的无助和她的尽心完美结合的事故。

乔乔跟她的父母已经达成和解，目前是柳师母住在乔乔的家里照顾幽云，他们只知道蒲刃出了意外，但情况还好，当然也是支持女儿去照顾他的。看着乔乔慢慢走出丧夫的阴影，老两口恢复了心照不宣的平静。

她也去了老人院，看了蒲刃的父亲。蒲刃的父亲并不知道她是谁，对她的得体和周到也没什么反应。反而是院长有些紧张地问蒲教授怎么了，听说没事才松了口气。院长跟乔乔解释说，因为这么多年，除了有时候蒲教授的保姆来送些日用品外，从来没有人，更没有漂亮的女人来看过蒲爸爸，所以她才会感到奇怪。听了这一席话，乔乔还是礼貌和矜持的，但心中免不了暗喜。

她也宁愿相信，蒲刃其实还是放不下她的。

有两个穿制服的交警到病房来做笔录，蒲刃只说是天气的缘故，也承认自己疲劳驾驶，像他这样的大学教授熬夜搞研究是最正常的借口。他能说什么呢？讲一个离奇的故事给不相干的人听，世界上还有这么傻的人吗？

不久，蒲刃收到了事故责任认定书，他自己负全责。

有人害你，对吗？站在他身边的乔乔忍不住说道。

他也并不吃惊，淡淡回道，你怎么知道？

那你就别管了，反正我知道。

你什么都不告诉我，我只会更危险。蒲刃的语气一直和缓，只是意味深长地看了乔乔一眼。

乔乔好一会儿没有说话，而后轻叹一声道，冯渊雷的事你就不要再查下去了。

为什么？

我们何苦走了一个，又搭上一个？

他温存地笑道，你觉得正义是不需要坚持的吗？

乔乔没有看着蒲刃，也没有说话。

这很不像你啊，乔乔。他继续说道。

乔乔的脸色渐渐凝重，最终冷若冰霜，并且一字一句地说道，他是死了，但是我也没活过。这还不够吗？说完这话，她转身出了病房。

剩下蒲刃一个人呆呆地靠在床头。

他还是不明白她为何判若两人,狠得这么彻底。

这是一间双人病房,另一张床上的病人除了治疗时间之外,几乎不在病房待。差不多过了三四个钟头,乔乔也没有回到病房来,打饭车倒是推过来了,护理人员忙着给各床的病人送饭。蒲刃没有订饭,吃饭的事都由乔乔料理,好在他也不饿,但是在床上待得太久了,人很不舒服,他决定下床走一走。

头还是晕沉沉的,蒲刃慢慢走出病房,走廊上人来人往,有病人、陪护、工作人员,又是可以探视的时间,平时也是晚饭前后最是热闹。

走廊上最常见的就是四轮平车推着不能动的病人,身上盖着可疑的白被单,上面扔着氧气枕,工作人员也是推货物的表情,要不就是断胳膊断腿或者绷带包裹得像粽子一样的挣扎派患者,还有自己高举着输液瓶跑去上洗手间的轻伤自主派。总之,人生的阴暗面集中表现在这里,让人觉得了无生趣。

走廊的一端是一排窗户,拐进去便是医生办公室。窗户的旁边是一个放杂物的格子柜,上面放着微波炉和几个形状不同的煮中药的电瓷壶,有两个年轻的陪护站在窗前吃盒饭,一直有说有笑。整个病区闲人能待的地方也就是那一块,有一个背影蒲刃看着眼熟,他走了过去,的确是乔乔。

他伸过手去扳了她一下,想不到她在这里站了这么久,这让他着实有些吃惊。你怎么了?他问道。

没怎么。

蒲刃有气无力道，我都不知道你在气什么？

乔乔果然铁青着脸生气道，你怎么还是这么犟呢？我们之间为什么就没有一点点默契呢？

蒲刃无辜道，我们很默契啊，护士都说我们是两口子，还要怎样默契啊？

乔乔翻了一下眼睛，偏着头说道，我要说多少遍你才明白，你不要再管冯渊雷的事了，真相就是他已经死了，可我们还有我们的生活，这件事纠缠下去毫无意义。

蒲刃平静道，你说得没有错，但是为什么要发这么大的火呢？

乔乔也愣住了，她几乎脱口而出，我还是喜欢你的，我不能失去你啊。

当然她不会这么说，尽管她一直在逃避这个问题，她与世隔绝，封闭自己，其实所有的压抑都是没有用的，当蒲刃出事的时候，她感觉心疼得直哆嗦，以前说心痛只是一种说法，冯渊雷去世的时候是震惊和伤心。但是为一个男人心痛的失魂落魄，这个人只可能是蒲刃。

她突然就放下了，不再憎恨冯渊雷，也许他是对的，她其实一直都爱着蒲刃，无论她是否自知，是否承认，以冯渊雷的聪明才智而有着准确无误的直觉推断，一点都不奇怪。

每个人都觉得最了解自己，其实不然。她大为光火的原因，无非是自己恪守妇道，没有乱来，蒙在鼓里而让冯渊雷在外面风流快活，说来说去也就是一笔情债，谁吃了亏还能心平气和？除非她是圣贤。

她什么也没有说，只低声嘟囔了一句，我要去买饭了。说完她并没有马上离去，而是扶着蒲刃缓步回到病房。一路上她说她在楼下的医院食堂给蒲刃订了虫草花炖肉汁。蒲刃说不用太费心，又不是坐月子。乔乔叹道，都变成残兵败将了，还有心思开玩笑。

蒲刃笑道，你也别对我太好了，人情债我可还不起。

乔乔神情木然，半真半假道，你是还不起，你欠我的还多着呢。

日记本的扉页上一个字也没有，只是右下角有一个拇指盖大小的红泥印章，上面刻着渊雷两个字。

不知为何，蒲刃突然一阵鼻子发酸。

也许是"你什么都不告诉我，我只会更危险"这句话起了作用，乔乔终于把那本香艳日记放到了蒲刃手上。她是在忙碌了一天之后，晚上给蒲刃擦了澡，临走之前才从包里拿出这本日记，平静并且一言不发地离开了。

说来甚是奇怪，同样是一本日记，在蒲刃的眼中，看到的并不是刺心刺肺的滥情和性事，而是一个男人内心的寂寞和孤独。

他说，每天穿上手术服站在无影灯下，便成为披上战衣的警醒而机敏的战士，整形外科也是没有硝烟的战斗，对手是美丽，也是自己，必须随时保持状态，处理危机，才可能保住至高无上的位置。男人永远是靠实力说话。

一次磨骨手术，由于麻醉师的疏忽，客人心跳骤停，又因严重失血，血压几乎测不到了，幸亏抢救措施及时，没有一秒钟的犹豫，才使得客人没有死在手术台上。这台手术虽然只用了四个半钟头，但是术后全身上下虚汗淋漓，没有一寸是干的。

另一次手术发生意外，客人血管大出血，想尽一切办法都止不住，输了一千多毫升血，客人还是没有生命体征。这个手术从早上做到晚上，最终止住了血，客人转危为安。但是手术后他瘫坐在椅子上半天都站不起来。

还有一次，有一个客人进行面颈部筋膜悬吊、隆鼻和垫下巴的手术，手术还算顺利，但是客人拔管后发生呼吸困难，原来麻醉前禁食时他偷吃了东西，造成胃内容物反流引起窒息，导致呼吸心跳停止。

这个医疗官司整整打了三年，最终庭外和解。

所以每一天都惊心动魄，刻骨铭心。

他说，静谧锋利如刀，我以为抓住了幸福，但手心里全部都是憔悴。

他还说，夹竹桃花有毒，但是谁又能拒绝美丽的诱惑，就让花瓣在手中颤抖、散落。

蒲刃的心慢慢紧缩，虽然是恩断义绝，他也还是他的知音。

就像一幅拼图游戏，他等了这么久，关键的一块拼板终于出现了，冯渊雷和梅金的关系变得一目了然。

但是他没想到的是，冯渊雷并没有因为当年抱得美人归就变得心满意足。本来人年轻的时候通常会认为爱情唯此为大，无论做出怎样的牺牲都是值得的，于是他放弃了他热爱的专业。当然以他的才华和心灵手巧，干一个完全不同的行业也同样能够出类拔萃，但也许他随即便有了补偿心理，也就是说不管乔乔怎么做，他都会认为她不够爱他。

至少和他的付出不成正比。

特别是看到蒲刃做出成绩的时候，他总觉得自己充其量也不过是一架赚钱的机器，这在乔乔的心目中也是不以为然的。

所以他的女友几乎无一例外的都是他的顾客，他只有跟她们在一起时才是绝对的强势。她们是他的作品，是他用手术刀一刀一刀刻出来的活的雕塑，她们在他的面前没有秘密，没有幽怨，有的只是重生的欣喜，精神上的主宰和依赖，还有永远保持四十五度注视他的景仰。

好在这些女人并没有谁对他死缠烂打，敢于整容的女人都有一定的经济实力，同时心高气傲兼备一颗坚强的心，她们都知道冯渊雷有一个人见人羡堪称完美的婚姻，而偷袭完美的婚姻会让一部分女人感觉功成名就。

诚实地说，如果这本日记十年前被蒲刃看到，也还是解恨的吧，或者是一种另类的慰藉。然而事过境迁，由于种种原因，蒲刃现在对感情问题也很淡然，不知为何已经很难跟什么人建立起长期稳定的关系，更不需要用婚姻这种形式左右自己的人生。

他其实跟冯渊雷一样外表风光，内心孤独寂寞，因而惺惺相惜。

情感对于他来说，就像肚饿时碰到的一件羊绒毛衣，美则美矣，可是又有什么用呢？

第二天一早，乔乔就提着早餐来到病房。

她的神情稀松平常，就像什么都没发生过一样。早餐是鱼片粥和猪肝鸡蛋肠粉。乔乔架起病房特制的餐桌，正好横在蒲刃的床前，两个人默默相对着吃早餐。乔乔的眼神有些飘忽，但又始终不肯与蒲刃对视。

蒲刃心中不忍，轻声说道，谢谢你这么信任我。

乔乔没有看他，也没有说话，只是放慢了咀嚼，眼圈微微泛红。蒲刃又说了一句，好在一切都过去了。

乔乔点了点头，但还是滴下泪来。

蒲刃本想再说两句安慰她的话，但这时已经可以听见走廊上治疗车滚动的哗啦声，女护士白衣飘飘来回走动。两个人赶紧吃完早餐，把餐桌收拾好擦干净，归位到墙边。

上午是治疗时间，要打针、服药、换药、输液、量体温等。

中午时分，蒲刃睡着了一会儿，竟然梦见了冯渊雷，他的眼皮下垂，目光诡谲，嘴角挂着纵观气象万千的神秘微笑。

他也只好对他笑笑,他却但笑不语,这样怪异的神情足足保持了半分钟。好像他也同时知道了他的秘密一样。

醒来时,蒲刃看见乔乔坐在他床边的椅子上,上身俯在他的病床前睡着了,她侧面枕着自己的手臂,头发有些凌乱,但是发质乌黑浓密,手臂和脖颈也依旧白皙可人,称得上美人依旧。

他承认,他也还是喜欢她的,要不不会有一种想亲近她的冲动。

显然她昨晚纠结得无法入睡,现在反而有一种解脱之后的疲惫。他只好尽量保持不动,想让她多睡一会儿。

上午蒲刃输液的时候,他问乔乔怎么拿到这本日记的。

乔乔说有人特快专递寄给她的,而且没有留下地址,只写了一个什么什么信箱,留下的手机号码也是空号。

显然,乔乔是因为这本日记才卖掉别墅,选择隐居,并且不让蒲刃再查冯渊雷事件的真相。蒲刃觉得寄这本日记的人已经如愿以偿,而且可以推断,冯渊雷工作室撬开的抽屉,拿走的就是这本日记。

他想起冯渊雷的"一寸情欲一寸灰"。

奇怪的是贺武平的家里并没有爆发豪门大战,至少表面上风平浪静,雁过无痕。贺武平连冯渊雷都不能容,怎可能容忍一个来自底层的女人?

蒲刃有些不解。

乔乔又说，蒲刃出事前，她接到一个陌生的电话。

蒲刃问道，都说了些什么？

乔乔道，叫我立刻找到你，说你的处境十分危险。

打电话的是男人还是女人？他想了想问道。

乔乔回道是女人。

年龄呢？能听出来吗？

没有什么口音，应该跟我们差不多吧，既不年轻也不苍老。乔乔还补充说道，我说我怎么相信你？她说她就是给我寄日记的人。

蒲刃心想，这个人应该是梅金，她走到今天不容易，根本不可能为一段露水情而伸张正义，她要保住手中的一切才合乎情理。那么，她应该希望他速死才对吧？为何要叫乔乔来提醒自己呢？也就是说想要他死的还另有其人？难道还有比梅金更想让他死的人吗？又会是什么人呢？

当然，只要能证明贺武平杀人案成立，与其相关的人就会一一浮出水面。目前的猜测实在毫无意义。

蒲刃开始闭目养神，整个事件的线索已经清晰，但如果冯渊雷的车祸是无头案，所有的一切也仍旧是个故事。

列车一路北行。

世界无论怎样巨变，在列车上的感觉似乎是一成不变的，尤其是这种开往内地小城市的列车，一切设施和气味，包括晃动的节奏全部和从前一模一样。

梅金穿了一套质地柔软的运动服，头发随便绾在脑后，毫无妆容，她盘腿坐在硬卧车厢的下铺，双手捧着一个淡紫色的细高挑的保温杯，一边望着窗外，一边一口一口地品着热茶。

车厢里的旅客都很忙碌，打牌、嗑瓜子、喧哗、泡方便面，工作人员每五分钟就推着车来回运行，卖各种各样的商品，只要有旅客无聊搭讪，列车员马上强力推荐，高分贝的声浪使车厢内更加嘈杂。梅金皱了皱眉头，但也没有改变姿势，任由车窗外远远近近的景色在眼前跳来跳去。

几缕发丝垂在耳边，少有的恬静使梅金脸颊的线条变得柔和起来。

前不久，她和贺武平一起去了西班牙度假，行程是贺武平选定的，也是他提议的。这让当时的梅金颇感意外。

巴塞罗那是一个优雅的城市，风光旖旎，古迹遍布。不少街道仍旧保留着石块铺砌的古老路面。引人注目的建筑无不反映出高迪设计的特色：夸张、神奇、独一无二。

由私人府邸改建的固爱宫，外立面采用了素净、朴实的石头外墙，颇具古典的格调，两个抛物线状的大拱门，是建筑师的标志性语言。

府邸的室内部分，从底层直达屋顶的中央大厅给人以简单、空旷的感觉，穹顶处设计了星空闪耀的天空，控制着大厅的空间。

固爱，这是一个耐人寻味的词。

用贺武平的话说，选择这里是因为它够小、够浪漫、够寂静又够热情，总之很适合修补关系。

贺武平显然是想清楚了，他不能没有梅金，人生也只能将错就错。

他们住在固爱宫附近一个庄园的小酒店里，完全与世隔绝，每天就是美食、美酒、徜徉、痴痴地发呆，一切如梦如幻。

西班牙人一天吃五餐饭，几乎每时每刻都在吃。这很符合他们的生存哲学：人生就是休闲。

梅金穿着充满异国情调的长裙，右耳的上方戴一朵拳头大的鲜花，牙齿被墨鱼汁海鲜饭染得漆黑，看上去妩媚万千，一张嘴尽显顽皮，不再是魔头一般的女强人。

可惜无论两个人怎么努力，他们都没法在一起，贺武平只要一看到刺青梅花，顿时前功尽弃，就算是关上灯，把枕边人想成卡门也无济于事。

不过前戏并非白做，美丽的西班牙还是让他们不再那么对立，本来嘛，利益从来就比爱情靠谱，爱情由于被反反复复无休止地放大和神化，使必须小心轻放的奢侈品承载了普罗大众的厚望，难免不分崩离析，化作一缕青烟。她可以怎么来怎么走，怎么沸腾怎么熄灭，是转眼即灰的一件事。利益却像木桩一样，把你们两个人牢牢地拴在一个地方。

这个结果对梅金来说有些意外又有些惊喜，她的这一步险棋是以守为攻，事实证明，所有的努力终于使她变得不再可有可无，不仅是贺武平的灵魂，也是贺家举足轻重的人物。

所以，当飞机降落在香港机场的时候，梅金和贺武平已经十指相扣，看上去是发自肺腑的情比金坚。

人生充满了峰回路转，梅金心想，就像她没离成婚一样，蒲刃也并没有死，居然从万分之一的可能性中死里逃生。这说明他的确是个天才，换句话说是一个不好对付的角色。

正因为这样，她此刻才会坐在这趟列车上。

列车是开往襄阳的，到达那里以后，她再搭车去十堰，她已查明蒲刃出生在神农架附近的一个小山村里，她决定亲临此地走访一下，谁都不是石头缝里蹦出来的，都有家人、亲戚或者朋友，只要找到他们中间的任何一个人，就能够了解到蒲刃的来龙去脉，然后看清他到底是一个什么样的人？他的弱点是什么？她应该怎样对付他？

譬如他不贪财，钱就对他毫无用处。如若他冷酷无情，那也是有原因的。时至今日，他留给她的唯一破绽就是他过于完美。

卢梭说过，没有可憎的缺点的人是没有的。

这位勇敢的平民思想家，出身贫寒，性格激烈多变，既被人推崇，又遭人诟病。他本人就是个矛盾体，睿智却苟且，骄傲又卑微，貌似坦诚又竭力掩饰，但同时也没有影响他的伟大和优秀。

从这个角度说，蒲刃也不可能完美到白玉无瑕。

当然有可能一无所获，她也知道这种做法近乎无稽之谈。

可是她再也想不出其他办法，如果贺武平躲过这一劫还好，倘若不是，她手里没牌不是太可怕了吗？

只有保住贺武平，才能保住她的一切。

这一次出门她没有跟任何人提及，只说是公司产品营销方面的事，她经常外出，去哪里都没有人关心。好像她命中注定就应该四处奔忙，鞠躬尽瘁，死而后已。

不知不觉到了吃晚饭的时间，送盒饭的推车反复叫卖，梅金也买了一份，她是不吃方便面的，皆因上大学时吃得太多吃伤了，现在闻到那股味道已经头晕。盒饭也很难吃，火腿肠红到苏丹红的地步，梅金胡乱吃了几口作罢，又去车厢连接处续了一杯热水。

茶已经泡得全无滋味，窗外终于变成漆黑一片。

梅金从包里拿出树仁大学的学报，老实说她一直都在学习蒲刃的文章，也就是霍金弦论主要概念的解析。不过这篇文章远不像他的其他科普文章那么轻松易懂，梅金读起来还是感觉陌生枯燥，是认识字的天书，十有十一次她都是读着读着便进入梦乡。

即使是这样,梅金也还是坚持硬啃这些生涩的文字。因为关于蒲刃的所有资料都显得空洞和大而化之,没有给她留下任何想象的空间。

蒲刃的文章说,什么是弦论呢?相当一部分物理学家相信他们终于发现了一个框架,有可能把一些知识缝合成一个无缝的整体,也就是一个单一的理论,一个能描述一切现象的理论,这就是弦论。

蒲刃还说,弦理论中的宇宙弦可以做某些模式的振动,每种振动模式都对应有特殊的共振频率和波长,小提琴弦的一个共振频率对应于一个音阶,而宇宙弦的不同频率的振动对应于不同的质量和能量。

这些与梅金毫不相干的理论竟然令她突发奇想,让她觉得只要找到一条正确的途径,她也可以跟随蒲刃独有的共振频率找到他的对应物。

他的对应物是什么?他还可能如此完美吗?

这也是她不远千里,求根索源的理由之一,就连梅金自己都觉得不可思议,这么一个虚无缥缈的想法,她居然登上了北去的列车。

不,她其实是相当务实的。

她去查了蒲刃父亲的全部资料,蒲刃的父亲从来就没有在造船厂打过工,哪怕是临时工也没做过。他父亲的简历是蒲刃杜撰的,他为什么要给一个与世无争的人杜撰历史?他到底想掩盖什么?

梅金站了起来,把自己的铺位整理了一下,躺下之后找到一个最舒适的姿势，准备重读那些对于她来说无比艰涩的文字。然而火车摇摆不定，于是本来正襟危坐的铅字开始神不守舍，也跟着一起摇晃起来。稍一集中精力，就会有一种想吐的感觉。

她无奈地用学报盖住自己的脸，又一次进入了梦乡。

至少换了六趟车，梅金才开始接近蒲刃的家乡。

路越走人越稀少，每次以为到了，又被指点着上了另一辆长途车。车很旧，在山道上慢慢颠簸，根本不是代步，而是考验人的耐心。但是车上的人都挺有耐心，没有人露出着急的模样。

梅金夹在这些质朴、黯淡的乡下人中间，虽说已是素面朝天，寻常便服，依旧像麻雀里的鹦鹉，给人不伦不类的感觉。

尤其是她神鹰一般的眼神，实在是今非昔比。

她开始怀疑自己的行为有些太草率、太文艺了。要是一无所获，就当是成人探险记，重新点燃对生活的热情嘛。她这样安慰自己。不过她的人生轨迹常常是绝处逢生，就像当年她也是走出大山上了学，发生在她身上奇特的故事后来她极少提起，就因为没有任何人会相信这是真的。

昏昏欲睡之中，长途车停了下来，这一次不是停站，而是车坏了，抛锚修理。车上的人开始也是耐心等待，显然这是经常发生的现象。等着等着，就有人一言不发地拿着行李下了车，徒步而去，当然更多的人是下了车，拿出干粮坐在路边边吃边等。

眼看着天色渐暗。

这时有一辆农用三轮车开了过来，开车的是一个漆黑精瘦的小伙子。长途车上下来等待的人群中有人认得他，便大声叫他的名字，然后撒腿跑过去，引着五六个人跟着他跑。

梅金也跑了过去，看见他们围着小伙子讲价，吵成一锅粥，看来没有人是真的不着急的。梅金不由分说，先爬上车后座，占住一个位子就放心了。

最后农用车上坐了六个人。

天彻底地黑踏实了，农用三轮车开足马力地往前奔，很快就把破旧的长途车甩得无影无踪。沿途一直有人下车，最后剩下梅金一个人，小伙子把她送到一座大山前，便喊她下车。梅金看着没有一丝星光的大山，像一头怪兽屹立在她的面前，腿都软了，说你都没到，我怎么下车？小伙子说没有路了，你翻过这座山就看见村子了。

梅金说，天这么黑，你就不怕我被野人吃了？说完故意笑得很爽朗，以掩饰内心的惊慌。小伙子说天是黑了，但时间还早，那边的人经常拿个手电筒走来走去的，没事的。

这时果然看到山上有手电筒的光亮在闪动。

梅金感觉小伙子也不是坏人，就对他说道，你家住在哪里，我今晚就住到你家去，明天你就给我当向导，所有的费用你说多少就多少。

小伙子想了想觉得还不错，另一方面也折服于梅金命令的口气。于是又突突突地开着马拉松气喘一般的农用车，回他所在的村庄。沿途他问梅金是走亲戚吗？为何没有人来接呢？梅金马上问他，你那边有亲戚吗？我是说山那边的村子里，你有亲戚吗？小伙子说有倒是有，就是条件差点。梅金说没关系，就住你亲戚家吧。

第二天阴雨绵绵，未能成行。

梅金这才看清她住的房间是个什么样子，墙壁斑驳得厉害，贴在上面的海报也已陈旧，是《还珠格格》的剧照。有两张单人床，严格说就是树墩搭着床板，两张床的中间是窗户，窗户下面有一张旧书桌，旧到看不清原来的漆色。除了两张彩色的塑料凳，其他再没有多余的东西。

昨天晚上，灯光就像手电筒那么暗，根本什么也看不见。

小伙子说，也不是不能走，就是路难走，有一段一脚烂泥就没到腿了。他一边说，一边在自己的腿上比划了一下。

梅金心想，是不是老天爷暗示她打道回府啊？还是历经磨难，必有斩获？想来想去，最后一座山就把她拦住了，那她还是梅金吗。

她是谁啊，她是当代英雄，有起死回生的本事。

梅金暂且歇息，养足了精神等天好了赶路。小伙子又开着农用三轮车给人拉货跑事，傍晚回来的时候，又带来一个城里的女子。这个女人也是素面朝天，头发全部往后梳个"一把抓"，身穿一身榨菜色的猎装，背一双背行囊，颇为英武飒爽的样子。

她跳下车来，直接跟梅金热烈握手，就像当年红军的两个方面军会师时那么孔武有力，一边说道，我都连续来了五年了，就没有碰到过一个知音，你看我们在这里相遇多有缘分。刚才麻黑跟我说，又来一个找野人的，对我来说真是晴天霹雳啊。梅金这才知道小伙子叫麻黑，昨天听见长途车上的人喊他，也许是家乡话，听不明白。

眼下她又不知该说什么，看着麻黑，表情是我什么时候说过我是来找野人的？麻黑的神情有点自鸣得意，用眼睛说道，你连住处都没有，你一个城里的漂亮女人还能来干吗？你们不就是吃饱了撑的一路人吗？

梅金心想也对，要不这边的乡下人该怀疑她了，人只有在不戒备的情况下才会道出实情。

晚上，梅金和猎装女孩加上麻黑一家人围着饭桌吃农家菜，主要是烟熏火燎的老腊肉和新鲜的蔬菜，麻黑的家里人显然经常接待外地人，家里弄得跟小旅馆似的，吃饭时肯定常有不相干的人加入，也不刻意对待客人，还自顾自地用家乡话说自家的事。

一桌子人各聊各的，啥都不耽误。

梅金对猎装女说道,你一看就是那种有理想有追求的女孩子。猎装女不动声色道,何以见得呢？梅金道,我观察你老半天了,你的猎装、墨镜、鞋子和背囊都是名牌,但是你身上一点物质欲都没有。猎装女一拍桌子道,麻黑,拿酒来！麻黑没有马上起立,只是抓了抓脖后颈,猎装女当即拍出钱来让他到小卖铺去买。麻黑拿着钱飞奔而去。猎装女追到门边喊了一句,开车去,买一箱回来,要最好的！麻黑回喊道,扛得动！人早已淹没在夜色中。

当晚,大伙都喝多了,睡得酣香,一夜无话。

真正出发的时候已经日出三竿,老实说,山里的路比想象的还难走。猎装女走在前面用一根树枝左抽右拍地打草惊蛇,另一只手上还夹一本书,是个人类学家写的《野人之谜》。

梅金知道,人类学家是一些热爱异文化,喜欢在深山老林里寻找失落"桃花源"的人,他们深信这个世界上既有桃花源,也有桃花源人,因为工业化社会带来的标准化生活才是真正的离经叛道,所以田野调查的工作方式总是被他们津津乐道。

猎装女也说,暂时告别水泥森林的都市生活,回归一下真正的自然与荒野,这是一种清修和治疗,也是对禁欲主义、成就感和个性的雄性崇拜。

麻黑断后,怕梅金脚底打滑摔下山,梅金夹在中间,心想要不是她也来自大山,有童子功,她就是想装也装不成寻找野人的发烧友啊。

昨晚喝高的时候,猎装女说她就是城里的普通白领,实在厌倦了朝九晚五四处钓金龟婿的日子,这才走上探险寻秘之路,又问梅金是干吗的?梅金说你看呢?猎装女躺在床上闭着眼睛说,看不出来。

梅金说道,你不会觉得我像煤老板的四姨太吧。

猎装女诈尸一般地坐起来,气势汹汹道,什么四姨太,你就是煤老板好不好。说完倒床而睡。

梅金心想,群众的眼睛真他妈是雪亮的。想毕,也昏睡过去。

直到那个云深深处的村落呈现出来,它被四面的重重大山包围着,静若一幅水墨丹青,梅金终于感觉到脑海里灵光一现,她相信这里一定有属于她的故事和转机。

员村的附近有一大片出租屋,这里原来跟杨箕村和猎德村一样,都是都市里的村庄。旧城改造也需要慢慢来,员村这一片成为现代化都市的最后一个堡垒,反过来说就是穷人的天堂。

这一带应运而生的全部都是合乎草根阶层价值观的产物,像饭店、卖场、理发、足疗、盗版碟,也是应有尽有,山寨一点罢了。

离自住的合租屋还有一点距离,阿蓉就闻到一股油爆辣椒的冲鼻香味。回到屋里,果然看到小许在热菜,满锅红艳艳的像是剁椒鱼头,电饭煲里的饭也焖得差不多了。

小许和阿蓉是同乡,她也是钟点工,因为人很随和,比阿蓉更受欢迎,人托人的介绍,活多得都有点做不完。

两个人合租了一间房,谁得了主人家的好吃喝,就回到合租屋两个人美美吃上一顿。平时两个人一样节俭,不随便花一分钱,病了也坚持到主人家找药吃。钱都要寄回乡下去,孩子要上学。

饭店里烧的剁椒鱼头很好吃,小许和阿蓉吃得津津有味。是小许的主人家吃席,因为太辣,几乎一口未动,全打包回家送给小许了。

小许说,大师傅是我们老乡,简直就是托人专门送给我们吃嘎嘎的。

阿蓉抿着嘴点头。

小许又说,最早给我们介绍过工作的妇联家政公司,说是要组织活动,每人交五十块钱,大伙在一块儿高兴高兴,还说是企业文化。小许有些犹豫,她的意思是不用交钱就不犹豫了。

阿蓉像是看透她的心思,道,不交钱也不去。

小许不快道,我还没说完呢,你知道去干什么?泡温泉。你泡过温泉吗?你听都没听说过吧?

阿蓉撇嘴道,我会没听说过吗?五十块能泡什么温泉?肯定是假的。

小许没话说了,吃了口白饭道,不是我说你阿蓉,你现在真的是越来越像城里人了。

阿蓉一点也不生气，嘴上说哪有？心里不自觉有些小得意。

小许单刀直入道，不就是蒲教授给你的钱多一点嘛，那也多不过月嫂啊，月嫂一个月六千五啊，孩子上大学都够了。

阿蓉愣了一下，心想知道月嫂挣得多，不知道都涨成这样了！转念又安慰自己，月嫂责任多大啊，还要洗尿布带孩子睡觉，挣的是辛苦钱。我有什么责任？蒲教授家的卫生最好打扫了，认真打扫一个小时就跟宾馆一样，我还可以看看电视，吃两把瓜子再走，根本不需要郊游泡温泉，穷玩有啥意思。

他给我买菜的钱又没数，还可以砍点斧头。

不过阿蓉还是受了刺激，她想，蒲教授的家务的确好做，她还兼了另两家的卫生，可是至少还有三个晚上和一个周日是空出来的，还可以干点省力的活，人家小许从来不休息，虽然没有碰上蒲教授这么傻的，但是也不比她少挣。小许吃亏在不太会烧菜，烧什么都是又辣又咸，剩菜狗都不吃，要不以她的雄心壮志，也敢去干月嫂。

阿蓉也不是不想当月嫂，她又会煲汤又会烧菜，也带过孩子，但是城里人生个孩子哪里得了，天都塌下来了，规矩多得记不住，像产妇还要吃五更餐，凌晨五点把产妇摇起来吃什么？阿蓉听都没听说过，还当什么月嫂！

星期天，阿蓉去了本市最大的家政市场，这个市场的形成就是因为各种家政公司抽成太厉害，一边吃东家，一边吃帮佣，搞到最后还是现场见面谈条件最稳妥。妇联家政公司，阿蓉不爱去，因为心里有阴影。当年和小许在那边登记表格，等待顾主，妇联家政的工作人员大声喊她的名字"黄肚皮"，但其实她的本名叫"黄月坡"，搞得全场哄堂大笑。后来她坚决地把名字改成黄蓉。

可是她身份证上的名字还是黄月坡，再去那里登记肯定又被他们笑一次。乡下人有那么好笑吗？叫她黄肚皮那个女的，头发烫得黄里透红，就像顶着一头公鸡毛似的，难道不可笑吗？

家政市场租了某大厦的一层，有几百米的面积，也是有摊位的，各个家政公司的招牌五花八门，什么万福、娘子军、春春、正中和、广西妹等等，摊位之外是一张张桌椅，就像售楼部那样，双方有了意向就可以坐下来慢慢谈。

人很多，像菜市场一样吵到翻天。

阿蓉看见妇联家政也有摊位，但是到访的人不多，据说是他们的手续太过正规，还要健康证明什么的。好多摊位登记一下身份证就可以了，所以围着一层一层的人，既有雇主又有保姆，哇啦哇啦都在说话。

有一个雇主大声控诉某家政公司派出的月嫂是假的，价格喊很高，喂奶呛奶，洗澡差点没把孩子淹死。马上有雇主跑过来问她情况，当然是要避开这么不靠谱的家政公司。雇主说严重不靠谱，我已经换过七个，没有一个是真的，你们千万不要上当啊。

也有雇主主动跟阿蓉搭讪，有一个戴眼镜的老师模样的人问阿蓉，我看你挺精明能干的，会不会服侍病人？我给的费用很高。她暗中伸出五根手指。条件是挺诱人的，阿蓉不禁问道，是什么病啊？老师说是脑溢血半身不遂，要勤翻身，所以要有劲。不等阿蓉回话，站在旁边的一个保姆油子模样的人显然已经听了一会儿了，马上插话说，我行，我服侍过病人。一边指着阿蓉说你看她多瘦，她哪里有我劲大？阿蓉一下就火了，说你怎么知道我没劲？

保姆油子说你急什么？我们掰腕子嘛，看谁劲大。阿蓉心想，谁跟你掰，我会去服侍病人吗？

但这时围过来的人已经很多，大伙都知道了这个东家给的费用高，都开始心动眼红。阿蓉决定掰倒了这个满脸横肉的保姆油子争口气再说，当然她也不会去服侍什么病人，只是想找点又轻松又好赚钱的活。掰倒了她再慢慢找也是一样的，但是绝不能就这么灰溜溜地走了。

于是众人簇拥着两个乡下女人来到桌前。

心气再高也没用，还是小许说得对，阿蓉越来越像城里人了，除了长心气儿什么都不长。只坚持了两分多钟，阿蓉的右手就被保姆油子大力压倒。

也没有什么害臊不害臊的，因为有更多的人掰倒了保姆油子。

大家都想找钱多的工作，又挣钱又轻松的活儿根本没有。阿蓉一直待到下午四点半，不是她挑人，就是人挑她，反正忙来忙去没有找到令她满意的事。

晚上吃饭的时候，小许说，你满意？只怕要再找到一个教授你才满意。说完还白了阿蓉一眼。阿蓉闷头吃饭，不理她。小许又说，上次我给你介绍的那个人家多好，给钱又多，你俏得很，不干，现在知道厉害了吧。阿蓉瞪她一眼道，每天晚上做八个人的饭，我开饭馆去好了。小许把嘴撇成八字，道，不做饭，人家会开这么高的工钱吗？你开饭馆，你还当二奶呢。

阿蓉笑道，我哪有那么好命。

两个礼拜很快就过去了，阿蓉还是没找到合她心意的兼职。

倒是一向不慌不忙的小许，又带回来一次酱板鸭和一次毛血旺，剩菜的事就不说了，再香再辣也是剩菜。关键是又有一个送上门来的好活，叫小许去打扫一家复式豪宅，主人全家去了美国，家里一个人都没有，每周开窗通风兼打扫卫生，具体干没干都没人知道，也没人检查，估计又是小许的老东家把她夸到天上去了，所以人家才这么信任她。

而且工钱不仅一点不少，还一次付清一年的费用。

阿蓉心想，我跟月嫂急什么，身边的小许就能把我活活气死。这之后阿蓉跑家政市场跑得更勤了，但在小许面前，一个字都不提。

一天，阿蓉又在家政市场晃悠，情况还是老样子，她挑人，人挑她。

中午有点饿了，她便在街边买了张土豆丝包饼，反正她带了一瓶水，这样午餐就解决了。这家小店阿蓉也是反复光顾，因为她认真观察了一下，喜欢来这里的大都是她这样的人或者穷学生，卖得最多的就是土豆丝包饼，一块五一张，不算便宜但是挺好吃。

阿蓉正在吃饼，这时耳朵边上冒出来一个声音，是个男人低沉的声音，他说你是来找事的吗？阿蓉回过头来，见那个男人理着平头，相貌还算老实和气，也就点了点头。

那个男人又说，我家的事情不太多，只搞卫生不做饭。

阿蓉心里很高兴，赶紧把饼吃完了，说道，你家有多大啊，卫生好搞吗？

男人说，二百多平方米吧，新房子，好搞卫生，应该不用天天来，每周搞三次也就行了。

阿蓉心想，这不就是为我量身定做的事吗？不会是遇到骗子了吧，但转念一想，自己实在也是没财没色，包里就剩半瓶白开水，都不知道别人能骗到自己什么。这么一想，也就没有了顾虑，两个人只是在价格上来回了两三次，也就谈妥了这件事。

这时男人看了看手表说他还有事,叫阿蓉明天还在这里等他,他带她到家里去。他让阿蓉叫他高大哥。

当天晚上,阿蓉很想把这件事告诉小许,这么好的事不告诉小许还能告诉谁呢?但她想来想去还是忍住了,因为心里没底,怕第二天去了,那个高大哥万一不来,不是白高兴一场?到时小许肯定会笑她。

小许是个蚌壳精,外面看不出什么,东西长在里面,不像她,脸跟桌子似的什么都摆出来,又不会哄东家开心。

第二天,阿蓉提前半个小时就站在老地方,正等得心里七上八下的,就看见一辆半新不旧的大金杯停在她的身边,大金杯她还是认识的,因为有亲戚买过这种车跑生意。驾驶室里的司机咧着嘴对她笑,仔细一看就是高大哥。

高大哥探出头来说道,我还以为你不一定来呢,你们乡下人都不怎么讲信用的。阿蓉立刻火大,谁不讲信用?我都等你老半天了。说完还不解恨,又补了一句,我还以为你不会来呢。高大哥笑道,我怎么会不来?这是我们公司的车,你看看车上写着什么?

阿蓉这才注意到车上有一行半圆形的小字:诚信调查公司。

高大哥叫阿蓉上车,两个人一块儿去了一个环境还不错的小区。

高大哥的家的确是新房子,陈设简洁普通,也许是他的书房加了锁,所以第一天就把家门钥匙交给了阿蓉。高大哥走后,阿蓉就开始干活,卫生挺好打扫的,阿蓉忍不住一边干一边哼起歌来。

父亲的眼睛贼亮贼亮的,还透出一丝不为人察觉的邪光。

他坐在椅子上,上半身被一根细麻绳连同椅子背捆绑在一块儿,有一个护工正坐在他面前给他喂饭,他嚼得很慢,眼睛一会儿看看天,一会儿看看地。

蒲刃出院后的第一件事就是来看望父亲。

老人院的院长跟他解释说,他父亲最近一段时间喜欢乱跑,有时候还会溜出老人院去买酒喝。他身上没有钱,就用外套、耐克鞋、手表、皮带换,总之身上能换酒喝的东西都给人家了,好在他还认识回家的路,有时腰上系根塑胶绳,只穿一对袜子就徒步回来了。

不让他出去就不好好吃饭,送来的饭被他全部推到地上。

蒲刃把提来的水果、补养品、娃哈哈一类的食品放在桌上,一边对护工说道,让我来喂吧。

护工走了,房间里只剩下父子两人。

蒲刃面无表情地盯着父亲,良久,父亲不再看天看地,只是看着眼前没吃完的饭菜。当然,他开始不自在。

隔了好一会儿,他说道,我是有罪的。

你有什么罪?蒲刃像审判官一样在父亲面前来回踱

步，他不再看他了。

父亲突然理直气壮地说道，可是我罪不当死。

蒲刃冷不丁地冲到他面前暴吼了一句，可是你死了吗？你死了吗？蒲刃瞪大了眼睛，两眼冒火，眼珠突兀，看得出来他真有些烦了。

父亲显然给吓住了，不再说话。

屋子里很安静，其实是一种对峙后的紧张。

蒲刃把拴着父亲的绳子给解了，对他发出简短的指令，吃饭。按照他的想象，父亲通常会乖乖吃饭，他相信在父亲心中他是绝对强势的。

但是这一回，父亲毫不犹豫地把饭菜掀翻在地上，然后换成他恶狠狠地盯着蒲刃。不正常的动静又把护工给招进来了，她收拾了地上的碗筷和饭菜，看着脸色铁青的蒲刃，满脸写着你总算是发火了，你终于发火了，你早该发火了，我们看着你都着急，太好的人都让人着急。

蒲刃在窗前站了片刻，才慢慢平静下来。

他拿了两瓶娃哈哈饮料放在父亲面前，父亲开始露出笑容，都是给我的吗？他说，一边心满意足又格外欣喜地看着蒲刃。蒲刃没有理他，又回到窗前站着。父亲打开两瓶娃哈哈饮料，左边一口右边一口地喝着，有滋有味。

临走之前，蒲刃去了一趟院长办公室，主要是对院长表示，他完全能够理解老人院对父亲采取的所有举措,请院方不用担心,无论是捆绑还是关人都视情况而定,不用担心什么,他也不会曲解院方的行为。院长听了以后非常感动,她说我正要过去跟你解释呢,现在有些老人院虐老的情况比较常见,这让我们也很难工作,像你这么明白的人还真不多见。

院长又说,你父亲是我们的老主顾了,我们会尽可能地在他不走失的情况下,对他采取最人性化的管理,这一点你完全可以放心。

两个人又寒暄了几句。最后蒲刃告诉院长他因为身体的原因,最近会去三亚度假。在此期间,希望父亲不至于出现什么意外,否则就是给他打加急电话他也不可能随时出现。院长连说明白明白,你就放心去吧。

蒲刃走后约摸过了一周,便有人给老人院的院长打来电话,自称是中山医学院老年病防治研究所的工作人员,他说蒲教授去三亚了,临走之前委托他们给他的父亲做一次全面检查,因为据说他父亲最近一段时间的情况不太好,是这样吗?院长当然说对,是这么回事。研究所的人又说,我们已经为他父亲约好了专家,不过为了保险起见,我们需要院长派一个男护工全程陪同。

院长不假思索就答应了。

第二天一早,老人院果然来了一辆非常正规的白色救护车,有两位穿着白大褂的工作人员,连同老人院的男护工一块儿把蒲刃的父亲给接走了。

直到傍晚,蒲刃的父亲才被送回。

男护工向院长汇报说,一切都很正常,他们就是去了中山医学院,就是做了各种各样的检查。最后研究所的人交代,他们会把检查报告直接交给蒲教授的。院长终于松了一口气,因为下午见人还没有回来,她的确有些担心。

这件事很快就被大伙遗忘了。

晚上,幽云睡觉以后,乔乔才开始收拾去三亚度假的行装。

尽管她也十分清楚,这一次蒲刃约她和幽云到三亚去玩,主要是为了答谢她在医院陪护时对他的照顾。但是旅游总是好的,旅游浪漫,有许多不确定因素,发生石破天惊的事也不足为奇。

所以她还真是有所期待。

白天,她去了一趟百货商店,该买的不该买的统统先买下来备选,包括大提包和拉杆箱,这都是细节,但是魔鬼通常都藏在细节里,她以前用的东西也不错,但都是特别传统老旧的样式,她不想在蒲刃的眼中是一个古董淑女。这是一场红粉战争,机会永远等待有准备的人,以前真的是没用心而已。

现在她的确有了一种重生的感觉。她以前哪会对这些无聊的事情上心,原来是因为火候不到,一旦女人动了真情,就会为一双鞋一支口红纠结。

休闲装一定要买名牌货,时装可以让人变得挺拔,休闲装若是图便宜，人也会变得特别便宜。乔乔买的净色的T恤和七分裤都是一流的布料和手工，光脚穿软皮的平底鞋，裸色配极简的样式。

遮住上半截脸的超大墨镜必不可少。

睡裙就买了三种，乔乔在手中摸来摸去，比对付数学难题还费思量。最终她决定用排除法，吊带的浅紫好是好，颜色娇嫩很配她的白皮肤，但是有一种露骨的暗示，这太不像她了，所以最先否决。蕾丝雪纺，华丽的碎花面料，一切都非常完美，不过半透明的感觉有装嫩的嫌疑。

还是重磅真丝比较保险，香肩刚好被盖住，裙长至膝，虽然是艳粉的颜色，但是胸口有一朵巨大的盛开的白色牡丹，粉白相间，恰到好处。

一晚上都是浅睡眠，内心像少女一样动荡不安。

清早起床，乔乔梳洗时涂了一点BB霜，脸上的肌肤顿时变得光洁无瑕，加上没有妆容，更显得素净雅致。

所有的行程都是蒲刃一手操办的，一切都显得井井有条。飞机抵达三亚之后，便有酒店的车来接，酒店是五星级的，服务也就格外周到，到了酒店之后已经是晚饭时间，他们的行李被送进客房，三个人在餐厅吃到了新鲜可口的本地菜，像文昌鸡，还有四角豆，饮料是青椰汁。这一过程无缝衔接。

蒲刃订了一个带阳台的大套间，正对大海，俗称一百八十度无敌海景，放眼看去便是天蓝、海蓝，和细绵如白糖一般的白沙滩。

卧室里有一张双人床，乔乔和幽云睡，他在客厅放了一个加床。这个格局既亲近又得体，还不生分，令乔乔颇以为然。

晚上是极具海南特色的大型歌舞烧烤晚会，三个人都穿上了酒店派发的特色休闲服，图案是白底子盛开着俗绿色的椰子树，远看近看都眼花缭乱。这种服装还真是有魔力，只要穿上身，肯定是丑丑的，然后自己就不是自己了，变得百无禁忌，吃喝玩闹，和当地人一块儿跳竹筒舞，如果节奏不对，还会把腿夹住，惹来一片善意的笑声。

终于，三个人玩得筋疲力尽，本想再到海边走走，实在是没有力气了，决定第二天一大早就去海边，这才意犹未尽地回到酒店客房。

这时出现了一个状况，就是他们在客房外的走廊上，碰到了同是树仁大学的教授叶知，他旁边跟着一个学生模样的年轻女子，显然是结伴而行。巧的是叶知就住在他们隔壁。

叶知是中文系的教授，博士生导师。不仅学问好，而且举止儒雅，他年近五十，高个，清瘦，有一些白发但绝对不染，适度的沧桑和木讷都不能遮盖他曾经俊朗的外表。他的夫人几年前因病过世了，自然也是金牌王老五。据称只要是他的公开课，各个系的女生都会去前排占座，受欢迎的程度可想而知。

蒲刃和叶知打过招呼，叶知认识乔乔，两人点头示意。但是叶知并没有介绍身边的女子。他们各自回到自己的房间。

关上房门之后，乔乔问蒲刃道，我们要不要换个房间？

蒲刃不解道，为什么？

乔乔指了指隔壁房间。

蒲刃若无其事道，他带年轻的研究生出来玩，他都不搬，我为什么要搬？

乔乔没有接话，但是心下暗自欢喜。因为通常在不确定的情况下，男人都会把跟异性单独外出视作隐私，像叶知就不肯介绍同行的女伴。但是蒲刃就没有半点不自在，这让乔乔感觉到他对自己的尊重和认可。

这时幽云喊道，我饿了。

蒲刃像是有感应一样，笑道，我也饿了。

乔乔道，刚才的烧烤随便吃，什么都有，你们都不吃，这会儿又饿了。

蒲刃道，随便吃的东西就是不好吃嘛。

幽云点头称是，还跟蒲刃对望了一眼，似乎早有默契。

于是打电话叫了三碗送餐的馄饨，三碗馄饨是一百五十块钱。乔乔叹道，真是天价馄饨。蒲刃道，货币就是要流通的嘛，你也不看看在哪儿吃，多晚吃，你们数学系的人看什么都是贵的，对不对幽云？

幽云占着嘴，一个劲地点头。

不过叶教授也很不错，在这之后，他并没有换房间，而是平和地面对每一次碰面，照样从容不迫地跟他们打招呼。那个年轻女子对叶教授十分恭敬，就像陪伴托尔斯泰一样。

美好的时光总是迅速地流逝，像手指中的阳光，抓都抓不住。

蒲刃把行程安排得丰富多彩，尤其是海边的消磨，就是发呆都可以感觉到隔世与忘我，不坐在海边你很难相信，亲水是可以净化心灵的。

转眼间，如在云上的日子般的假期接近尾声。

这一天的夜里，乔乔虽然是如常的疲惫，但是她没有睡着，身边的幽云已经睡得天昏地暗。乔乔轻轻起身，她拉开窗帘，由于月光明媚，只见夜色中的大海依旧是激浪澎湃，静谧的沙滩空无一人。

乔乔躺回床上，聆听着海涛滚滚而来翻涌而去的声响，不禁自问，我到这里来真的是度假吗？真的是游山玩水吃天价馄饨吗？真的是坐潜水艇看珊瑚，在蝴蝶谷听缠绵悱恻的《梁祝》吗？

不是又是什么？

她的脸颊在黑暗中微微发烫，她当然希望蒲刃向她表白，可是蒲刃什么都不说，难道他真的仅仅是答谢她吗？

蒲刃永远像这夜色中的大海，它给你激情，却不给你方向。

又躺了一个时辰,乔乔还是睡不着。卧室和客厅之间隔着一个实木的拉门,只要轻轻滑动,便可无声地打开。客厅里一点动静都没有,显然整个世界都沉睡了,乔乔心想,我穿着睡衣跑出去,算什么呢?可是她马上又想,我不能够第二次错过蒲刃了,如果上一次是错在年轻,结果却是万劫不复,令她生不如死。那么这一次她决定直接表白心境,而不是无边无际地等待。

而且,在她和蒲刃之间,是有冯渊雷这个心理障碍的,如果没有机会解开这个死结,那么他们表面无论多么亲热,最终都是镜花水月。

乔乔最终鼓足勇气,滑动了拉门。

加床上是空的,没有人。蒲刃一个人坐在阳台上喝酒,面对大海,映入她眼帘的是一个漆黑的背影。

客厅里的陈设在月夜中轮廓分明,临窗处有一个玻璃的写字台,另一侧是一长一短两个沙发,一套花梨木的圆桌圆凳,门边贴墙是一个高大的酒柜,下面是透明的冰箱,可以看见里面整齐排列着各种饮料,上面的间隔里摆放着各种酒类,中间是大理石台面,有烧水壶和高脚杯与陶瓷杯等。

阳台上有一个方桌,两张椅子,都是白颜色的,白天的时候配上湛蓝的海景,会让人记忆深刻。

蒲刃开了一瓶红葡萄酒,他拿了两个高脚杯,一个在他手中,另一个空置在桌上,好像他就知道她会来一样。

乔乔在另一张椅子上坐下,蒲刃给她倒了三分之一杯红酒,又下意识地把身上的外套给乔乔披上,完全没有注意到她穿什么样的睡裙,乔乔胸前白色的牡丹被月光化成了色块和阴影。

两个人默默地喝了一会儿酒。

蒲刃,乔乔在黑暗中叫了一声。

蒲刃嗯了一声作答,把脸侧向乔乔,等待着她说下去。

乔乔开诚布公道,我很想知道,在你心目中,我们俩是什么关系?

蒲刃淡淡回道,什么关系?那还用说吗?

乔乔不解其意,心想不用说是什么关系?比同学亲热,比情人冷落。她不记得蒲刃对她有过任何明确的暗示。

蒲刃当然知道乔乔心里是怎么想的,他刚才一直在想冯渊雷的案子,于是他也直截了当道,我需要一些时间,把某些事情处理好。

你有女朋友对吗?乔乔问道。

没有。

乔乔明知故问道,那还有什么事?

蒲刃肯定道,你知道我在说什么。见乔乔默不作声,他继续说道,冯渊雷的事情必须有一个了结,我们才能重新开始,否则算是怎么回事?我不喜欢那种不三不四的感觉。

乔乔看着大海,气若游丝,道,人死了,还不算了结吗?如果我都不再追究了,你还要了结给谁看?

蒲刃再一次侧过脸来看着乔乔,郑重其事道,冯渊雷临走前给我留了一个邮件,他拜托我处理好这件事。

乔乔的确有些意外,她实在不理解男人之间是怎么交往的。

不禁一脸茫然。

他则把酒杯里所剩无几的红酒一饮而尽,接着又续了三分之一杯,仍旧握在手中备着,像是准备随时喝上一口。

我最近经常梦见他。蒲刃说道。

谁?

渊雷。

他跟你说什么了吗?

没有,只是意味深长地看着我。

乔乔不再说话,本来她想说冯渊雷这个人城府很深,你当心他阴魂不散。不过想了想,还是什么都没说。现在冯渊雷这个名字对她来说已经刀枪不入,甚至连仇恨都渐行渐远。

女人一旦无情,任何男人都伤害不到她们。

不知不觉间,浩瀚的海面上隐隐地有些泛白,蒲刃起身道,不早了,还是睡会儿吧。他伸手拉起乔乔,不经意间两个人站得很近,乔乔可以感觉到那种既熟悉又陌生的气息,她微微仰视着他,沉浸在他不可抗拒的气场中,深深陶醉。良久,她对他柔声说道,答应我,无论做什么事都要小心。

他点点头,眼神中浮现出少有的温存,虽然没有大力地拥她入怀,只是在她的额头上轻轻一吻。但在她的心底,却有如桃林中狂风忽起,旋即万花齐落一般惊天动地的欣喜。

多少年后,乔乔依然承认,这是她人生中唯一完美的假期。

六

真的不想醒来。真的。

梅金深陷在席梦思的大床上,并没有睁开眼睛,但已隐隐感觉到厚重的窗帘缝隙间的一道淡灰色的晨曦。

今天的事情很多,她是不能贪睡的。

她的手机二十四小时开着,这已成为习惯,也是贺润年要求的,因为大公司随时都可能有危机处理。昨晚睡前她决定关掉手机,不是说这个世界上缺了谁都行吗?但是不到一分钟,她还是重新打开手机,否则耳根清净了,心里反倒不踏实,很可能难以入睡。

贺武平在她身边睡得酣甜,他侧着身子,头部轻轻抵住她的肩膀,像丙丙一样放心安睡,这让她坚强的内心突然柔情似水。

他的皮肤被晒得黝黑,看上去比她还累。昨晚也不知道他是什么时候上床的。自从贺润年决定公司可以买两架私人飞机,贺武平立刻到飞行俱乐部报到,每天按时上课,比上班积极百倍,一心想拿到飞行执照。

什么都没有改变。他还是活在自己的世界里,也还是那么贪玩,他的所作所为全部是由兴趣出发,没有兴趣的事他碰都不碰。梅金也试图叫他看一看公司的报表,学习一下管理公司,他马上皱眉头,一脸的心不在焉。

他办公室的潜水照已经换成他一身飞行服头戴飞行帽的雄姿,下面写着一行字:我要飞得更高。

到头来还是她没脾气,山崩地裂就在眼前,他照样睡得岁月静好。你不服不行,服死他了。

大约是在一周之前,梅金又一次接到邦德高科男低音的电话,约她到七号会所吃晚餐,她当然知道来者不善,但又不得不去。她并没有奢望邦德从此跟她两不相欠,但是没想到这个来电比她预期的早太多,一根细幼的无形绳索已经套在了她的脖子上,是可以随时抽紧的。

七号会所是邦德公司的私家会所,没有任何招牌,是一个别致的花园簇拥着一片深灰色的平房,叠加式的设计,像直贡呢的褶皱,层出不穷,自然而又不明底细。装潢是细致中又抽象了一把,令人不觉暗自感叹设计者的审美品位。

是一种可以玩味良久的高深之美。

就像是公告天下了一样,不明缘由的,坊间无论又盖了多少奢华领地,有叫八号花园的,也有叫九号行馆的,没有人敢冲到七前面去,除非你找死。

七号会所隐秘性极好,不设大堂,全部是风格迥异的房间,每一间都宽敞宜人,不会有拘束之感。房间里分两个区域,一边品茶,同时可以透过大型的玻璃窗看到后院广阔的绿树和草坪,天黑以后便是梦幻般的灯饰。另一边就餐,餐桌上方的吊灯光线适中稳定,有时隐时现的背景音乐环绕左右。

门口无论进出都不会遇见其他客人。

餐桌上放着两套餐具,这让梅金明白晚上的谈话是一对一的。餐具十分讲究,黄色的图案上滚动着蓝色的飞龙,花纹繁复,尽显尊贵。好像不是吃饭,而是陶瓷品鉴会。

请客的人已经在房间里等候梅金,见她进来便起身迎接,这是一个中年男子,可以说长相周正,戴一副黑框眼镜,目光略显冷峻。他穿了一身便装,但一看就知道是名牌精品,布料软熟养眼,剪裁和做工经得起反复观赏。而房间里的服务员全部都是黑色西装、白衬衣、领带,正规得体。

这个男人表面上很是热情,但骨子里透着不卑不亢。握手的时候他只是点到为止,这让梅金一开始就很不舒服,她会不懂什么是敷衍,什么是作戏吗?既然都是体面人,巧取豪夺也可以讲点礼数。

吃什么就不用说了,重要的不在吃。

中年男子递给梅金一份简历，上面有他的照片，他的名字叫胡国庆，这种名字很大众，果然是国庆节生人。学历一栏有国外镀金的经历，目前在某基金会供职，任执行主席。

简历里面还包括他的一部分经济理念，以及近年来他的基金会的大事记，从中可以看出他的才华和业绩。

梅金明白这份简历是制作合成的，面前的这个男人不管是叫胡国庆还是李国庆，肯定是邦德公司的人，跟什么基金会毫无关系。至于这个人的真实身份，她也无从得知。

但是他为什么要给她这份简历，她一时还摸不着头脑。

胡国庆直言道，贵公司今年底就要更换独立董事，还希望梅小姐帮我在贺润年面前美言几句。梅金如梦初醒，常言道，就怕贼惦记着。松崎双电共有六个独立董事的位置，其中四位今年不变，另有两位需要重新委派。

独立董事，是指独立于公司股东且不在公司内部任职，并对公司事务做出独立判断的董事。

松崎双电是上市公司，独立董事必须占有一定比例。

邦德高科这么做无非两个目的，第一还是求财，独立董事有不菲的年薪，这是邦德永恒的目标。第二便是渗透到企业中去，名正言顺地掌握企业的内部事物和商业行为。

如果邦德渗透进来，至少可以掌握三项特权：首先可以要求第三方独立提交财务顾问报告,其次可以提议聘用或解聘会计师事务所,次之还有权召开临时股东大会。

邦德如下山之虎,气势如虹,完全超出梅金的想象。

配有烛台暖热的天九翅浓香饱满,就是烫得没法下咽。

梅金缓慢而优雅地转动着瓷勺,轻轻地口吐香气,似乎正在一心一意地品尝佳肴。她尽可能地保持仪态,脸上始终挂着淡若莲花般的笑容,这是她目前唯一可以做的事。

但是她的内心,犹如待宰的羔羊。

她现在是腹背受敌,前有邦德泰山压顶一般的攻势,后有蒲刃超常的机敏相逼,尽管蒲刃出院之后便开始调养身体,每天早晨坚持跑步,回学校上课,穿梭各大车展和车场准备买新车,周二仍到中修堂坐诊,而且还跑到三亚高调秀恋情,但凡此总总,无非是告诉曾经加害于他的人,他已经对冯渊雷的事不感兴趣了,他将重返自己原有的生活。

但以梅金对蒲刃的了解,他才不是一个罢休善甘的角色,这既是他的性格,也是他的命脉。

她就在这双面的夹击中小心翼翼地走着钢丝,而脚下便是万丈深渊,稍有不慎便是从哪来归哪去,死无葬身之地。

服务员端来的鲍汁海参,分别放在她和胡国庆的面前。

梅金抬起头来，努力对胡国庆保持笑意，她说我尽力吧，但是贺老爷子挺固执的，独立董事的事从来不让外人过问，事实上就是他一个人拍板。

胡国庆笑道，这你就别谦虚了，谁不知道你是松崎双电的无冕之王。

梅金淡淡回道，江湖传言，不足为信。

胡国庆道，以我的经验，江湖传言反而都是有影儿的事。

梅金笑道，那关于邦德的传言也可以信吗？

胡国庆一挑眉毛，不假思索道，当然可以。

梅金正色道，那就给我一个准数，我去筹办就是了，何必费此周折？说完她有意无意地看了一眼餐桌上堂而皇之的简历。

胡国庆没有马上说话，只是笑眯眯地把盘子里柔韧的海参轻轻地切成一段一段，他用叉子将一段海参蘸满鲍汁后放进嘴里，然后仔细品尝，这才慢慢说道，老实说，我也不知道我的胃口有多大，好饭还是一口一口吃比较有意思。

此时的梅金已经彻底倒了胃口，但她还是假装随意地看了看卡地亚时尚腕表，微笑地把那份简历放进了橙色的爱马仕铂金包里。她站起身来，郑重其事地对胡国庆点头示意，我知道了。说完这句话，她又加了一句，谢谢你的晚餐，非常难忘。之后便匆匆离去。

胡国庆也是微笑地做了一个请的手势，但是并没有起身，仍旧正襟危坐地品尝他的海参。

这无异于胯下之辱。梅金坐在自己的奔驰车上，长时间地静默。

好一会儿，她才把车驶出了七号会馆大院，为了绝对安全，她不会让任何人知道她与邦德有过任何接触。

行驶了片刻之后，她决定转道直奔白云山顶，每逢她心境黯淡情绪抓狂的时候，都会到白云山上兜两圈，在山顶打开所有的车窗，深深地吸一口气，让自己平稳下来。

她想，假如冯渊雷还活在这个世界上，她可能会去找他性交吧，直接的原因是可以减压，人为什么要欲仙欲死？就是因为要脱离现实啊，就像当年她去找他一样。他是她的猎物，反过来也一样。他们才是在血雨腥风中刀枪相见、奋力拼杀的人，没有人知道他们的心理压力有多大。他们是那种目光一旦相遇便可以卸掉盔甲的盟友。

现在他走了，她多少有一点寂寞。在这个世界上，有人是来享福的，有人是来讨债的，有人是来还情的，还有人是来直取你性命的。

如果命中注定，应该死得其所吧。

反正她肯定不是来报仇雪恨伸张正义的人，梅金这样想到，而且简直就是为爱而来，这太滑稽了，正如王尔德所说的"我们同在阴沟里，只是有些人选择了对着星星看"。她居然是那个仰望星空的人。

那天晚上,她也的确在山顶站了很久。

终于,梅金睁开了眼睛,起身后还不忘给贺武平披了披被子,怕他背部着凉。她现在不仅仅是丙丙的妈妈,也是贺武平的妈妈,妈妈是什么?就是包容他的一切,除了爱,还是爱。

梳洗完毕之后,梅金便赶到公司,一上午马不停蹄地处理了许多公务。

中午十二点半,她准时赶到富美大厦的半岛酒店吃商务套餐,在临窗的座位刚刚坐下,贺润年就迈着稳健的步子走了过来,梅金急忙起身,为贺润年拉好椅子。又是穿黑制服的领班为他们端来一壶热茶,两份简单的美食。

贺润年看上去心情不错,为了便于照顾,丙丙一直住在贺家老两口那边,所以贺润年先讲了丙丙的一些趣事。

转入正题以后,贺润年的脸色渐渐严肃,他是那种可以把家事和工作严格区分的人。梅金首先汇报了斥资引进管理系统全面升级的工作已经全部完成,除了公司的效益在逐渐提升之外,最主要的是堵住了许多管理上的漏洞,由于扩张的需要,松崎双电的管理一直滞后,曾有一段时间混乱疏漏,以至于内地常有发现老鼠仓的现象,就是总部一直在发货,但是钱收不上来。当时梅金就坚称,松崎双电根本没有订单的问题,只有管理机制方面的问题。

在管理系统全面升级的同时,梅金成立了松电旗下的管理公司。

事实证明,她不仅说到要害之处,而且她的举措也有效地加强了松崎双电的管理,使这条超级战船更加正规化、现代化。这一点是大家都看得到的。

以前,贺润年对现代化管理缺乏认识,而且他非常排斥别人在他面前拽一些闻所未闻的新名词。梅金对他的性格了如指掌,她说,管理就是老李负责切蛋糕,老王来分。就是不要相信任何人,而是用有效的制度阻止他们贪念的实施。这些话对于贺润年来说一剑封喉。

胡国庆说得没错,梅金的确是松崎双电的无冕之王。

后面说的是独立董事的问题,贺润年根本不看胡国庆的简历,他看着梅金,等待她说出要害的那几句话,梅金的解释是,胡国庆在政府方面有相当不错的人脉关系。这当然也是贺润年要听的话,所以胡国庆可以说是轻松过关。

梅金谈到的第二个独立董事是蒲刃,这件事她是经过深思熟虑的。那些所谓不爱钱的人都是不爱小钱,大钱人人都爱,超出自己想象的大钱砸在脑袋上都是惊喜。

遥想在蒲刃家乡的时候,梅金跟猎装女就住在麻黑的亲戚家里,白天,他们三个人跑到山上去寻找野人,严格地说只有猎装女一个人在认真地寻找,不时地东张西望,神情像一只美丽的梅花鹿。而梅金只是闷头想着自己的心事，麻黑穿一双旧皮鞋在前面领路，时不时地点起一根烟来抽，看他的表情就知道，他对野人毫无兴趣。

有一次，梅金忍不住问猎装女，你真的相信有野人存在吗？猎装女惊奇地看着她反问道，难道你不相信吗？

那意思是说如果不信，你来干什么？

梅金迟疑片刻道，我，当然是，相信的啦，但是好像没有什么希望啊。

猎装女想了想，问道，你相信爱情吗？

梅金肯定地点了点头。

那就是了，猎装女认真道，那你见过爱情吗？你能说清爱情是怎么回事吗？就算你真的爱他他也同样爱你吗？

梅金被她问得一脸茫然。

猎装女道，许多事情都是这样，你相信就有，不相信就没有啊。

梅金没想到自己的心里着实一沉，好像被小石子击中了一下，按理说她是见过大风大浪的，这种猎装女在她眼里基本就是白痴。可是在这样的深山老林里，讲这么玄妙的问题，她还真的是被问住了。是啊，如果有些东西根本不存在，那她所做的一切还有意义吗？

可是不这样又能怎样呢？

她当然知道贺武平早已经不爱她了，他只是需要她，这一切她都了然于胸，但是她还爱他，没办法，这一剂最迷幻的毒药是她自己要喝的。

何况，就当是救自己她也必须全力以赴啊。假如她没有瞒天过海的能力，一旦东窗事发，贺家是一定会把她扫地出门的。

晚上，梅金有意识地多跟麻黑的亲戚聊天，或许是时间太过久远，稍微年轻一点的人压根不知道有一户蒲家，后来到老一点的村民那里打听，才知道蒲刃乡下的家里早就没人了，坍塌的房舍变成了一片废墟。他的母亲故去，父亲被有出息的儿子接到城里去享福了。

知道蒲刃的人都对他称赞有加。

梅金当然非常失望，她怎么会不知道蒲刃有一个得老年痴呆症的父亲住在老人院里？而且他相当孝顺，对父亲照顾备至。可是对梅金来说这是一步死棋，已经走不下去了，所以她才要重新寻找线索。

临走的那天晚上，梅金跟麻黑清了账，无论是对他还是他的亲戚，梅金都多给了一部分钱，作为打扰了他们生活的代价。

第二天清早，梅金和猎装女都在收拾行装，准备离开。这时麻黑从门外进来，他把梅金拉到一边说了几句话，最后决定麻黑先送猎装女出山回家，然后再回头来接梅金。

三个人就此别过。

原来，麻黑拿到梅金给他的酬劳，觉得实在太多，而他在这些天的接触中心里明白梅金根本不是来找野人的，所以他利用最后一夜，在村里到处打听有关蒲家的信息，终于有一个老者对麻黑说道，你要问蒲家的事，干吗不去找江小孩？

梅金问道，江小孩？这是人名吗？

麻黑解释道，他的大号早就被人遗忘了，由于是个中医郎中，专门会治小孩子的病，所以别人都管他叫江小孩。

据说江小孩是蒲刃的义父，到现在逢年过节都会收到城里寄来的汇款，是蒲刃孝敬他的。

下午，梅金拿着麻黑留给她的地址去找江小孩，他家就是普通的农舍，只是院子里晾着一些中药，家里并没有病人，据说若不是大病都是晚上才来。江小孩也不在家，去山上采药了。梅金等到傍晚，江小孩才回来，完全是农民的样子，背上有一个蛇皮口袋，估计里面会是新鲜的草药，唯一有一点郎中的气质是他奇特地戴着一副圆形眼镜。

江小孩已经六十多岁了，但是身手利落，头发也十分浓密，白少黑多。

他的性格非常温和，就是房子着火都不会急的那种。

他一直都在称赞蒲刃，夸他聪明，小的时候教他认草药，从来都是过目不忘。如今蒲刃学有所成，完全是在他的意料之中。他还强调了蒲刃是一个重情义的孩子，早年他并没有格外照顾他，只是有时候上山采药带着他，上初中以后，蒲刃已经可以采药拿到镇上去卖，为的是挣学费。

有一次蒲刃在山上饿昏了过去,江小孩就把自己带的口粮给他吃了,仅此而已。老实说他也不知道为什么蒲刃对他会有一种父亲般的情感。

蒲刃的父亲年轻的时候一表人才,称得上是有潘安之貌,但就是性格暴躁,他跑到外面去做生意血本无归,混不下去了只好回来,脾气变本加厉地坏,逐步演变成家暴,有时候老婆孩子都睡下了,他喝了酒回家,把他们抓起来就打。倒是蒲刃的母亲性格隐忍,为了儿子吃了不少的苦,早年蒲刃的父亲不在家,她靠养猪、养鸡、上山砍柴、卖柴卖鸡蛋供儿子念书。

蒲刃小时候感觉他的母亲是从来不睡觉的,只要睁开眼睛,母亲就在忙碌,母亲不仅种茶叶、种红薯秧拿去卖,还跑到小学校的附近去捡垃圾,为了不让年幼的儿子难堪,她都是早上五点钟出门,早去早回,还把垃圾背到镇上去卖,这样干了两年,蒲刃居然都不知道。

蒲刃十岁的时候看到母亲咳血,惊恐万分,那时的他根本无法想象没有母亲的世界他如何活下去?他曾经要求不读书了,跟母亲一块干活分担家务,被母亲狠狠瞪了一眼,这一眼在他的心中变成了疤痕,常常会隐隐作痛。

蒲刃对妈妈说,我们实在太穷了,读书真的有用吗?

母亲说,你爸爸生得好,有一身蛮力气,又有什么用?

蒲刃坚持跟着江小孩上山采药，也是为了给母亲治病。他这个人有些奇特，长着父亲的相貌，却有着母亲好强和坚韧的内心。

父亲的归来，想不到是噩梦的开始。

有一次蒲刃的母亲用身体护着儿子，被打得几天下不了床。蒲刃外出求学之前，曾经跟江小孩说过，他就是为了母亲也要出人头地。

所以他上大学之后，想尽一切办法打工赚钱，像到工地上去拌砂浆，到码头上扛大件，这些哪是学生哥能干的活儿？他都去做，放假也不探亲，为的就是把钱省下来全部寄回家。后来母亲故去，父亲害怕蒲刃不再寄钱回家，居然三年一直瞒着此事，直到蒲刃回家才知道母亲死了三年了，坟上的青草长到齐腰。

可是就是这样一个父亲，蒲刃还是把他接到城里去享福了。

梅金告诉江小孩，蒲刃的父亲得了老年痴呆症。江小孩听了之后愣了几秒钟，似乎无法相信。

梅金万没想到，蒲刃会有一个比她还要悲惨的童年。至此，他在她心目中完美无缺的形象终于撕开了一个口子，一个滴血的口子，他变得不再像一个传说，一个修饰得过于圆满的故事。

而且，既然是常人，就难免百密一疏，蒲刃是狮子的性格，他每天都在想怎样扑倒羚羊，但他从来不会想到羚羊会做什么。

其实羚羊每天也都在想怎么成功逃亡，饿死狮子。

这便是梅金唯一可以钻的空子。

贺润年倒是很认真地看了蒲刃的简历，之后他把简历放在餐桌上，眼睛望着窗外的绿地，过了一会儿才慢悠悠地说道，我还是想不明白，我们公司请一个物理天才来干吗？梅金急忙回道，您没看见他还有经济学的学位吗？而且对行为经济学还很有见地，曾经写过这方面的书评。

他真的超级聪明。梅金进一步补充道。

贺润年道，这一点我完全相信，但是跟我们又有什么关系呢？我们需要的是巴菲特而不是爱因斯坦。

梅金坚持道，公司还是要有一定比例的名流，这对大陆股民能够起到稳定的作用。不等贺润年回话，梅金凝视着贺润年的眼睛，继续说道，爸，你一定要相信我。

谁都猜不透梅金在松崎双电为什么能上下通吃，其实她就是能够搞掂贺润年，她总是正确地揣摩贺润年心底的想法，而不是盲目地冲锋陷阵，俗话说擒贼先擒王，这是她身后最硬的靠山。但同时，她又绝不以无限迎合的姿态左右逢源，她知道贺润年不喜欢献媚而是需要高度职业化的助手。

她甚至很少叫爸，关键的时候才叫，贺润年一定举手投降。

星期天的下午，阿蓉在城中村的理发店烫了个头，她在镜子里看见自己披肩发上的满头小卷，感觉很是时髦漂亮。屈指一算，好像还是在若干年前结婚的时候烫过一回头发，那时别人都说她烫头好看。后来为了省钱就没进过理发店，实在长了，就自己用剪刀剪短一点。

回到出租房，小许瞪大眼睛，像见到鬼一样用手指着她，你你你了半天，才说你是电影明星吗？

小许永远都是清汤挂面式的短发，街边流动的剃头挑子，三元钱搞掂。

阿蓉笑，未必我就不能靓一点。小许道，你老公在乡下，你靓给谁看啊，还不如买点肉回来，这几天吃胡萝卜吃得人好寡。

阿蓉看了看菜篮子，还剩几根胡萝卜和一颗包菜，便铁了心对小许说道，晚上我们出去吃，我请客。小许惊得半天才压低声音问道，你中奖了？

最近一段时间，阿蓉的心情的确不错。主要是她每周在高大哥家的活儿比较轻松，就是三个晚上到那去搞搞卫生，而且高大哥又没有老婆孩子，也就没有那么多事。这样赚钱就赚得比较轻松愉快。

有一天晚上，高大哥在书房里半天没出来，出来后就叫阿蓉把书房里的几个黑塑料袋提到楼下的金杯车上，然后高大哥开着车就走了。此后隔三差五，就是做这同一件事。

阿蓉心想，什么值钱东西，还要锁起来？便忍不住问高大哥，这里面是什么东西啊？

高大哥回道，是我们花钱买的垃圾。

阿蓉当即一个立正，脱口而出道，什么？垃圾？垃圾还能卖钱啊？

高大哥当然明白她的意思，直言道，你家的垃圾当然不行了，你家的垃圾当然是最低碳最环保的垃圾，完全不能再生了。我们需要的是高端人群的垃圾。

阿蓉不解道，什么是高端人群？

高大哥道，这么说吧，就是当官的，文体明星、名人、教授、老板、工程师，反正是高收入人群，他们就是高端人群，他们的垃圾就很有价值，有公司委托我们调查高端人群的浪费和碳排量的数据，然后再把这些登记表重新寄给他们，让他们惊叹自己对地球做了什么。也只有这些人带头环保，环保的理念才能推广到社会上去。

对于城里人稀奇古怪的想法和做法，阿蓉是早已见怪不怪了，比如给植物打吊针啦，听音乐的牛，其肉卖得贵啦，炒一碟菠菜根吃得津津有味啦，虽然垃圾卖钱她还是第一次听说，但也不觉得出奇。可惜的是她的垃圾没人要。

但是她转念一想，我的垃圾虽然不行，但是蒲教授家的垃圾肯定值钱吧。于是她对高大哥说道，我有一个东家就是教授。高大哥问是哪儿的教授？于是，阿蓉把蒲刃的资料报给高大哥听。高大哥听后觉得还行，但他嘱咐阿蓉，第一你自己不能分类，所有的东西照单全收,全部送来。第二这件事要严格保密,否则调查结果就不真实了。

阿蓉连连点头。

说好每一天的垃圾是十块钱,阿蓉隔天送过来两天的垃圾,一周一算账。阿蓉简直乐疯了,这钱还不是白来的?不烫头还等什么?世界上还有比这更划算的事吗?

当天晚上,阿蓉就和小许到"辣妹子辣"小餐馆,要了一盘萝卜皮,一份干锅肥肠,结结实实吃了两大碗饭。

整个城市还在沉睡。

马路上的车辆稀疏,街道上也没有什么人,偶尔穿行而过的都是些身穿校服边吃早餐边往学校赶的学生哥。

蒲刃身穿一套黑白相间的运动服,脚上是带气垫的运动鞋,他在跑步,严格地说是在慢跑。住院期间,一方面身体虚弱需要休养,另一方面光吃不动的现状又使他胖了不少。所以蒲刃选择跑步的方式调养身体,坚持了一段时间后,发现体力的确有所恢复。

其实他是热爱跑步的,但是断断续续不可能坚持得那么好。这一次的车祸虽然不是特别严重,却让他感觉元气大伤,所以决定将跑步变成一种生活方式。

即使在空无一人的情况下,蒲刃也意识到有人在关注着他。

这或许也是后遗症之一吧,像他用脑时间一长便会隐隐地头痛，阴雨天骨折的部位就明显地酸胀一样，他知道有人在盯着他，上一次他跟死神擦肩而过，一切都已在不言中。

他的确是开始了新生活——至少在外人看起来深信不疑。

事有凑巧，蒲刃所住的地方离冯渊雷出事的地点并不太远，所以偶尔，当然也仅仅是偶尔，他会到那里转上一圈，晚上会放心一些，毕竟夜晚是所有人的伪装，他或许还会在马路牙子上坐一下。但是白天，即便是路过，他也不会有片刻的逗留。

现在是清晨，蒲刃慢跑穿过冯渊雷的出事地点，这里的景象他已经分外熟悉，树木、街道、大型超市的门脸和飘扬的彩旗、蜷缩着身体沿街而睡的流浪汉，总之一切如故。但他做出熟视无睹的样子跑了过去。

法学院的宫西漓教授说，没有"没有端倪"的现场。

这便是他不得不光顾这里的原因，蒲刃感觉自己已经走到山穷水尽，信奉经典名言是目前唯一可走的路，然而这里可以说毫无端倪，甚至他的脑电波都超平稳，连半点灵感都没有。

周末的晚上，蒲刃应邀到乔乔的家中吃晚饭。

他买了一些水果，给幽云的巧克力，还有法国的葡萄酒，然后欣然前往。他还没来得及购买新车，所以做这些事情必须搭计程车，进进出出动作感很强，就差没有配合甜蜜的表情了。

事实上他也感到了家庭的温暖和愉快，自从他和乔乔从三亚归来，两个人少有地默契。乔乔是那种能够在不知不觉中让男人想稳定下来的女人，她真的有这种魔力，她不是温柔，也不是狐媚，更不是什么善解人意，而只是随意、自然，单纯到透明。

三亚回来之后，乔乔提前回设计院上班了。

也许是爱情的滋养，她现在的身心已经渐渐走出阴影，可谓明艳照人。

其实生活本身就是表演，完全可以混为一谈，真假难辨。蒲刃有时候会想，他到底是希望演得更真实一点以免杀身之祸，还是真的陶醉于迟来的幸福生活？老实说，就连他自己也说不清楚。

这样的夜晚也属寻常，幽云在自己房间的灯下做作业，乔乔在厨房翻着食谱做糖醋排骨，厨房和客厅之间是一道玻璃趟门，坐在沙发上的蒲刃可以看到乔乔严肃认真的表情。过了一会儿，乔乔走出厨房，把围裙交给蒲刃，说道，该你做蚂蚁上树了。

蒲刃合上手中的报纸笑道，我什么时候说我会做蚂蚁上树了？乔乔道，有菜谱你还做不出来？你不是天才吗？

食材都是乔乔事先备好的，蒲刃这样学会了做赛螃蟹和蚂蚁上树。

这一天的晚上也没有什么特别，三个人在灯下吃着晚餐，聊一些热门趣事，人都只生活在表层，越庸俗越快乐。

这也是蒲刃的一点体会，刚才的晚报上还说已婚的男人会比较长寿。

乔乔的手机响了起来，她的手机放在沙发前的茶几上，乔乔放下饭碗和筷子，走到沙发前接电话。

不一会儿，她的声音突然变得十分严厉，她说你以为我还会相信你吗？再打过来我就报警！说完，她大力关上了手机。

坐在餐桌前的蒲刃和幽云都有些错愕，他们一起微张着嘴巴看着乔乔，但是很快，蒲刃拍拍幽云的肩膀示意她安心吃饭，自己站起来也走到沙发前问乔乔怎么回事。

乔乔说还是那个骗她说知道冯渊雷事件内幕的那个人，她对他的声音有特殊感应，又来骗钱了，说上次是因为害怕只好先试探一下，这一次是真的要告诉她内幕。乔乔气急败坏地说道，前两天我在上班，居然打到办公室来了，你说这个人是不是疯了？

蒲刃心想，这个人也许知道点什么，否则这么隐秘的事他不可能有所耳闻，说不定是冯渊雷案的一个环节。上一次骗到的钱肯定都花完了，对于容易得手的人，骗子自然是念念不忘。

所以蒲刃对乔乔说道，他待会儿还会来电话，你就跟他说，真正的当事人已经出现了，就坐在你的对面，虽然他要价很高，但是你决定相信他。

就这么说吗？

就这么说。

他还会来电话吗？

我觉得会，他一定很缺钱，不然不会又来找你，你想想成功的概率几乎是零他都要试，说明他已经失去了理智。

这时幽云吃完饭去看动画片了，蒲刃和乔乔两个人的休闲状态业已完全消失，草草吃过饭后便坐在沙发上等电话。然而整整一个晚上，乔乔的手机再也没有响过。

要不然给他打过去吧？乔乔说道。

当然不行。蒲刃立即回道，但并没有解释什么原因，在他心里是想赌一把，赌这个利令智昏的家伙一秒钟失常，还是那句话，人的意识出现错乱比光速还快，否则还会有祸从口出这件事吗？

还好乔乔也不多问，只是坚定地点了点头。

差不多快十点半钟了，蒲刃决定离去。临走前他在CD架上挑了一张碟片，是《梦回百乐门1947》的绝版爵士乐，还是他有一次选了若干张自己喜欢的音乐碟片送给乔乔的。他对乔乔说道，接电话的时候记得放点音乐，公共场所不可能像家里这么安静，而且，蒲刃继续说道，对方说的每一个字你都要告诉我，记得无论多晚，给我电话。

好像那个人一准会来电话似的。

蒲刃回到家中,他的手机铃声响了,不过电话不是乔乔打过来的,而是一个陌生女人的声音,喂,请问是蒲教授吗?

蒲刃回道,是的,请问你是哪位?

我是松崎双电的梅金。

蒲刃当时就愣住了,他迟疑了一下才说,哦,你好。

梅金说道,你好,请问明天晚上可以赏光吃个饭吗?有些事情我想跟你谈谈。

蒲刃快速地想了想,觉得不问青红皂白就一口回绝显然不对,也不合情理,但是他们之间又有什么可谈的呢?

第二天晚上,蒲刃如约来到梅金订好的酒店包房,是一家以厨艺上乘出名的豪华酒店,正宗潮菜。

包房里是红木的餐桌和椅子,名贵大理石的桌面,看上去隆重而正式。

梅金的着装也颇正式,藏青色的毛料西服,里面是圆领梦幻紫的丝绸衬衫,还佩戴了一串柔光温润的珍珠,她的妆容精致得无可挑剔。

她早已在包房等候,见到蒲刃,落落大方地伸出手来,一边直视蒲刃的眼睛,笑道,我们应该是熟悉的陌生人。她握了握蒲刃的手,让人感觉到她的诚恳。蒲刃对梅金的第一印象就是成熟、历练。

蒲刃入座之后,不卑不亢道,还是先说正事吧,否则这顿饭我也吃不好。

梅金莞尔,然后从包里拿出松崎双电的公司简介和一些文件放到蒲刃面前,并且跟他讲了公司将请他出任独立董事的决定。

蒲刃深感意外,他当然明白什么是醉翁之意不在酒,但是怎么推脱此事也是一个技术活。他语气平和地说道,真是多谢抬爱,你刚才也说了,我们是熟悉的陌生人,你真的觉得我有资格坐这个位置吗?

梅金继续凝视着蒲刃,温柔亲切道,我能够主动约你来,肯定是想过的,你也别这么快答复我,想一想再决定好吗?

酒菜依次而上。

梅金主动举杯,说道,为了我们的幸会,我先干为敬。说完她把杯中的红酒一饮而尽,又道,蒲教授随意吧。

蒲刃微微点头。老实说,他对梅金的第一印象就非比寻常,她很漂亮,而且绝非草根女王,当年的丑小鸭已经蜕变成一个绝世的精灵。她的眼睛有一种透彻人心的诡秘,让人捉摸不透。尤其是她握住他的手时,时间加上深情注视比普通的礼仪多出数秒,有让人顿时融化的功效。

可是她又热情和诚恳,小宇宙极度坚强,散发出来的能量令她有一种独特的气场,没有人心甘情愿地拒绝她,她的确是一个既有魅力又有气势的女人。

梅金起身用公筷给蒲刃夹菜,她把一块冻蟹夹到蒲刃的盘子里,来吧,天才,多吃点。她轻松地说道。

我有那么像白痴吗?蒲刃彬彬有礼地说道。

梅金笑道,天才并不是生活中的白痴啊,只是意志偏颇罢了。

蒲刃道,我偏颇吗?

梅金的嘴角划过一丝意味深长的笑意,你说呢?她这样回道。

蒲刃心想,她这话是什么意思呢?转念又想,我又不是来跟她调情的,管她什么意思,反正他是绝不会当什么独立董事的,这种典型的女人思维,未免可笑,只不过要推辞得委婉一些而已。这样想定,他便开始闷头吃饭,一心只想尽快结束这次会面。

但是梅金的确心思缜密,她对人心的窥探并不输给蒲刃,她平静地说道,我知道蒲教授并不需要钱,但是你的父亲也不需要钱吗?

这回轮到蒲刃笑道,看来你对我还真是十分了解呢。

梅金淡淡回道,彼此彼此。

蒲刃道,还好吧,我还应付得下来。

梅金似乎想说什么,但还是欲言又止。

饭局最终的甜品是白果芋泥,口感细腻,又不是特别的甜,实为上品。这家潮菜馆的菜式并不是以名贵著称,而是大厨少有的用尽心思。

这时梅金突然说道,蒲教授,我知道你一直都在调查冯渊雷的案子，可以告诉我进展到哪一步了吗？

蒲刃的确没想到梅金会这么单刀直入，但是所有的饭局吃到最后不都是"图穷匕见"吗？于是他不假思索道，我早就不过问这件事了，老实说跟我的关系也不大，我也不是什么正义的化身。

梅金正色道，谁都不是正义的化身，而且这个世界没有是非，只有立场。

蒲刃忍不住道，可是你和我都是和冯渊雷有过密切关系的人，无论如何，那也是一条鲜活的生命啊，难道你就对他没有半点情感吗？

什么感情？我跟他都是嫖客。梅金冷冷地回道。

蒲刃当即就愣住了。

梅金又道，生死有命，富贵在天。事情都已经发生了，我们又能怎样？你不觉得再谈感情很无聊吗？

蒲刃在心里骂道，婊子无情，戏子无义。

梅金幽幽地望他一眼，心平气和道，柳乔乔不是也放弃追查真相了吗？你们不是也出双入对浪漫出游了吗？这样很好，人死如灯灭，再纠缠下去也没有什么实际意义。

蒲刃无言，只是做了一个吞咽动作。

梅金重新恢复了和颜悦色，道，人都是活在当下，所以我想你还是当我们公司的独立董事吧，这件事就算彻底结束了。

蒲刃道，你还是容我想想吧。说完这话，他礼貌地把松崎双电的文件整理好,放进自己的棕色提包。

梅金笑道,想多久都没关系,只是务必答应。

蒲刃想试探一下虚实,道,如果我说不呢?

梅金的语气不可抗拒,没有如果,你必须答应。

为什么?

为了你好。

你这是在威胁我吗?

是的。

梅金毋庸置疑地说出了这两个字,虽然笑容依旧,但是目光冷若刀锋。

蒲刃心想,她凭什么跟我放狠话?难道她的手上还有什么牌吗?

她坐在梳妆台前,把脖子上的珍珠项链解了下来,之前她脱掉高跟鞋,换上休闲服,感觉轻松了不少。

梅金熟练地把卸妆油倒在棉片上,从面颊开始,左一道右一道,慢慢地最本真的自己显现出来,岁月似飞刀,富贵催人老,她已经很长一段时间没有端详过自己了。虽然她的轮廓还行,那也只是大效果,近处完全可以看清眼角的纹路,印堂黯淡,皮肤也严重缺水,她足有两个月没做面膜了。

冯渊雷案的这副担子实在太重,压得她几乎透不过气来。

根本没心思搞什么面子工程,即使坐在梳妆台前,梅金还是把今天的晚餐从头到尾，仔细体味了一遍。

应该没有什么疏漏，她这样想着。

毫无疑问，蒲刃是一个有魅力的男人，他再不是那个隐没在大山里砍柴采药的忧郁少年，知识的确可以改变人的命运，他的身上已经没有半点乡土气息，成为了一个如假包换的知识分子。

而且他并不贪财，满脸写着"拒绝"二字。这一点非常麻烦。

梅金洗完脸，感觉皮肤都有些扎手，这样下去快变成仙人掌了，女人的容貌最是利器，男人怕的不是冷剑而是胭脂。她敷了一张超强补水面膜，不到五分钟就干了，跟抽湿机的效果差不多，她又敷了一张，还涂了有沙漠玫瑰之称的精华液，那个素颜美人总算重新归来。

女人的功课做完之后，沉重的心思继续降临，可谓才下眉头又上心头。梅金靠在席梦思的大床上，在灯下看蒲刃的科普文章，曾几何时，这些文章已经变成了她的睡前读物。

蒲刃有一篇文章是《为什么两个铁球同时落地?》说的是在伽利略之前，亚里士多德认为物体下落的快慢是不一样的，物体越重下落越快。伽利略在比萨斜塔做实验，用两个重量不等的铁球，结果一磅的和一百磅的同时着地。这个故事本身并不深奥，在小学生课本里都有，蒲刃是从物理学的角度阐释其中的原理，梅金读得半懂不懂，但仍不妨碍她陷入了深思。

她觉得自己便是那个一磅重的铁球，而蒲刃是一百磅的，但是那又怎样？他们最终较量的结果，极有可能是两个铁球同时落地。

午夜时分，梅金一觉醒来，发现枕边还是空的。

大玩家贺武平就是通宵不归，交一百个女朋友对她来说也是习以为常，而且波澜不惊。有人说男人是女人手里的风筝，那么贺武平就是最花俏最引人入胜的一只，他需要自由飞翔，但是又没有陀螺仪，无法找到平衡，所以过不了多久又会回到她的手上。

梅金披上鼠灰色的真丝睡袍去洗手间。

柔滑的感觉犹如亲密爱人，在没有男人也没有温情怀抱的夜晚，最好的物质可以带来最好的慰藉。

洗手间的门虚掩着，她从缝隙里看见贺武平坐在马桶盖上打电话。浴室很大，有一个三角形的按摩浴缸，墙壁是裸色的意大利瓷砖，还有一套软皮沙发，但是贺武平就要坐在马桶盖上，他就是这个鬼样子。

为什么？为什么呀？贺武平有些心烦意乱地说。

夜深人静，梅金可以听到手机话筒里对方的声音，一听就知道是米高，贺武平永远也离不开的损友。

米高说道，估计是要堵住他的嘴。

贺武平不快道，哼，独立董事，难道还要让我经常看见他吗？难道我每次见到他都要笑吗？

米高回道，所以说嘛，就知道你会不爽。

贺武平道，那怎么办？

米高道，还不是你一句话的事。

贺武平有些抱怨道，上回怎么失手了？你不是说万无一失吗？

米高迟疑了两秒钟才道，这也说明那个家伙很难对付。

那就——贺武平刚说到这里，发现洗手间的门开了。

梅金听不下去了，米高是什么人？为了钱什么都可以做，而且是邦德高科的头号皮条客，他们还在打贺武平的主意。

梅金毫不犹豫地推开了洗手间的门，她听见贺武平小声说了一句我再打给你。随即关上了手机。梅金走到贺武平面前，尽可能压低声音道，你到底是听我的还是听米高的？我要说多少遍你才会离开那个家伙，总有一天他会害死你你知道吗？

贺武平站了起来，双手抱在胸前，非常不满道，可是你为什么叫那个姓蒲的来当独立董事？他可真是狮子大开口，既然都是花钱，我宁可——

你宁可怎样啊？

贺武平没有出声，但是头别到了一边去。

梅金道，杀人跟刀切萝卜似的，那是电视剧，是电玩游戏，那不是现实世界，我拜托你了贺武平，你不要再管这件事。

贺武平蛮横道，可是我再也不想见到这个人。

梅金用鼻子哼了一声道，你就是想见也未必见得到，蒲刃根本就不肯接受独立董事这个位置。

这倒让贺武平感到意外，为什么啊？他忍不住问道，带着一脸的问号。

梅金叹道，那还用说吗？为的是要继续调查你，直到把你送进监狱。

贺武平情不自禁地坐回马桶盖上。

两个人沉默了半晌，贺武平突然恶狠狠地说道，那我更要让他永远闭嘴了。

梅金平静地回道，你放心吧，我会让他永远闭嘴的，而且兵不血刃。

贺武平没有说话，只是将信将疑地看了梅金一眼。

梅金在心里说道，贺武平，知道我为什么爱你吗？因为你已经是我的一部分，你身上所有的天性都是我没有而神往的，我们俩其实就是一个人。

七

哑黑色的法拉利跑车永远都是蒲刃的第一眼美女，相当魅惑，十分抢眼但绝不张狂。蒲刃试驾的时候简直是心旌荡漾，他轻踏油门，车身便绝尘而去，让人享受到无以复加的爆发力，物我两忘，没有时间，没有世界，有的只是快感和速度。

这几天，蒲刃一直都在二手车市场里游荡，除了上课之外，大部分时间泡在这里。

给自己和外人的理由是一样的：他需要重新买车，

但又拿不定主意，男人在汽车的问题上纠结实在是太正常了。

看到这么多的好车几乎是全新的就变成了二手货，就像挂在那些秃头大肚皮暴发户臂弯里的洛丽塔，着实让人揪心。估计每一辆豪车背后都有一个匪夷所思的故事。

也就是在前几天，乔乔给蒲刃打来电话，刚说了个开头，蒲刃马上截住她的话说，晚上我们见个面吧。

到了晚上，两个人去了流金岁月餐馆，是地道的上海菜，餐厅的布置也是身穿旗袍的美人月历牌，大喇叭留声机，丝绒的幔帐和缎面手绣的花卉软垫，一切的一切都做作得要紧，仿佛人在画里就有一种逼真的幸福感似的。

蒲刃心想，自己什么时候变得这么"演"了，但是他又的确担心手机和短信，现如今公安局能做的事谁都能做，还是小心一点好。

而且梅金的突然出现是一个信号，显然她根本不相信他已经对冯渊雷案置之不理，所以才要逼他收下巨额的封口费，这个心照不宣的协议才算双方认可，跟贪不贪财毫无关系。

或者她还有另一层意思是先礼后兵，如果你蒲刃不识抬举，保不准以后还会出什么事。

他一天不认可这个协议一天就要谨慎行事。

蒲刃和乔乔像恋人一样倚窗而坐，乔乔穿了一件黑底白点的波波裙,虽然并不刻意,但却很配合餐馆的怀旧气息和情调。

乔乔告诉蒲刃,那个骗子后来果真又来电话,当时她正好在百货商店买东西,环境也很嘈杂,所以她并没有什么顾虑,就按蒲刃交代她的那些话说了,估计那个骗子深信不疑,顿时急得跳脚,大声警告乔乔她碰上骗子了,让她不要轻易相信人,他说你也不想一想,真正的当事人怎么可能露面?

最后他说了一句话,这句话是:那个轮胎明明——

电话戛然而止,被对方挂断了。

蒲刃还原句式:那个轮胎明明是我换上去的。或者:那个轮胎明明是我做的手脚。再变换下去,无非是一个意思,而且对方马上就意识到了,反证了它的真实性。这就是所谓一秒钟错乱,在没有任何征兆的情况下,人也就没有警觉和设防,会无意间道出实情。

拥有法拉利的这家二手车行,规模还比较大,好车都放在显要的位置,甚至还有一辆兰博基尼,其他的车一部分在展厅,大部分是在仓库里,新旧的成色有严格的等级,并非全部是靠外观判断,还是比较正规的。

店老板是一个马脸的老头,相貌阴冷,表情少,说话更少。不像有些店的老板或店员,为了做成一单生意把嘴都说干了,还拉住客人不让走。

马脸老头就坐在一张旧沙发上抽烟,经常是眼神虚无地望着窗外。店里的所有事都由一个愣头青模样的小店员忙乎。蒲刃来来回回地到这里光顾了若干趟，马脸老头没跟他说过一句话。

这一天，蒲刃开了两圈奥迪A6，车有八成新，样式当然早已过时，但是价格还好，属于性价比相对比较高的一款车。

加之蒲刃一直喜欢奥迪的圆屁股，坚固中透着性感。

闲坐的时候，蒲刃递给马脸老头一支中华烟，其实蒲刃平时不抽烟，迫不得已的时候可以抽着玩玩，吸进去的烟在嘴里晃一圈就吐出来了，并不入肺。这一包中华烟他还是特意买的，为的是跟生人攀谈时可以免去不少尴尬。

蒲刃用一次性打火机给老头点上烟，马脸老头显然很享受中华烟的气味纯正，脸上露出淡淡的适意。不过他的第一句话就让蒲刃吃了一惊。

马脸老头铁嘴直断，你不是来买车的。

蒲刃笑道，我不买车跑到这里来干吗？

马脸老头似笑非笑，那就不知道了。

两个人攀谈起来，原来马脸老头以前是开海鲜酒楼的，最旺的时候分店都有七家之多，算得上阅人无数，来的都是客，全凭嘴一张。这样就很好理解他此刻的漠然表情。金融风暴之后，他的酒楼全部关门，他又改行做汽车配件和汽车保养，但也亏得有门有路，直到打回原形。

蒲刃说道，可是你这家二手车行还是挺有规模啊。

马脸老头道，我这是帮人看店，靠底薪和抽佣养家。

蒲刃道，那这边生意还好吗？

马脸老头道，雪上加霜。

怎么讲？

一手市场都在大降特降，这边的生意怎么会好？

蒲刃二话不说，就买了那辆奥迪车。马脸老头给惊着了，奇道，想不到你还真是生猛，万一我说的是瞎话忽悠你呢？这个社会哪里还有诚信啊。

蒲刃道，瞎话我也是当正话来听，有多少正话事实证明全是扯淡。

马脸老头一拍大腿道，你说，你说，有什么事能帮到你的？

蒲刃照实说道，我有一个朋友出了车祸，是轮胎被人做了手脚，通常会是什么情况？

马脸老头问道，是骗保吗？经常有人这么干，无非是骗取保险金，这是很老的桥段了，人为财死，鸟为食亡。

老头的脸上露出如是观的坦然，一双洞察世事的目光相当冷峻。

蒲刃不做任何解释，一副洗耳恭听的神情。

马脸老头告诉蒲刃，汽车只要有一个前胎被换成了问题轮胎，翻车就在所难免，而翻车就是爆胎的结果。蒲刃想起在交警大队看到的照片和事故记录，并没有提到爆胎的情况。

蒲刃问道，不爆胎会翻车吗？

马脸老头说道，一定会爆胎，关键是不能慌，要握好方向盘控制住方向，千万不能踩刹车，反而要松开油门，让车子自己慢慢减速停止。

蒲刃可以断定冯渊雷没想到会爆胎，然后是一系列的错误动作导致他向树上撞去。但这需要极大的力量才能把人撞死啊，周围没有肇事车辆，这么大的动力从何而来？

他想不通，也只好存疑在心里。过了一会儿，转念道，交警或者保险公司，包括开车的人怎么可能辨认不出废胎呢？废胎的纹路都磨平了，至少骗不过交警的火眼金睛吧。

马脸老头浅笑，笑得有点贼头贼脑。

接着才道，没听说过"返炼胶"轮胎吗？

蒲刃想了想，还是摇摇头，他真的第一次听到这个词汇。

返炼胶是轮胎制造里面的一门古老工艺，合理使用肯定是变废为宝，但是，马脸老头叹道，但是使用比例过大过滥，如果再加上反复返炼，结果可想而知。百分之四十六的交通事故是由轮胎引起的啊。

蒲刃道，你的意思是说，返炼胶轮胎肉眼是看不出问题的？

马脸老头点头道，严格地说，返炼胶与原厂胶的比例不能超过2:1，也只能渗入轮胎某个特定的部位，这个比例不能超过百分之二十五,大量的返炼胶加上无良工艺就是直接把人送上西天。但是表面跟正常的轮胎完全没有区别。

蒲刃忙道,请问是山寨轮胎吗?

马脸老头笑道,不,反而是国有大厂,有些是全球十大轮胎生产企业之一。响当当的品牌才敢干这种事,也才能干成这种事。

这的确是蒲刃没想到的。

既是大厂的正规渠道,表面又真假难分。岂不成了天衣无缝,无从分辨了吗?蒲刃小心翼翼地问道。

马脸老头道,以我个人的观察经验,轮胎胎侧有DOT(U.S. Department of Transportation)字样的,通常是问题轮胎,这种轮胎的二手车我们也是不收的。

蒲刃陷入了沉思。

哪一行的水不深呢?不了解,便浑然不觉。

可以想象冯渊雷当时的出事现场,由于人的性命危在旦夕,交警的注意力也一定全部都在人的身上,现场肯定是一片混乱。那里又是交通要道,为了尽快恢复道路通畅,极有可能产生疏漏。好在蒲刃第一次看到那些事故照片时,大脑就像复印机一样对此有所记录,他记得有车身正面的照片,两个前胎都拍得很清晰,通过逐帧分辨的技术处理完全可以发现其中的蹊跷。

对于买车这件事,蒲刃早就烦了,车对于他来说就是一个代步工具,既然买不起法拉利,其他车对他来说是一样的。就像男人如若娶不到心仪的女人,注定是要一生平淡的吧。

马脸老头说得没错,他本来是不打算买车的。

有些事情,只能用不可思议来解释。

吃过晚饭之后,天色渐渐黑尽。蒲刃在房间里来回踱步,他非常少有这种无所事事的感觉。

似乎犹豫了片刻,他才打开音响,当他抽出一张碟片时,还是迟疑了一下,不过音响毫不犹豫地把碟片吸了进去,寂静了几秒钟之后,轰然而起的音乐声排山倒海一般地向他涌来。

这是蒲刃最喜欢的日本歌手谷村新司的《星》,每一次听谷村的演唱,蒲刃都会热泪盈眶,无一幸免。实在是一件不可思议的事情。以往,蒲刃对音乐的理解始终停留在消遣的阶段,后来与谷村相遇,他简直不敢相信会有一种歌声可以和他心心相印到分毫不差,丝丝相扣。

那一把略显苍老的声音,虽是凄婉萧瑟,却又大气恢弘,尤其"只有一条道路通向了荒野,哪里能够找到前面的方向",可以说每一个音符都会让人深深地陷入冥想,魂牵梦萦。

谷村新司,一九四八年十二月十一日出生在大阪,是日本以及亚洲音乐界享有盛名并且极具影响力的歌唱家。大概是因为他既是原作又是原唱,所以无论是对歌曲的理解还是表现力都让人叹为观止。他的歌曲被无数艺人翻唱，其中姜育恒的《我的心没有回程》也让蒲刃喜爱。

人有的时候需要漫步独行周遭寂静的境界，蒲刃就很享受这种感觉，包括一瞬间的涕泪交加，会成为一种无形的宣泄。

谷村的外形也是蒲刃喜欢的，他不帅气，但是整洁，个子不高，但是身材笔直，笑容自然、亲切，一口洁白的牙齿，具有独特的感染力。

隔一段时间，蒲刃就会很想听一听谷村，也许是因为他的童年太过阴冷，也许是他对母亲的思念从未停止，总之在他的世界里，常常会出现四野茫茫的虚无感，他既没有敌人，也没有朋友，既没有诱惑，也没有坚守，更没有什么大哀大乐大喜大悲，他所做的一切无非是人生的规定动作而已，又有谁敢大张旗鼓地做人生自选动作呢？

听谷村可以证实自己的情感世界还在，还有感动和泪水，否则人活着和死去又有什么不同？

约摸九点钟的样子，蒲刃决定外出散步。

街道两旁的店面亮起了色彩纷呈的霓虹灯，沿路的绿化带上也满是灯饰，最常见的是滴水灯饰，滴滴答答有流动的感觉，而不是古老而呆板地眨眼睛。

不知不觉间，蒲刃又一次走到了冯渊雷的出事地点，此时他已经没有目的，更没有什么幻想，只不过是随意而为。那家大型超市还是灯火通明、彩旗招展,门外还设了露天展台,远看人头涌动,满耳都是高亢的激动人心的乐曲,有点冲锋号角的意思。

蒲刃坐在马路牙子上,清风拂面,是南方少有的好天气。

大概过了一刻钟的样子,他感觉有人轻轻坐在他的身边,当然保持间隔两个人的位置。侧头一望,是一张完全陌生的面孔,正冲着他微笑。这是一个年轻人,蒲刃不记得在哪里见过他,可是身边再无旁人,蒲刃只好客气地问道,我们认识吗?

年轻人先是点头继而又摇头。

接着,他从上衣口袋里掏出漆黑的圆形墨镜戴上,接着再取下来,放回口袋里。这时蒲刃已认出他是这一片的街头流浪汉,他终日都在这一带讨钱,有时拿一把破吉他边弹边唱。

蒲刃不禁问道,你不是盲的吗?

扮盲。年轻人解释道。两只小眼睛闪闪发光。

蒲刃哦了一声,无话可说。他也是受蒙蔽的群众之一,每次路过,都会在他的琴匣里放钱。

我是一个流浪歌手,年轻人继续说道,我想攒钱到北京的酒吧里驻唱,可是我太穷了,没有钱。我是漠河的,父母亲都已经下岗,不可能帮助我。这边的天气暖和,比较待得住,就到这边来了。我一定能实现自己的梦想。

他的眼睛又开始光芒四射。

蒲刃抿着嘴点了点头。心想，他为什么要跟我说这些？难道我看上去可以帮助他实现梦想吗？

流浪歌手的脸上一直挂着真诚的笑容，他说我一直非常感谢你。

蒲刃用手指了指自己，更加不解。

流浪歌手道，是啊，因为你是一个天才。

蒲刃觉得这个词他已经听恶心了，于是有些不快地问道，你怎么知道我是天才？他恨不得说你才是天才呢，你们全家都是天才。

原来，流浪歌手说他穿成伪犀利哥的模样，扮盲，唱《春天里》都是他对自我的形象设计，这样可以感动更多的人，所以在他面前一直放着一块纸板，上面写着：我是一个盲人歌手，请可怜可怜我吧。结果蒲刃看到之后，第二天就另外拿来一块纸板，把原先的那块纸板扔到垃圾箱去了。

新纸板上写着：这个世界很美丽，可是我看不见。

流浪歌手得到的钱是原来的十倍。

蒲刃依稀还记得这件事，一时有些哭笑不得。

最让蒲刃没想到的是，流浪歌手突然切入正题，他说道，最近我看见你总是到这边来，好像丢了什么东西似的，你丢了什么东西吗？我可以帮助你一块儿找。流浪歌手进一步解释他其实在附近租了一间地下室，他也捡到过不少东西放在地下室里，最值钱的是一个钱包，但是里面没钱，也有挂件、手链什么的，说不定会有什么纪念意义。只不过天气好的时候他宁愿露宿街头，因为地下室里没有窗户，又小又臭。

蒲刃回道，谢谢你，我并没有丢什么东西。可是前段时间有人在这里撞车死了，这件事你有看见吗？

流浪歌手说道，我当然看见了。

蒲刃的心头一热，急忙问道，你看见什么了？

流浪歌手道，我当时正在发呆，就看着那辆大公羊紧追着出事的车，一边追一边挤，我想着这还不出事？就听见砰的一声，大公羊就把那辆车推到树上去了，真的，看着就像拍电影似的，大公羊一秒钟都没有迟疑，立刻就倒车然后开足马力逃逸了。

大概，大概也就几秒钟吧，流浪歌手继续说道，后来围过来看热闹的人估计都没反应过来，或者根本没看到那一幕，因为实在是太快了。

那你为什么不跟警察说呢？蒲刃问道，你也去看热闹了吧？

流浪歌手道，看是看了，可是我也没有必要管闲事，现在看见老人摔倒了都不能扶，万一我被带到警局去问来问去，把我当成盲流遣返怎么办？

蒲刃无话可说。

蒲刃回想起交警的报告上提到过有追尾现象，也许他们看到现场车毁人亡，这样结案会比较简便。

不过蒲刃可以确认流浪歌手说的是真话，因为大公羊在他的车祸中也出现过，世界上不可能有这么凑巧的事。只是当时在三道口河涌处，情况紧急，又下着雨，他并没有记住车牌号码。

蒲刃问道，你还记得大公羊的车牌号吗？

流浪歌手道，是BD3572，你知道我对音符超常地敏感。

蒲刃的心中一阵狂喜，想不到最后一块拼图竟然是得来全不费工夫。

蒲刃在公共电话亭给小柯打了一个电话，告诉他想查一个车牌号，小柯把车牌号记下来之后就把电话挂了。

现在蒲刃已经非常信任小柯，可以说他的信息基本准确无误，极具专业精神。就像他的一个小型的公安局，只是收费是同行的一点五倍，但是蒲刃认为物有所值。有时候蒲刃会想，怎么任何一个行业都可以找到自己的生存土壤？看来现如今可真是一个泥沙俱下，医闹、黄牛、枪手、赌球、传销，包括私家侦探，几乎是雨后春笋。

也不知道他们是怎么工作的？有多少生产资料或资源？居然都可以生存下去，当然蒲刃也没有想到，自己会跟这些人打上交道。

昨天晚上和流浪歌手谈过话之后，蒲刃便对他说，你的确可以帮到我，我也需要你的帮助。流浪歌手一听这话，马上激动万分。蒲刃继续说道，可是你必须听从我的安排，因为你是我的重要证人，不能再流浪卖唱了。流浪歌手说没问题，你在这里等我一下，我回地下室收拾一下东西。蒲刃问他地下室有钱吗？他说没有，钱都放在身上，他还拍了拍衣服里面的口袋。

蒲刃说那就不要回去，地下室的东西不要了，别人也不觉得你搬走了。

蒲刃把流浪歌手带到一家部队的招待所，主要是这里比较便宜也相对安全，他说你就在这里洗洗澡，休息两天，到时我会来找你的。他把身上的钱留给歌手，歌手不要，说我有钱。蒲刃说这是两码事。坚持把钱留给了歌手。

第二天的晚上，蒲刃收到小柯寄给他的同城快递。

资料上显示，大公羊BD3572牌号的车为邦德高科公司所有，小柯对这家公司做了简单的介绍，也透露了部分黑幕。

蒲刃心想，车牌号没有半点伪装，并非邦德高科的百密一疏，可见他们耀武扬威到了何种地步。无论是一个人还是一个公司，过分地顺风顺水，要风得风要雨得雨，就会膨胀到以为自己的天下是没有疆界的，可以任意驰骋。邦德犯了一个最低级的错误，那就是太张狂了。

蒲刃重看了一遍邦德的简介与背景，发现真正能够和公安局抗衡的根本不是小柯，邦德的能力是小柯的百倍，甚至有些现代侦查设备超过了公安局。

而且他自己，已经全方位地暴露在邦德的视野之中，显然，三道口的车祸就是邦德要置他于死地。所以他现在最要防范的应该是邦德，而不是梅金的糖衣炮弹。陡然，一种不祥的预感让他猛地站了起来。

蒲刃开着他的二手奥迪来到那个歌手住的部队招待所。

大堂里没有人，服务台的两个穿制服的小姐在低声讲笑。这种招待所的生存空间已经非常狭小，在这么一个讲究享乐的年代，越是五星的酒店越人满为患，价格无论怎么攀升都有人捧场，同时"如家""汉庭""七连锁"之类的酒店应运而生，满足了年轻人和老百姓的需要。

这种平价招待所估计是部队出资维持的，门可罗雀也很正常。

蒲刃乘坐电梯来到六楼，电梯也有年头了，咔啦咔啦直响，总之所有的一切都是陈旧、敷衍的。蒲刃穿过走廊，向最里面的那个房间走去。

歌手打开门，他正在吃盒饭，电视机开着，正在重播《我想上春晚》。

盒饭是三宝饭，是腊肠、叉烧和半个咸鸭蛋组成的，歌手吃得很香，有点抱歉地说好久没吃过这么好吃的饭了。他说以前吃得最多的就是泡面和面包，看到这么香的盒饭，忍到晚上还是没忍住。

蒲刃对他说道，别吃了，我们现在就要走。

歌手下意识地又吃了一大口，整个嘴包得鼓鼓的，张嘴说话直掉饭粒，他说我们去哪里？话音含糊不清。

房间不大，是普通标间，有两张床，两个床头柜，一张桌子半边放电视，半边还有一个小台灯，总之设施一切从简。蒲刃站在房间门口，坐的意思都没有，但声音平稳地回道，我们到车上边走边说。

歌手不情愿地放下盒饭，他也没什么可收拾的，只是把吉他放回琴匣。蒲刃看着他说道，琴就不要带了。歌手有点发愣，不解地看着蒲刃。蒲刃说道，我们可能被人盯上了，你带着这个，标志太明显了。

这样两个人什么都没有带，连电视机都没有关就出了门。

这个招待所是先付账后入住的，蒲刃已经付了三天的房费，他决定剩下的那一天也不做了结，目的是赶紧离开。

因为他感觉到危险就在身边，以往他从来没有后背的汗毛随时会竖起来的那种感觉，包括在三道口河涌的时候，他的汽车在空中飞行他都没有水瓶迸裂、弦断刹那一般的紧张。

他更相信他的直觉。

出了房门约摸十几米，他们在走廊上迎面碰到了三个人，全是男的，猛一看并没有什么特别，不过仔细观察，可以看到其中的一个人面部表情异常呆板，很像打多了肉毒杆菌之后出现的面瘫，永远是一个全脸下坠的表情；还有一个"大只佬"，招牌动作是两只胳膊微微架着，不贴着身体走路。另外一个人没来得及看清，他们和那三个人已经擦肩而过。

等电梯的时候，蒲刃用余光看见那三个人到了歌手住过的房间门口，互相交流了一下，仿佛是在确定是否就是这里。

不要回头。蒲刃小声但是用命令的口气提醒歌手。

等电梯的时间变得无限漫长，其实旁边的门就是楼梯通道，但是这种时候显得若无其事非常重要。

也许是房间里电视机的声音传了出来，那三个人还在耐心地敲门。

蒲刃上了车以后，歌手坐在副驾驶的位置上，直到把车开上主干道，融进了一片车海，蒲刃才对歌手说道，你现在就到北京去。歌手啊了一声，显然有些意外。蒲刃在等红灯的时候，从车的后座上拎过一个旅行袋，让歌手把里面的衣服换上。

是蒲刃平时穿过的衣服，歌手换上之后，另有两件换洗的，三双一排的袜子和毛巾是全新的，还挺合适。歌手一边说一边在身上摸索，感觉着布料的细软，满意得不得了，甚至有一点受宠若惊的感觉。其实衣服大了一号，比起蒲刃，歌手还是有些偏瘦。

蒲刃一边开车一边说道，我在网上查了一下，你到了北京以后，可能先到圆明园村落脚比较合适，据说那里都是北上寻梦的文艺青年。

歌手仍在欣赏身上的衣服，不经意地回道，这你就不用担心了，我在北京的树村有朋友，我去找他就行了。

最后，蒲刃掏出一张银联卡和一个手机交给歌手，继续说道，不要给我打电话，我会找你。

歌手说道，我也没有你的电话号码。

蒲刃说道，这就对了，你就去实现梦想吧。他侧过头去，微笑了一下。

刚才那几个人是找我们的吗？歌手问道。

是吧，蒲刃说道，我也不确定现在有没有人跟着我们，所以到了前面拐弯的地方有一个地铁站，你到那里到火车东站买票去北京。

歌手哦了一声。

蒲刃不再说话，径自开车。

你不会遇到什么麻烦吧？歌手有些担心地问道。

蒲刃淡定地回道，我没事。

歌手的眼中露出敬佩之光，说道，有事你尽管找我，大哥，我能叫你大哥吗？这是在车上，如果在地上我一定给你磕个头，我太庆幸能遇见你了，从此改变了我的人生，就像小沈阳碰到本山大叔一样。

这是一家临江的茶馆，装修得颇有格调，挺沉得住气的那种。卖点是一面的玻璃窗正对着江景，附加一个露天的大飘台，飘台上有尽善尽美的人工花园和路灯，又是人工花园，还有别的思路吗？有舒适讲究的桌椅，又是红木，不是红木就不显高档对吗？也正对着江景。

晚上，两侧沿江的灯火相交呼应，给人一种身处仙境的错觉。

对面繁星一般的灯火中高楼耸立，是城中最贵的房产之一，沿江豪宅属于不可再生的稀缺资源，价格翻着跟头地往上走。夜色中，就是一幢幢鲜明伟岸的轮廓，也是豪华逼人，尽显气派。

在这样的景色前细品香茗，好像你也是纸醉金迷的一部分，其实半点关系都没有。

老实说，蒲刃很厌倦坐在这种装模作样的地方摆款，觉得跟那些傻乎乎的生意人没什么两样。但是梅金约他到这里来，他也没有办法。这个女人非常奇特，你就是提前预告自己无论如何要拒绝她，但最终还是会答应她。

三天前的那个晚上，蒲刃送走了流浪歌手。他开着二手奥迪并没有马上回家，而是随心所欲地游车河，又到苏宁电器商店闲逛了好一阵，最终买了一个飞利浦新款的榨汁机。他把未开封的机器整盒放在车尾厢里，这才若无其事地，慢慢悠悠地回家。

已是深夜。他在地下车库把车停好。

刚一下车就看见了那三个人，就是在招待所走廊上与其擦肩而过的三个人，他们从一辆工程修理车上下来，"大只佬"和瘦小并且不起眼的那个人向他走来，"面瘫"只是两手在胸前一卷，靠在工程车上，一副看热闹的表情。

瘦小的那个随从一句话没说，先就打开了蒲刃还没有来得及锁上的车门,前后翻看了一遍,拿出流浪歌手换下来的一团衣服,在"大只佬"面前晃了晃便扔在地上。

"大只佬"走到蒲刃面前问了一句,人呢?

见蒲刃不回答,他又面露凶光地加问了一句,你把人藏到哪里去了?

这似乎已经是他耐心的底线,蒲刃还没想好怎么回答,"大只佬"的拳头就迎面飞了过去,蒲刃应声倒下,血光纷飞中,他感觉到瘦小的随从下手更黑更狠,每一下都可以听到体内的爆裂声。

"面瘫"走了过来,蒲刃依稀看到他手上的弹簧刀,锋利雪亮。

下巴可以感觉到刀锋的冰冷。

"面瘫"说道,听着,我不会杀了你,但是我可以挑断你的手筋脚筋废了你。人呢?说还是不说?

蒲刃心想,这次是死定了,因为流氓才不按牌理出牌,他无论怎么回答,他们都不会放过他。

废什么话。"大只佬"一边嘟囔,一边从工程车后备厢里,拿出一支军用步枪,他提着枪,摇摇晃晃向蒲刃走来。事后,蒲刃的脑海里还时常会闪回这个极其不真实的画面。一个公司要膨胀、张狂到什么程度,才敢如此这般。据称,这种仿制前苏联 SKS 的 7.62 毫米五六式半自动步枪,邦德不止一两支,并且带有编号。

他的头昏昏沉沉的,脑袋里开始出现大块大块的空白,像变幻中的几何图案,思路开始变得断断续续。

血,从他的额头上流下来,他感觉满脸湿漉漉的。

这时两柱刺眼的白光照射过来,一辆轿车亮着两眼大灯急驶而至,唰地在他附近刹住。也仅仅是在瞬间,那三个人便上了工程车绝尘而去,速度快到风驰电掣,车轮子在水泥道上擦出了一串火花。

他模模糊糊认出是梅金以后,便晕了过去。

此时的蒲刃右眼乌青,左边的额头和鼻梁上都还贴着膏药,除了大面积挫伤之外,肋骨断了两根,喘息的时候会有刺痛。

梅金要了一壶极品牡丹,茶色碧青,吸气的时候可以感觉到鹤立鸡群一般的清馨,味道也很独特,不管喜欢与否,却都无法淡忘。

伤口还疼吗?梅金微皱着眉头问道。

还好。蒲刃答道。他本来还想说一声谢谢,毕竟是她把他架上车,送他去了医院急诊室。但是他什么也没说,她是大方得体,衣服也穿得严实而端庄,真正是脱胎换骨了,成为货真价实的金领。但他总觉得她的眼神里有一丝邪恶和歹毒,这是他在和她第一次见面时瞬间捕捉到的,很快就被她顾盼的眼神和浓密的睫毛所掩盖,像逃跑的野兔一样无影无踪。

知道是谁干的吗?梅金继续问道。

蒲刃点头。"大只佬"穿着蓝色的工作服,在他贴近他的时候,他看见他左胸前绣着黄色的字母,BD。

梅金叹道，邦德公司不是松崎双电，我控制不了任何一个人。

蒲刃不置可否，这本身就是一种态度。

可以停止了吗？梅金用贴心而又亲切的口气问道。

停止什么？

你知道我的意思。

我不知道。

那你总知道为什么邦德要追杀你吧？

当然知道。

那就足够了，没有黑社会，只有社会黑。梅金淡然说道，别以为你就能躲过这一劫，还是到松崎双电当独立董事吧，从此天下太平。

蒲刃想了想说道，这件事不可能雁过无痕，不如我直说了吧，贺武平只剩下一条路，就是去自首。

梅金哑然失笑。

为什么呀？梅金笑道，这件事完全可以雁过无痕。

我要跟柳乔乔重新开始。

当然，一对璧人。

所以这件事对所有人要有个交代，包括对过世的冯渊雷。

说得倒是堂堂正正，但你有这个资格吗？

什么意思？

还是不要逼我吧，梅金仍旧温柔道，告诉你，蒲刃，这件事你必须听我的。

为什么？

因为我去过你的家乡，我见过江小孩。

这倒是大出蒲刃的意料，那也只是不动声色。

梅金娓娓道来，慢慢讲述遗漏在蒲刃记忆中的故事：

当年，你的父亲是个不折不扣的酒鬼，谁都说不清他的职业，总之不管干什么都是不得志，他爱做发财梦，但始终没钱，两手空空。

你的母亲不是生病，而是不堪忍受你父亲的凌辱喝农药自杀的，在这之前，你有一个姐姐早已被打得遍体鳞伤，留下一封信后离家出走了，你曾经找遍了十三座城市至今没有她的下落。

这封信放在江小孩那里，姐姐说，父亲怀疑她偷了他口袋里的二十多元钱，把她反吊在房梁上，大冬天只穿一件单衣，用竹棍严刑殴打，脖子上还挂着两个装满水的大可乐瓶，她说以往被打、罚跪是家常便饭，这一次被打得神志不清，还整整两天没吃东西，再不逃走一定会死在家里。

母亲偷偷送去剩饭，被打得吐血不止，她实在生无可恋，喝了有机磷农药，江小孩赶去的时候已经奄奄一息，根本救不了了，只留下一句话，叫江小孩不要告诉你她的死讯，怕影响了你的学习。

你从小就深受母亲的疼爱，也是母亲唯一的希望，你和她的感情至深。当你在树仁占有一席之地的时候，有时你会以自己卑微的出身为荣，对于所谓知识阶层的虚伪和做作充满痛恨和不屑，也是来源于你对母亲担当和坚韧的崇拜。

在她过世之后，你发现自己对许多过去热衷的事情完全失去了兴趣，那是因为你以往所有的努力，都是为了让母亲一了夙愿，为你而感到骄傲。

你曾经给江小孩写信，流露出这种情绪，那些信我都看了。

你喜欢用"沉香"这个笔名写文章，那是因为你深深迷恋"劈山救母"这个神话故事，那种忍辱负重，最终一朝雪耻八面威风的感觉最让你神往。所以你自比沉香，发誓要让父亲下半生在痛苦中赎罪。

可惜，你性格中的凶狠、怨毒和偏执，又全部来自你的父亲。

你父亲并没有得老年痴呆症。

正确的诊断是脑神经严重损伤导致的神经错乱。

你在中修堂坐诊，一方面是爱好中医，另一方面是为了方便拿药，重要的是不至于引起别人的怀疑。

银杏叶含有神经毒成分，长期服用可引起阵发性痉挛和神经麻痹，乌头中含有的乌头碱，对迷走神经有强烈的兴奋作用，能提高迷走神经的张力，同时使心脏窦房结及房室结被抑制，失去对心脏有效的控制，它的毒性极大，口服零点二毫克即可中毒。在古代，乌头的汁液被称为"射罔"，用来涂在弓矢上作战和狩猎。

你当然不是想让他中矢毙命，这样你难逃干系，再说你也想慢慢地折磨他。

他根本没有病，无谓地用药，只能对身体造成消耗和摧残。你严格控制剂量，把它们和罂粟壳煎煮后掺在娃哈哈的饮料里，再调上蜂蜜，这样无论是谁都会爱喝，而且上瘾，当然你的父亲也不例外。

但这也只是慢性中毒，并不足以让他生不如死。

于是，你还在饮料里掺进了液态汞，也就是液体水银。液体水银经过烹煮，受热后挥发成为气体，不仅极易被人体吸收，而且会出现严重的中毒反应，更不要说服进体内，会直接影响到人的中枢神经，导致手震，视力模糊，智力低下，神经错乱和昏迷。

你做到了，他现在生活在地狱里。

这是一个漫长的过程，你没想到自己其实并没有达到目的后的快感，反而在沉重的负罪感中备受煎熬，但是又没有办法停止你的报复行动。

什么是天理？无论如何他是你的父亲，这是死了也不能改变的事实。

贫穷才是最强大的暴力，可是你并没有原谅他啊。

请问，你有没有自首的必要呢？

蒲刃的脸上找不到一丝表情，像是在听别人的故事，他冷冷地说道，没有人会相信你编的故事。

梅金悠悠回道，天证地证，你证我证，心证意证。还不够吗？蒲教授。

时间在沉默中一点一滴地流逝，江上的夜游轮渡满身灯饰，忽闪忽闪地在江上行驶，大约有三条轮渡来回穿梭，增加了江面的动感，出神入化。

再不幸福都对不起这良辰美景。

良久，蒲刃起身去了飘台，江风阵阵，他吸足了一口气，慢慢吐了出来。

他可以感觉到梅金紧随其后，片刻，她站在他的身边，似乎轻叹了口气，声音也格外绵软，她也是正面望着江景，感慨道，都是寒门之子，款曲相同，我其实理解你所做的一切。

蒲刃正色道，我跟你不一样。

梅金不急不缓道，有什么不一样？都是饱受贫困，生长在财富和特权之外，唯一可以依赖的就是自己的头脑；都是百忍成金，打拼出自己的那一片天地，但是没有发自内心的快乐；都是把心拿出来装在一个盒子里，放在书柜的最高一层，看都不要看一眼。我们是最好辨认的一群人，用眼神就可以找到同类。

蒲刃的喉咙一紧，他几乎被她说出泪来，那才是最大的败笔。他竭力控制住自己的情绪，一言不发。

还有什么不一样？梅金冷笑道，你不会认为你是好人我是坏人吧？笑死人了，你、我、冯渊雷还有贺武平，都不是好人。我说得对吗？

对，蒲刃说道，但是人和人是不一样的。他依旧冷冷地对她说道。

梅金笑了，轻飘飘地说道，都一样，教授，那是你在说服你自己。我就在你的眼神里读到了冷漠和堕落。

一夜无眠。

幸亏今天没有课。蒲刃心想。他依稀记得是在天麻麻亮的时候迷糊过去的，醒来已是中午。

梅金一直像眼镜蛇一样盘绕在他的心头，驱之不去。

她说，你在《世界知识》杂志上写过一篇文章，没错，就是用的"沉香"这个笔名，你写道："一九一九年六月，英国物理学家卢瑟福利用德尔塔粒子轰击氮，成功地把氮变成了氧和氢。炼金术士多年来梦寐以求的把一种物质变成另一种物质的理想，在科学家的手里就此变成现实。"

贺武平无论是"冲动犯罪"还是"自尊杀人"，这些都不重要了，总之他是一时冲动铸成大错。

但是我必须掩盖这个事实，因为他的命运就是我的命运，也是松崎双电的命运。在松崎的背后，有数以万计的员工，有大批的供应商、生产商、物流商，更有庞大的受众群体，所以松崎的命运不能有丝毫的差错。贺武平出事，贺润年就会崩溃，松崎就有可能土崩瓦解。

在这种危难时刻，我很感激你赠予我的利器：既然一种物质可以变成另一种物质，那么一个危机也可以变成另一个危机，也就是说我可以成功地把危机转嫁到你的身上。

当然，我的目的是相安无事。

她说，一九九三年，俄罗斯数学家佩雷尔曼解决了数学上一个长期存在的问题——"灵魂猜想"（SoulConjecture）。二〇〇六年，他以非凡的才华获得数学界的最高荣誉——菲尔兹奖。这是你在另一篇文章《严谨的鬼才》里告诉我们的。对于我来说，你就是这样一道难题，同样也是灵魂猜想。

非常不幸，让我猜中了。

而且一个人的心证已经足够。

她还说，你其实一直都生活在对母亲的思念中，从未有片刻的淡忘，因为只有她让你感受到了温暖。你的初恋失败，友谊和爱情一夜消失，更让你觉得什么都是不确定的、不可靠的、不能信任的。但同时你表现出来的偏颇，包括柳次衡教授对你的评价，他指出你有性格缺陷，这一点深深地刺伤了你，也只有你知道这完全是父亲一手造成的，所以你不可能停止对他的报复。

但是，你已经决定重新开始，虽然这很艰难。

她是一个什么样的女人？蒲刃不禁倒吸一口凉气，他从一开始就没有把她当成对手，但她却像拨卷心菜似的，把他一层一层拨开，让他几乎是一丝不挂地暴露在她的面前。

蒲刃久久无法入睡，直到意识渐渐模糊。

他在梦幻中遇到了冯渊雷，他们为何总是能够适时而遇？说来真是不可思议。那是一片寂寥的旷野，冯渊雷微笑着向他走来，一改往日的阴郁。冯渊雷说你好吗？他说只是活着。冯渊雷说那就好好活着。他说我活着，以前是为了母亲，后来简直就是为了你。

冯渊雷笑道，我知道，你一直都想向我证明你更强大，更有实力。

是吗？他说道。

看来每个人都有面目全非的另一面。说这话时，冯渊雷意味深长地看了他一眼。

他总是这样，好像他无所不知似的，或者，从一开始，他就想叫他一点一点透明起来。他回答他道，这不算什么，反正我也毫无悔意，自作孽，不可活。这也是天理。

冯渊雷道，还是梅金说得对，我们都不是什么好人。

他坦然回道，可是我们痛苦。每个人都是自己的污点证人，都要为自己的罪恶付出惨痛的代价。

冯渊雷点头，又有些欣慰道，看来我们还是朋友和知己，所以我要告诉你，不要相信你所看到的，那本日记里的糜烂生活都只是我的想象而已。年轻的时候，因为各种各样的原因选择这一行，只知道它有难度。

我喜欢有难度的事，但对于它的恐怖和风险，我承认并没有充分的思想准备。当我每天都要面对锉刀、凿子、锤子、剪刀、斧子、夹子、拉钩等一系列手术器具的时候，在无影灯下，它们哗啦啦一字排开，接下来就是不由分说的血肉横飞，每天如此。

我要捏住比绣花针还细两圈的针，把它嵌在类似剪刀的槽里,在显微镜下缝合直径零点五毫米的微小血管,用比头发丝还要细的线缝,稍有不慎就会堵住血管,形成血栓,这可是人命关天的大事。

术后包扎没打开之前,我永远都是提心吊胆,直到"揭盅",接受现实和天意。

怎么说呢?也许丽慈整形对于我来说,就是当代的渣滓洞,压力大到事事处处不如意,所以梦想过着荒淫无度的生活。

我承认,只有和梅金的关系是真实的,她是我的人体鸦片,明明知道不能碰,但是又不能扼制地想去接近她。这也是我付出的惨痛代价,年轻时不顾一切地离开学校,抱得美人归。可是从此以后的生活都不是我想要的。

而且,这个女人也从来都不属于我。

他们都不再说话,像是约好了一起沉默。

终于还是冯渊雷叹道,现在一切都结束了,至于你怎么选择善后,我都没有意见。只是,他有些抱歉地说道,想不到最终还是我连累了你。

他淡淡回道,谈不上连累,我们何止是知音,简直就是一幅双面绣。

冯渊雷笑道,想不到你还是那么潇洒。

终于,笑容在冯渊雷的脸上渐渐凝固,随即与他握手道别,冯渊雷的手像冰块一样寒凉,着实让他吃了一惊。

蒲刃努力睁开眼睛，太阳穴还是胀胀的。

一直发怔，在想刚才的天人交战，一时难辨真伪。真不知道在这个世界还能相信什么，不信什么。

过了一会儿，他看看墙上的挂钟，然后掏出手机来打给老人院的院长。

电话接通以后，蒲刃问院长最近一段时间有什么人来看过他父亲？院长想了想说，一个是柳乔乔，她在你住院期间来过两次；还有就是老年病防治中心的专车来接他到中山医学院去做全身检查，我们从头到尾都派了一个护工跟着，没出任何事，你就放心吧。

院长把这件事又从头到尾不厌其烦地说了一遍，还问蒲刃有没有拿到院方的检查报告？蒲刃只好说拿到了。

约摸下午四点半钟，仍在床上养神的蒲刃听到砰的一声，他知道是阿蓉打扫完卫生离开了，在这期间，她会给他煲好汤，做两样小炒放在微波炉里，蒸好饭。其他一概不问，走时也不用跟他打招呼。

蒲刃下了床，去到窗口，等了一会，就看见阿蓉披着满头鬈发，一扭一扭从本公寓走了出来，她肩膀上挎着自己的假名牌拎包，右手提着大大的黑色垃圾袋，路过垃圾箱的时候没丢，路过垃圾车的时候也没丢，然后一直向大门外走去。

蒲刃当然知道他哪里出了问题，印有中修堂标志的棕黄色的中药袋，工业原料的制剂瓶，这些东西只可能在他的垃圾里出现。

第二天阿蓉来上班，蒲刃就直接问她把垃圾送到哪里去了？

阿蓉先是一愣，满脸写着你是怎么知道的？接下来就是如实回答。阿蓉心想，反正我也没偷你家的东西去卖，卖垃圾应该不算什么吧。

阿蓉说完之后，蒲刃叫她把家里的钥匙放到门口的瓷碗里，又多给了阿蓉一个月的工资，就叫她走了，而且再不用来了。阿蓉是个心气高的下人，嘴上没说什么，但是委屈的眼泪哗哗地流下来。

她心里非常奇怪，因为以前打碎过蒲刃家名贵的日本花瓶也没怎么样，所以上次窗户的玻璃裂纹，她生怕蒲刃怀疑又是她不小心碰裂的，所以留下纸条专门作出说明。这一次卖垃圾居然会彻底得罪蒲教授，她怎么也想不明白这到底是怎么回事？

见她这副样子，蒲刃说道，你不用想了，不是你的错，是我要到外地讲学，也许半年，也许一年，等我回来再找你吧。

阿蓉走后，蒲刃心想，有人花钱买环保垃圾？脑袋里要进多少水才会相信这种骗人的鬼话？

靠。

梅金难得在贺武平的办公室里见到他。

昨晚她睡得很好，一夜无梦。感恩。所以今天上午居然忙里偷闲地去做了一次头发护理。护理的环节非常复杂,要按摩头皮,给头发做瑜伽,然后用护养精华渗透,还要焗桑拿,差不多是一根一根地在护理。过程当然很享受,但是需要大量的时间,若不是如释重负,梅金也难得有这么好的心情去浪费时间。

中午,跟银行的高层管理人员吃饭。在五星级酒店的中餐厅,开了一瓶路易十三,宾主都相当尽兴。

只要一想起蒲刃那张故作镇定的脸,梅金都不得不佩服自己。罢了,就算他是真的可以保持镇定,也仍然是身陷僵局,面对的是一盘无路可走的死棋。这样想来,他的脸上还能有一丝平静和坚毅,也算是难能可贵。梅金暗自窃喜,长时间泰山压顶般的精神压力终于得到了缓解。

当然,老年病防治中心的无障碍全身检查是她一手安排的,她的要求是必须在一天之内做完所有的高端检查,为此费用也相当可观,这个账自然是不用算的。所以蒲刃父亲的体检报告,尤其是他脑部的全方位扫描,总之所有的数据报告和最终诊断书全部交到了梅金的手上。

功能型核磁共振图像,反映了病人的大脑活动情况,在长时间反复受到刺激之后,神经系统发生改变,和正常大脑已经不同。大脑成像技术发展到今天,不仅仅是纤维毕现,而是密集又精巧的神经与血管犹如倒挂的冰凌一般晶莹剔透,像一幅图画。

医生的诊断是:不排除化学物质对神经细胞损害的

可能性。

收垃圾的高大哥就是米高先生，他做这样的事情得心应手，再合适不过。

有一次梅金问米高为什么不做点正经事？他神情淡然，说不打算改变现状，因为到庙里算过，就是捞偏门的命。

总之，证据链的每一道环节都经得起缜密的调查。

下午两点多钟，梅金回到松崎双电的办公大楼。她的头发在乌云密布中透着光泽，整个人信心满满，让人眼睛一亮。

她最先看到的是贺武平的飞行靴，他的两只脚跷在大班台上，两手操纵着遥控器，一只比绿头苍蝇大不了多少的直升机模型，在他的头顶嗡嗡嗡地盘旋，忽高忽低，还闪动着夜航灯。等待贺武平签名的秘书，抱着一大堆文件张着大嘴看着飞机，高兴地放下文件鼓掌，早就忘了自己是进来干什么的。

贺武平隔一段时间，会回公司签一堆例行公事的文件。

梅金走进贺武平的办公室，清了清嗓子，秘书马上如梦初醒，把文件放在大班台上，立即消失。

贺武平还在玩，只问了一句有事吗？梅金没答他的话，而是关上办公室的房门耐心等待。她常常想到贺丙丙将来的简历上要出现"系出名门"，为了这四个字，所有的努力和等待都是值得的。

终于遥控器没电了,绿头苍蝇一个倒栽葱摔到了地上。

充两个小时电,只能玩二十分钟。贺武平起身捡起直升机模型,一边惋惜地说道。

梅金才懒得对他的爱好做出评价,直言道,你马上打电话给邦德,叫他们不要再追杀蒲教授了。

贺武平道,为什么?不是还有一个什么流浪歌手吗?

神马都是浮云,一切都已经结束了。梅金回道。

贺武平不解道,什么意思?

梅金这才把跟蒲刃的交锋一五一十地说了一遍。

贺武平听了如此这般,大惊失色道,他怎么比我还黑?毒害亲爹,这在国外就是一级谋杀。梅金平静道,在国内也是一级谋杀。贺武平道,对。可是你是怎么知道的?请私人侦探吗?

梅金没有说话,只是点了点头。

她才不要跟他说什么,这个从来不知道"艰辛"为何物的人。

其实,贺武平并不想深究,他天生就有只惹麻烦不管收拾的命,外人眼中的盲人瞎马,却又总能峰回路转。所以他注定是一个七情上面的人,根本不会也不用掩饰自己的情绪,几乎是把崇拜的目光投向梅金。

你真神了!是怎么做到的?他说。

梅金嘴角挂笑道,大盗不偷,真侠无剑。

接着,她拿起大班台上的黑色电话,把话筒递给贺武平。

贺武平道，怎么说？他现在对她完全是言听计从。

就说蒲教授已经接受了我们的封口费，嗯，就这么说。梅金回道。

几天之后，是梅金和贺武平的结婚纪念日。

梅金收到了贺武平送给她的一条缅甸红宝石项链，不经意的一瞥，也是妖娆多姿。

一直以来，作为权力和财势的象征，红宝石都是被认为可以祛除邪气，逢凶化吉。显然这件礼物也充满了象征和暗指，不仅价格昂贵，而且非常契合梅金的美丽和气质。

梅金当时感动得热泪盈眶，虽说她一向认为价值决定意义，但是贺武平独一无二的艺术眼光在她的心中更是无价之宝。

更何况，红宝石的核心品质是：生命之火。只有成熟高雅的女子，才配得上这么完美的佩饰。

这说明贺武平的潜意识里，已经对她彻底地回心转意了。

她当然知道这不是爱，而是答谢。贺武平是个有绅士风度的人，他才不会像大多数中国男人那样，把老婆当实心馒头，饿的时候充饥，饱的时候早就不知丢哪儿去了。他总是会把事情做得有情有义。

只要宝石是真的，爱和答谢又有什么区别呢？

八

把阿蓉赶走的那天晚上,蒲刃独自驾车去了一趟老人院。

一天的忙碌已经结束,老人院的工作人员和这里的老人们三五成群,几乎都在看电视,有人看新闻,有人看动画片,大多数电视屏幕上都在播放各种各样的肥皂剧。

也有一桌麻将,打得昏昏欲睡,在别人考虑打哪张牌时,其中的一个老人已经睡着了,又被摇醒出牌。

穿过走廊,一路都有工作人员对他点头示意。

蒲刃来到父亲的房间,他也在看电视,见蒲刃进来并没有理睬,当他没到。蒲刃坐下来,陪父亲看了一会儿电视,才知道是粤语残片版的《神雕侠侣》,他怀疑父亲能否听懂台词?场面倒是打得挺热闹。

父亲如此的全神贯注,剥花生的手半天一动不动,他端坐在沙发上,面前的茶几摊放着王奶奶花生,嘴角还沾着一星半点残留物,说明他看着吃着都津津有味。

蒲刃抽了一张纸巾,给父亲擦了擦嘴。

接着,便起身东摸摸西看看,这时他在食品柜里看见了好几瓶还没有来得及喝的娃哈哈饮料,没错,是未开封的,他家里的储藏室是加锁的,许多东西放在那里,其中就有一个封瓶器,对他来说这是非常简单的操作。

他把这些饮料,连同一些还未来得及丢弃的空饮料瓶一股脑儿地扫进他带来的手提包里,确认已没有任何遗漏,他转过身来。

没想到父亲就站在他的身后。

他目不转睛地看着他,令他当即打了个寒战。

四目相望,他们对峙了片刻。父亲还是眼露凶光地盯着他,猛地扬手抢走了那只手提包,随即紧紧地抱在怀里。

蒲刃下意识地把包夺了回来。

父亲居然嗷地叫了一声,猛扑过来抢包,拉扯之间,互不相让,最终两个人无声地扭打起来。虽然谁都不说话,但是下手都狠,都使足了浑身的力气。一张椅子被带倒了,桌上的空饭盆也跌落在地,都让蒲刃感觉发出了惊天动地的响声,好在武侠片的打斗场面和配乐都是气吞山河的,把这些动静消解得一干二净。否则工作人员早就闻风而来了。

蒲刃知道,父亲已经对罂粟壳上瘾,但是他必须清场。

不过,他真的没想到父亲会有这么大反应,早知道就应该重买一些新饮料拿来替换,父亲更多的也只是心瘾。这的确是他在情急之中疏忽了。

本来他并不想跟他发生争执,明天再过来一趟也是一样的。但是父亲的架势十足,使出蛮力,蓦地勾起了他的童年记忆,当时的血腥场面充斥脑海,父亲的拳脚雨点一般地落在他身上,母亲扑了过来,用身体挡住了飞来的木棍,木棍闷声而落,在母亲倒下的同时断成两截,蒲刃眼睁睁地看着母亲喷出一口鲜血。那一年,他十岁。

背影,背影,姐姐的出走,母亲的离去,在他眼前晃动的仅仅是一阵风都可以吹散的背影。少年时的无助和惊慌,青年时看到的母亲坟前齐腰的荒草,姐姐留给他的最后一封信,全部都是灭顶之灾。

至少有十几秒钟,蒲刃感觉到大脑里完全空白,整个世界陷入默片和停滞的状态。

等到他恢复理智的时候,发现自己的双手紧紧卡着父亲的脖子。

父亲的五官已经变形,而且脸色从发紫到灰白,整个脑袋向右侧耷拉下去,软得像一堆抹布。

蒲刃闪电般地把手松开,像被电击了那样。

他急忙拍拍父亲的脸,希望他尽快恢复知觉,但是没有,他没有鼻息,没有生命体征,跟一具尸体没有任何不同。

他当即惊出了一身冷汗,急忙跳起身来去拿床头柜上的水杯,水已冷却,他把水猛泼在父亲的脸上,见他还是毫无反应,便再一次蹲下身去,把父亲扶起来,靠在他的胸前,继续拍他的脸颊。

终于,父亲长吁了一口气,逐渐回过神来,他有气无力地半躺在蒲刃的手臂上,目光黯淡,轻声说道,我是有罪的,我罪该万死,我知道我是对不起你们的。他这样说着,似乎是完全清醒的,又似乎是受过惊吓后的条件反射。总之他头发全白,满目苍凉,每一道皱纹都生硬地刻在他的脸上。

他老了。一方面是岁月的堆积,一方面是慢性中毒的折磨。蒲刃对自制饮料的比例是严格控制的,这样才不至于令人生疑。

他目光涣散地望着儿子,与蒲刃当年的无助和惊慌一模一样。

忽然就令蒲刃悲从中来。

这是他从未体验过的感觉,在他的心中满满溢出来的全部都是恨,这种恨已经深刻地植根于他的心底,成为他不能放弃的使命。

蒲刃扶起父亲,让他重新在电视机前坐好,把那只装娃哈哈的手提袋放在他的身边。

他倒了一杯热水端给父亲,父亲喝了一口就咳起来,他轻轻拍着父亲的后背,看见父亲的脖子上已有他重掐时留下的淤痕,而且衣领和胸前全是湿的,于是便去放了一浴缸热水,给父亲洗澡。

换上干净衣服,把衬衣领子的第一粒纽扣扣上。

之后,他把房间清理了一遍,将凌乱和倒地的东西归位。

父亲又继续看电视,继续吃王奶奶花生。他把手提包放在自己腿上,神色变得甚是安详。

两个人还原了各自的位置，仿佛什么事情都没有发生过。

蒲刃默默地离开了父亲的房间。

他驾车向市区驶去，这时的天是黑的，路是黑的，车里当然也是黑的，他总是能够在黑暗中找回安全感。他早已学会了跟自己相处，习惯了孤独和寂寞，那是一种非常清凉舒适的感觉。

他打开车上的音响，碟片大概是原来的车主遗漏在车上的，算是随车奉送。这个叫作降央卓玛的年轻女歌手，有着雌雄同体的嗓音，她唱的《父亲的草原母亲的河》，难得的阴郁荒芜。

当马头琴缓慢而低声地呜咽，蒲刃感觉到心随草原般空旷。

左边的面颊上有一点痒痒的，触摸的时候发现是一滴久违的泪水。

静静地开了很长一段时间，前方明显有了光感，都市就是一个巨大的水晶发光体，在夜幕下璀璨耀眼。

应该是半夜了吧。蒲刃迷迷糊糊地醒来，这样想着。

一时间又觉得口渴难忍，他坐起身来，头像灌了铅似的又晕又沉，只好再一次倒下，头挨到松软的枕头以后，便不再那么难受了，这才想起昨天晚上他驶上立交桥时，正遇上红灯。

他的心情很糟，这是显而易见的。他想过去找乔乔，可是他又能跟她说什么呢？如果什么都不想说，见面就变成了一件疲累的事。

她不会理解的。若论人生的阴暗面，也只有梅金说得感同身受。多么豪华的包装，也不过是一个寒门之子的悲惨故事。

他甚至有些恨她，如果当年她不跟着冯渊雷跑掉，而是与他结婚生子，他或许会走上另外一条生活道路。他这一生缺的并不是富贵而是正常。柳乔乔做梦也想不到她放弃的不是爱情，而是救赎。

他们生活在两个世界，白天不知夜的黑。

如果情缘未了，还是不要惊了乔乔玫瑰色的梦。女人就是受过一万次骗，哪怕是伤痕累累万劫不复，也还是生活在梦里。

直行就是回家，右转就是去喝一杯。

酒至少有一个好处，那就是忘我忘忧，暂别愁肠。

绿灯之后，他便把方向盘向右打。他去了"美洲豹"，类似的娱乐场所仅限于此，其他的地方从未关心过，所以知之甚少。再加上小豹姐的贴心，只一面之交，便给他留下深刻印象。

的确是喝了很多酒，精致的下酒菜里有一份宫廷酱鸭，说是从北京空运来的，就差没说是慈禧太后的御膳。结果竟然是出人意料的好吃，蒲刃吃了两份，当然是要口渴的。

小豹姐见到他挺高兴的，但也不至于是惊喜，好像准知道他就会来似的。人真是一念天使，一念魔鬼，好端端的一个社会精英，一个正人君子，突然就会出现在这样的地方，真不知道是重生还是沉沦。

这里还是一如既往地云集着一票众多的"夜行动物"，他们把酒狂欢，夜夜笙歌，表面是找乐子、解压，但在蒲刃的眼中，未必是为了皇家礼炮或者是花解语、玉生香的女人，而是"美洲豹"这一个鲜衣怒马、钟鼓馔玉的精神符号。不然，我怎么能知道我是一个有钱人啊。

小豹姐也还是那样，满面春风地分花拂柳，人人都觉得她够贴心，是自己一个人的红颜知己。

又有什么公干啊？小豹姐问道。

他还是爱面子的，便道，没事，只是路过这里，就进来了。

小豹姐笑，早看穿他是专程而来，气色灰头土脸，蒲刃在车上的后视镜里对自己此刻的尊容也是无可奈何。小豹姐最仁慈的地方就是从不说破男人，上一次蒲刃就不理解这样的地方为什么会夜夜爆满？小豹姐说得轻描淡写，我的客人里面有一个癌症晚期的患者，还在吹嘘自己金枪不倒呢，说哪个小姐陪他一晚上就半个月接不了客，这话除了他自己，你说还有人信吗？男人嘛，总得给他们提供一个找回自信的地方。

小豹姐笑完了，道，喜欢什么样的陪酒？我就买一送一大酬宾了，谁叫你是稀客呢？

蒲刃道，真不用，我中午就没吃，饿得要命，你陪我吃顿饭就行了。

小豹姐见他说得诚恳，就把他带到后花园，他这才知道美洲豹还有一个后花园，先要重新下楼，再寻寻觅觅到达另一个冷清的场所，跟刚才的世界完全不同。最先冲击眼球的是南唐著名人物画家顾闳中的《韩熙载夜宴图》，是一幅由听琴、观舞、休闲、赏乐和调笑等五个即可独立成章，却又相互关联的片段所组成的画卷。

壁画的后面，有一个并不大的庭院，隐秘性超好。在星光下品酒吃饭，享受着阵阵清风和花香，别有一番情调。

几个拉大提琴的漂亮女孩，远远地演奏巴哈或者海顿。

小豹姐亲自下单，交代后厨精耕细作，端上来的菜式分别是法国鹅肝、宫廷酱鸭、雪花牛肉和炭烧生蚝。

红酒也是她选的，一共四瓶，产地分别是智利、澳大利亚、德国、法国，口味从淡到浓，从单一到繁复，从严肃到深沉，从初始的相遇到历经磨难后的重逢。

饶是这样还要说，你就凑合吃吧，我们这儿又不是饭馆。

你说她怎么留不住客人呢？

床头柜上的台灯本来就是亮的，蒲刃下了床，想到客厅去喝点水。

从卧室门的下方透进的光亮，蒲刃发现客厅的灯没关，想必是自己粗心大意又喝得昏头昏脑忘记关了。他拉开卧室的门走进客厅，发现小豹姐坐在餐桌前抽烟，面前放着一瓶无糖可乐。电视机开着，只有影像，却设置了静音。

蒲刃有点摸不着头脑。

小豹姐道，放心吧，你什么都没说，什么都没做，就是喝多了，是我开你的车把你送回来的。可是我出来的时候身上没带钱，一时走不了，就抽了你的烟，喝了你的饮料。

她一边说，还一边往冰箱的方向努了努嘴。

蒲刃这才想起昨晚他的确喝多了，还未失去意识的时候被小豹姐架上了车，他说完自己的住址后就昏睡过去。怎么进的房间完全没有印象。

蒲刃急忙从裤子口袋里掏出钱包，抱歉道，我还没买单吧？真对不起。

小豹姐笑道，我是做生意的，肯定不会给你免单，但是下次一块儿给吧。她挥了挥手，那只手软绵绵的，有些慵懒，又有些满不在乎。她抽烟的姿态非常优美，也许是太过闲散和从容。烟还是那包中华烟，从二手车市场回来后就一直放在桌上的琉璃烟缸里。

蒲刃把钱包放在桌上，自己倒了杯直饮水，他也在餐桌前坐下，拿了根烟，小豹姐便给他点上了。

蒲刃见烟缸里已经有了两个烟蒂，上面还有口红印，便道，如果我不醒过来，你就一直等下去？淡定啊。小豹姐懒洋洋道，太早也睡不着，正好在你这清静会儿，你这儿不是有客房嘛，再醒不过来，我就洗洗睡了。

她抽完烟，便拿过蒲刃搁置在餐桌上的钱包，抽出两张零钱，又把钱包放回原处，我该走了。她一边说，一边毫不迟疑地向门口走去。

她今天穿了一条黑白经典豹纹的连衣裙，在夜晚显得分外妖娆，就像家里有一只豹子在走来走去。她在玄关处穿上深紫色的高跟鞋，格外魅惑。

你可以不走吗？蒲刃都不知道这句话是怎么从他嘴里冒出来的。

小豹姐着实愣了一下，随后笑道，你确定你在说什么吗？我可不是什么天使。

我也不是。蒲刃从自己镇定的话语里听出了哭腔。

她站在那里没动，接着便慢慢侧转身去。看来她是执意要走了，蒲刃脸上一阵燥热，这大概是他干得最丢脸的一件事了。他知道应该说点什么以解尴尬，一时又想不出任何话来。但也就在此时，只听啪的一声，小豹姐关掉了大灯，原来她侧转身体，只为了关灯而已。

房间里只剩下一盏落地灯的光线，这就柔和多了。

小豹姐重新坐回门边的椅子上，这一次不仅脱掉了高跟鞋，而且脱掉了连裤丝袜。她侧着身子，微低着头，动作自然随意，据说女人脱袜是比对镜梳妆还要撩人的瞬间，最让起了心意的男人心醉。

不仅让蒲刃松了口气，而且呆呆地看着她竟有些魔怔了。

也不知她是怎么走过来的，攀着他的肩膀在他的脸颊上亲了一下，然后亲昵地耳语道，知道吗？完美真的很无趣，而且毫无意义。

她解开他衬衣的两粒扣子，把手伸了进去，真像是一条绵延的蛇，在他的胸脯、腰间滑动，所到之处犹如苏醒了的蛮荒之地。慢慢地，蒲刃感觉到情欲仿佛丝带一样缠绕着他，这一根看不见的丝带越缠越紧，令他喘不过气来。就在他呼吸急促地抱紧她时，她反而轻轻推开了他，自己拉开了裙子的拉链，豹皮随即滑落在地上，她的文胸和三角裤都是黑色的，镶着蕾丝花边，蜂腰，翘臀，丰满的酥胸如一对脱兔。

这一切做得行云流水，一展熟女的野性，和摆明了要跟传统对着干的姿态。也让蒲刃明白了自己其实是"重口味"，比起骨瘦如柴的嫩模，他可能更喜欢放荡性感的异性。

或许，他更想看到自己面目全非的另一面。

他一向是以成熟、老练、自律、睿智，没有花边新闻和浮躁之举示人的，但是私下里时时刻刻都要为隐性的罪恶困惑和焦虑。尤其是突然而至的负疚感，那么真实和不可抗拒，这是他最不需要也最不希望出现的纠结和怯懦，因为只有他明白，这才是真正能够杀死自己的那把刀。

内心无论怎样翻江倒海，他看上去还是像旧式壁橱那样呆立着。不等他做出什么反应，她却径自走到沙发前，拿起遥控器把电视调到音乐台，是一台古典音乐会，她把音量调至若隐若现。跳个舞吧。她对他张开手臂，这方面他还是真的不擅长，她安慰他道，没关系，我来教你。

贴面，两边摇摆。跳舞看似简单，其实绝非容易。小豹姐不愧是舞林高手，她晃动的频率恰到好处，一对宝贝在他的胸前似是而非地碰撞着。

蒲刃觉得不光是敏感部位，而是全身上下都硬了起来。

窗外是树仁大学最引以为豪的"醉氧区"，说是校园里的森林就有点太夸张了，但是这一片地段的大树的确生长得很密，所以绿阴重重叠叠，密林深处隐藏着古老的红砖教学楼，的确是让人心平气和。

乔乔在她的房间里，窗下便是写字台，她正用苹果笔记本电脑计算设计图上的数据，脸上是超乎寻常的宁静。

她最近搬回家来住了，一是幽云的学校放假了，回来母亲还可以帮助她照应一下。二来她的本意是住在树仁便跟蒲刃近在咫尺，见面会方便许多。

从三亚回来以后，发生了一件令人意想不到的事。

这件事就是叶知教授居然托他的系主任找到柳衡家来提亲，说是想娶乔乔，非常郑重其事。乔乔当时就觉得特别滑稽,叶知明明看着她和蒲刃同进同出,而且乔乔也看见他带着一个女研究生同游,这是哪儿挨哪儿的事啊。

最可笑的是,叶知还托系主任带给乔乔一封信,信是毛边纸,毛笔字,纸上打着红道道,楷书还是竖体,猛一看以为写信的人有一百八十岁。

信上也没说什么肉紧的话,只说偶见一面,便觉得是寻找已久的家人,故请重磅人物提亲,是深思熟虑之后的结果。又道,所见所听都是表象,不说明任何问题,也没有深究的意义,人生苦短,相遇相知就已经是福报了。

乔乔并没有把这件事放在心上,但也对叶知心生敬意,至少他是正人君子,直抒胸襟。不像有些男人,投了一百块石头问路,还没想明白自己想要什么。

对于乔乔的情感问题,柳次衡这次是学聪明了,上一次的重大打击差点造成父女失和,永不相见。这一回他可不是欲言又止,而是毫无反应。他自己都不跟乔乔谈,让柳师母去说,而且二老也没有自己的意见,一切随缘。

见她这头久无动静,叶知又给她写了一封信,还是毛边纸、毛笔字、竖体楷书,寄到了设计院。

院里的年轻人问乔乔,是领导人给你来信了吗?

叶知在信上说,你也不用着急答复我,更不要有任何压力。总之我若看见你跟别人结婚了,也就知道了答案。

他还是那么从容不迫。

乔乔并没有把这件事情告诉蒲刃，自觉没有必要。正如叶知所说，如果她跟蒲刃结了婚，答案便不言自明。

这时传来了笃笃两下敲门声，紧接着柳师母就进来了，她进来的速度之快有点出人意料，她兴奋地告诉乔乔蒲刃来了，执意在门外等她。

乔乔果然在门外看见了蒲刃，她并没有把他让进家里，而是把家里的房门在身后关上。

还好，走廊里没有人。

我想跟你谈一谈。蒲刃说道。

乔乔平静道，谈吧。

蒲刃道，我们找一家咖啡厅可以吗？我想把一切都告诉你。

不必了吧，我也不想知道。乔乔这样回道。她是昨天早上穿着运动服来约蒲刃一起跑步，本想在楼下打个电话的，但是手机没带，这才直接上楼敲门。

的确是蒲刃来开的门，但是她看见了紫色的高跟鞋、女人的丝袜、客厅地板上的豹纹连衣裙和蕾丝内衣。就不用再看见那个睡眼惺忪的裸体女人了吧，那反而没有这么强大的视觉冲击力。

这一次的感觉完全不同，不是锥心之痛，而是巨大意外面前的无语，整个人被震撼得无声无息，没有生命迹象。

她想不明白，既然有喜欢的女人，为什么还要装得那么真诚，像情圣一样来搭救深陷泥潭的她？而且瞒得滴水不漏，让她像个花痴似的在他的身边流连忘返，情不自禁。

而他想说的是，这不过是一夜情。

一夜情有那么可怕吗？蒲刃心想，有什么好当真的？女人就是这样，以心境对决，用爱情对阵，稍有风吹草动就露出伤心比伤身凄然的神情。完全不理会已有更重要的事情发生。

所以他看上去还有些理直气壮，你就不能给我一个解释的机会吗？蒲刃说道。

乔乔看着地板，道，你解释吧，我在听。

他确实无法直视她的眼睛，她不看他，实在是为他着想。可是他真的一时不知从何说起，谈事情也需要环境和氛围啊。

见他默默无语，乔乔转身准备离开。

蒲刃一把抓住了她，差不多是用哀求的眼光看着她。乔乔也看了他一眼，又看了他的手一眼，蒲刃只好把手松开。

乔乔低声道，你回去吧，你也没把我怎么样，更没有承诺什么，一切都是我会错意，表错情。就当什么都没发生过吧。

蒲刃气道，一遇到事情你就是这个态度，这么多年过去了，你什么都没变。

乔乔道，我们最好都不要提从前，维持一个体面。

蒲刃道，从前有什么不能提的？是你背叛了我。

所以呢？乔乔道，我早就应该想到你是要报复我的，就为了我当初没有选择你，你是不会善罢甘休的。漫长的报复，你做得很好。

蒲刃道，我在你心里就只有这么一个可能吗？

乔乔道，你快走吧，我不想说出更难听的话。

蒲刃道，你说，我就是要听从你嘴巴里说出来的最难听的话。

变态。

还有呢？

你太可怕了。一直在扮演一个好人，其实你的心是空的，里面什么也没有。

对，是这么回事。

我爸说得没错，你有性格缺陷。

这是蒲刃最不能听到的一句话，他都没想到自己会扬起一只手，打了乔乔一巴掌。

乔乔没有一点惊惧和意外，无辜的人挨打，这是许多事情的逻辑。她甚至也没有捂住被打的部位花容失色，表现出稀有的冷静。她的脸颊慢慢泛红，有明显的指印。她镇定地补充了一句，还有家暴。

蒲刃半张着嘴巴，哑口无言。

突然之间，他紧紧地抱住了乔乔，他屏住呼吸，用裹挟的方式抱着她，他知道他将永远地失去她，似乎也是他唯一还能活下去的希望，因而双泪长流。他很少这么外露地表达感情，但是一切都太迟了，乔乔全身僵硬，像木桩一样一动不动地站着。

有情人终成怨偶。这便是他们的情感宿命吧。蒲刃心想。

九

位于二沙岛江边的音乐厅，外形像一个扯足了架势的风帆，似乎随时可以乘风破浪。

华灯初上，渔歌唱晚。江边的夜景依旧千篇一律。来听音乐会的观众陆续聚集在音乐厅正门的附近，抽烟、等人、喧嚣、莫名的兴奋。蒲刃在江边停好车，也向音乐厅走去，一旦融入人群，周围都是陌生的面孔，突然就有了一种安全感，不必再审视自己了。

这一次来听音乐会，完全是没有目的的消遣。

还窃以为韩国钢琴家白建宇先生是个冷门的艺术家，而这次演奏的法国作曲家拉威尔的作品也不是那么耳熟能详。想不到听众还是如此之多，可谓冷门不冷，淡市不淡。

自己也不过是大众口味啊。蒲刃自嘲地这么想。

这一次他仍旧是坐在楼上一排，不由得想起第一次在这里见到贺武平时的情景，贺武平当时的帅气和水乐的另类体验，想来还历历在目，如今整个事件却发生了翻天覆地的变化，令人难以置信。该不会在这里又碰上他吧？蒲刃转念又想，世界上哪有那么巧的事？是自己想太多了。

临近开演的时候，蒲刃倒是看见了一个熟人，坐在楼下大概十二排的位置，应该是听音乐会的最佳位置吧。但蒲刃还是喜欢楼座，全视角。

这个人就是柳乔乔，她身边坐着叶知。

老实说，蒲刃一直都很喜欢乔乔素颜的样子，最能显现她端庄的美丽。她有时刻意打扮，尤其是和他在一起的时候，他都看在眼里，却不觉得多么惊艳。像今晚她只穿了一件格子衬衣，外面罩了一件米色的绒线衫，就只这样而已，根本没有什么修饰，但是在蒲刃的眼中非常完美。

叶知的印堂发亮，气色和精神超好。明明是个内敛的人，居然一只胳膊搭在乔乔的椅子背上，可见他的心情灿烂。偶尔跟乔乔耳语几句，亲切而且温存。

两个人看上去是般配的一对。

蒲刃的心情已经恢复平静。也没有什么可怨的，或许是遭天谴吧，唯一的一次放纵释怀便让乔乔撞上，有点老天爷叫他死的意思。

那天早上他听见敲门声，也没多想便去开门。

乔乔穿着一身白色的运动服，运动鞋也是白色的，清爽宜人地出现在门口，像一朵白玉兰。当时他就傻了。

乔乔跑了以后，蒲刃关上门，但是他一直在客厅里呆立着，缓不过神。

这样大约过了五分钟，他做的第一个动作居然是把昨晚就放在餐桌上的钱包，整个放进了小豹姐信手丢在玄关处的拎包里，拎包里有口红、披肩、纸巾等物，当然也有钱，用一个银制的钱夹夹着。她说没带钱坐车显然是谎言，不过这已经不重要了，现在看来也只能说明他们情投意合。

他把钱包放在她的拎包里，花酒的钱是不能欠的，这是男人的潜规则。而且钱还是不要裸露的好，放在钱包里或者信封里彼此都不丢面子，还有一种心照不宣的熨帖。

钱包里有几千块钱，还有两张银通卡，是不记名的通支付形式，正面有四组共十六个数字的卡号，反面的右下方是金额数，左下角是初始密码，用铅膜遮掩着，轻轻一刮便可显现，在任何场所、饭馆、商场都可以消费。

接着，他去冲了个澡。然后打开冰箱，拿出牛奶、面包、鸡蛋等物品，准备做早餐。无论如何，饭还是要吃的。

正在煎鸡蛋的时候，小豹姐出现在他的面前，她显然也刚冲了澡，身上穿着他的男式白衬衫，衬衣的下摆盖着屁股，两条腿光溜溜的。据说这是女人在室内最经典的性感打扮。

只是她卸了妆的脸有些黯淡，说严重点是脸色惨灰，还有黑眼圈。长年开夜店的人根本不可能有好的气色。

她站在他的身边看他煎鸡蛋，知道他连续看了她两眼,从容道,吓着你了吗?白天都没法看了吧?

蒲刃做出若无其事的样子,道,还好,皱纹没有想象的那么多。

褶子都长在心里了。小豹姐笑道。

他们坐在餐桌前吃早餐,早餐挺丰富的,还有黄油、果酱和西柚。看得出来,蒲刃是一个讲究生活品质的人。

小豹姐一边切着西柚一边说道,刚才听到一声门响,是有人来过吗?

蒲刃嗯了一声。

见他不愿意多说,小豹姐也猜到了几分,便道,撞上了?

蒲刃又嗯了一声,继续刀叉并用吃着煎鸡蛋。

那你打算怎么办呢?小豹姐道。

经过良久的沉默,蒲刃才不无忧虑道,我是真心想跟她结婚的。

小豹姐开始吃西柚,好的西柚一般都是进口的,酸甜中带一些苦涩,但又口感清新。

蒲刃急忙补充了一句,我并没有伤害你的意思。

小豹姐笑道,女人不想吃的苦,谁都伤害不了她。

蒲刃无话可说。

小豹姐又道,出了这个门,你当你的教授,我开我的夜店,无关风月啊。

相比起别人的洒脱,蒲刃除了沮丧还是沮丧,他放下刀叉,懒得再演下去了,因为任何东西都是食之无味。这时候小豹姐起身去洗手,回来时一屁股坐在他的腿上,用手抱住他的头。这样的女人是可以治病的,她便是那个名医,而自己便是那一场浩瀚的疾病。

同是天涯沦落人,相逢何必曾相识。蒲刃想到,原来千古绝句写的都是今人的心境。

他们又报仇一般地做了一次。

他承认自己是一个狭隘、自私,甚至有点卑鄙的人,即使如此的分裂和不堪,当看到乔乔和叶知在一起的时候仍旧心如刀绞。

舞台上的灯光渐亮,全场随之屏息。

钢琴大师的十指轻盈地落下,忽然有十股仙风从他的指间涌出,琴声由远至近,潮水一般地响起。

拉威尔是法国印象派作曲家杰出的代表之一,他的《夜之幽灵》被后世认为是史上最难的钢琴作品,不但有着凄美动人的旋律,也有邪恶诡秘的幻觉画面,更有奇异到令人震撼的高难度的钢琴技巧。

《镜子》也是一套炫技很强的作品,乐曲时而轻柔缓慢,时而激情爆发,营造出强烈的戏剧效果,柔若无锤之音的弱音,左右手同时各弹一条旋律的复调技术,四度平衡刮奏,目不暇接地快速重复,直到开碑裂石的重音从心底喷薄而出,所有的音符排山倒海,酣畅淋漓地奔腾倾泻,虽然激情澎湃,唯美华丽,却又是自控到极致的典范。

蒲刃完全可以感受到超然物外的情愫。

真正的内心崩溃竟然是有息而无声。人生有多少互为伤害？又有多少隐秘的罪恶？罪恶和成功一样，都要付出代价。

他不是没有惩罚他的右手，他对这只打人的手深恶痛绝。以至于他在灯光下恶狠狠地瞪着这只手，而且还用香烟头在手腕上烫了一个梅花印，剧痛直抵心尖，空气里飘荡着一丝丝肉烤煳了的焦味，至今还涂着万花油，缠着纱布。

那包烟真是物尽其用，而为什么是梅花印呢？大概是潜意识里对梅案的深刻记忆。

心理学家说，所有的负面情感当中，内疚感或罪恶感是最具有杀伤力和毁灭性的情感，让人感到生命的异常沉重和绝望。他想，偏偏这两种情绪他都具备，也只能解释为中了彩票。

在优雅的琴声中，蒲刃仍然可以感觉到手腕上针刺一般的疼痛，像音符似的起伏、跳动。

组曲的最后一首是《幽谷钟声》，描绘了山谷中传来各种不同的美妙钟声，嘹亮、悠长、遥远、清晰、断断续续、时隐时现。

音乐会最后只剩下回荡的钟声，原来所有的喧嚣和华美，都只是为了这一刻的虚无和空洞，仿佛人生的大幕徐徐落下。蒲刃看见自己独自一人，如幽谷钟声一般渐行渐远，直到消失在无边无际之中。

礼堂里乱哄哄的，像个午市茶楼。

前半截坐着的全部是孩子，小鸟天堂。后半截是家长专位。

舞台上枣红色的大幕低垂，背景音乐也委婉动听，作为由重金打造的国际学校，礼堂里的硬件设施还是完备和上乘的，装潢西化，简洁干净。

最大的问题是人，也就是孩子们的家长，实在是良莠不齐。可以说大部分的家长毫无品位可言，无论是穿衣打扮还是言行举止，处处显现暴发户或者小市民一心一意冒充上流阶层的豪迈自喜。

他们隔空喊话，大声打着招呼，如果不是穿着买菜服，斜肩挎着的背包横在肚子前面，就一定是全身带标识的名牌，再拿一个隆重的爱马仕铂金包，脚踩俗称"恨天高"款的细高跟鞋，金银佩饰齐全，仿佛要走红地毯，要不就是旁若无人地夸奖自己的孩子。

贺武平蹙着眉头道，如果不是中文实在太难学，我早把丙丙送到英国去了。

是的，咱们的孩子不能只有一颗中国心。

梅金做了一个无奈的表情，她知道贺武平最不适应这种场合，但是没有办法，学校里的演出，能够参加的孩子都代表着班集体的荣誉，是很光荣的一件事，强烈要求家长到场观摩也是整个演出的一部分，所以他们根本不敢拒绝丙丙的这个合理要求。

演出的主题是："只有一个地球"环保晚会，还设有最佳创意、最佳表现等奖项。演出要求尽可能地废物利用，越是运用零价值的资源得分越高。

晚会还是挺值得期待的，家长反而让人绝望。

为了配合主题，梅金和贺武平都只穿了T恤和牛仔裤。什么是时尚？配合环境和心情就是时尚啊。梅金发现他们混在这群人里简直就是鹤立鸡群。

大幕终于徐徐拉开。

第一个节目是童声合唱《狮子王》，男女同学穿着整齐的校服，挺胸背手，音色清脆而嘹亮。背景的大屏幕上是所有的动物在奔跑，表示我们和动物是朋友，在这世界上都应该有生存的空间。

孩子们如沐春风般的和声赢得了台下阵阵掌声。

第二个节目是钢琴独奏，弹琴的小女孩穿着妈妈用旧窗帘布做的连衣裙，用易拉罐的铁皮制成的镂空鸡心形项圈，设计感十足。

节目一个接一个，有唱歌，有舞蹈，虽然丙丙一直未出现，但是精彩的演出和令人意外的想象力已经抓住了梅金和贺武平的眼球。家长们也没有他们想象的那么糟糕，一旦开演，他们还是表现出绝对的安静。

终于，表演进入了时装走秀阶段，背景音乐也随之变得节奏分明，铿锵有力，这时，丙丙和一个女孩子手牵手地出场了，两个人的神情都酷酷的。

女孩子长得很漂亮，身材细幼，上身穿的是屈臣氏绿色购物袋剪裁而成的无裙背心装，下面是旧扑克牌一圈叠一圈穿成的超短裙，脖子上的项链是汽水瓶盖子打洞穿在一条细麻绳上,既时尚,又现代。

丙丙的上衣是一条旧毛巾对折后上面开了个洞,从头上套下来之后,用旧电线在腰间系住,头上和短裤都是旧报纸折叠后又用订书机加固的纸帽纸裤。

梅金心想,这个女孩大概就是郑小莉了,因为丙丙总是无意中反复提及。据说被她选中一起走秀是一件很有面子的事,看来儿子这回如愿以偿,所以走起路来志得意满。那副样子简直让人爱到想咬他,贺武平快乐得都要晕过去了。

丙丙更小的时候问过梅金,妈妈你爱我吗?

梅金说爱,你呢?

丙丙说我爱你爱到昏迷。

梅金第一次听到郑小莉这个名字非常偶然,那天晚上全家人都在贺老爷子那里聚餐,谁都没有发现丙丙有什么异常。

后来丙丙一个人在他自己的屋里看电视,梅金走了进去,坐在他的身边。

梅金的眼睛也看着电视,问道,为什么这么难过?

丙丙的眼泪就像听到命令一样流了下来。

后来他说,郑小莉的爸爸妈妈离婚了,他很不愿意看见郑小莉难过。

又是一个情种。梅金没有说话,心想,别人的父母离婚,他都伤心成这个样子,丙丙骨子里还是一个情种啊,跟他爸爸一个鸟样。

她顺势问道，如果爸爸妈妈也分开了，你怎么办？也是每天哭吗？你跟郑小莉不一样，你是男子汉。

丙丙不再哭了，他很肯定地说，你们是不会分开的。

我们当然不会分开，我只是说如果啊。

没有如果。丙丙立即就打断了梅金的话，还颇为责怪地瞪了她一眼。

她知道他的心灵是极其脆弱的，这一点也跟他的爸爸一样。所以就算是为了孩子，她也一定要跟贺武平联袂主演花好月圆。

现在看来郑小莉是跟着她爸爸一起过，而且她的爸爸喜欢打牌，不是斗地主就是拱猪，这是显而易见的。品位如此一塌糊涂，估计也不是什么真正意义上的有钱人。国际学校就是这样，每每总是有人砸骨敲筋地挤出钱来，好让女儿跳上高枝。

丙丙在舞台上仅出现了一分零五秒钟，就跟郑小莉一起得了最佳拍档奖，两个人高兴地跳起来。

不知是什么原因，郑小莉的父母都没有来看她的演出，要知道她的表演可不止一分多钟，她还跳了孔雀舞，而且是领舞。她身上具备了一切吸引男孩子的特性，聪明、漂亮、高傲、倔强，像一只幼小的白天鹅。

可是她的父母没有来，这让郑小莉在高兴之余，难掩内心的落寞。丙丙邀请她一块儿去喝海鲜粥也被她婉拒了，她没有迟疑地选择了坐校巴回家。

隔着玻璃，丙丙向她招手，这才跟父母上了奔驰轿车。

这个女孩子可惜了,她没有摊上好的父母。梅金这样想到,如果相貌平平也就罢了,但凡好女孩,能有一个好家世,那是何等矜贵,美丽都会变得更加耀眼凛冽。现在看来,郑小莉的爸爸完全忽略了女儿,又不知道在哪个牌桌上只顾自己开心呢。

深夜的鸿星海鲜酒楼简直是个不夜城,白天它并不是什么高档餐厅,一般高档餐厅都只做午市和晚市,所以有宵夜的酒楼总在少数。

三层楼高的鸿星酒楼临街而立,一到晚上便灯火通明,像个巨大的红灯笼,食客竟然夜夜爆满,人声鼎沸,以至于它的招牌不见得是海鲜够生猛,而是越夜越开心了。

梅金点了一只活的大澳龙,一家三口喝着鲜甜的龙虾粥,没有感觉到任何的不祥和异样。

当他们走出鸿星海鲜酒楼的时候,便看见一辆警车停在大门的右侧,虽说是在黑暗中,但是酒楼劲爆的霓虹灯业已让它尽显无遗。有两个身穿警服的人向他们走过来。

最让梅金感到意外的是,首先开口打招呼的人居然是丙丙,他对走在前面的那个国字脸的男人说道,郑警官,你好。

被称作郑警官的人伸出手来,握住丙丙的小手笑道,你好,丙丙。

你今晚为什么不去看我们的演出呢？丙丙说道，这个演出对我们来说很重要啊。

郑警官抱歉道，我本来是要去的，可是临时有点事。

丙丙道，我跟小莉还得了最佳拍档奖呢。

你们本来就是最佳拍档啊，郑警官说道，小莉说你是她最铁的朋友。

丙丙用力地点头。

丙丙跟梅金说道，这是郑小莉的爸爸。之后又把自己的父母介绍给郑警官。

郑警官摸着丙丙的头说道，丙丙，我可以找你爸爸谈点事吗？

丙丙老练地回道，当然可以。

看到警车的一刹那间，梅金便已知道了事情的结局。她的脑袋轰的一声，全身的血液瞬间凝固，除了张口结舌之外，几乎失去了意识，一时不知自己身在何处。老实说，这样的场景，也曾经在她的脑海里一闪而过，但她思虑万千之后，认定蒲刃没有理由这么决绝。

她呆呆地看着贺武平被郑警官带走了。

原来郑警官没有看女儿的演出是为了执行抓捕任务，也正是因为郑小莉和丙丙是朋友，她的扑克王父亲才会这么文明执法吧。

现实永远倒行逆施。

在梅金的脑海里，这个念头同样是一闪而过。

将近中午的时候，薄雾开始慢慢弥散开来。

这一切都在蒲刃的预料之中，因为此前他看了三天之内的天气预报。虽说今天一大早艳阳普照，但是现在，山清水秀的景致犹如蒙上了一层细纱。

他是昨天晚上给父亲请好了假，给院方的理由是带父亲去郊游，散散心，呼吸一下新鲜空气。事实上也是如此，他昨晚在家里认真做了三明治、卤牛肉，还把黄瓜和苹果洗干净，再加上几瓶矿泉水，他把这些东西统统放在一个旅行包里，第二天一早便提上了车。

现在他的车就行驶在曲曲弯弯的山路上，而父亲坐在后排，异常欣喜地东张西望。

所谓的南国第一峰，蒲刃都不记得自己来过多少次了，没错，他是一个爱走山的人，尤其喜欢独自一人享受空灵而无语的与山的对话。第一峰位于阳山、乳源和湖南宜章交界的地方，又名石坑崆。同是一座大山，广东这边开辟成"南岭国家森林公园"，湖南那边则开辟成"莽山国家森林公园"。

蒲刃喜欢这里的唯一原因就是人少，运气好的话根本就碰不上人。不像某些景点，人们浩浩荡荡朝圣一般地赶过去，就连遥远而神圣的布达拉宫也不能幸免，成为最时髦的流行。

也许是因为这边的路况崎岖险峻，便断了常人的念想。但蒲刃来多了就知道，一路行驶，前面看上去悬崖峭壁已是绝路，转了个弯却能柳暗花明。这种绝境体验对他来说也起到了减压的作用。

那个差点掐死父亲的晚上之后，蒲刃足有三天没到老人院去。

冷静下来之后，他才买了一兜完好无损的娃哈哈，去父亲的房间做了调换。当时父亲正在午休，睡得踏实香甜，对他的所作所为毫无兴趣。

晚上，他彻底清理了家里的储藏室，把包括封瓶器在内的所有可疑物品全部打包，开车跑到离家遥远的垃圾站丢弃。尽管已是亡羊补牢，但他必须做到：有关他的传言更像是一个查无实据的故事。

在那个近乎于疯狂的早晨，激情过后，小豹姐曾经问过他，你是不想活了还是不想过了？

有什么区别吗？他冷冷地问道。

当然有区别，小豹姐道，一时的烦恼谁没有？这日子没法过了，也不过是说说而已。

她还想说下去，但张了张嘴，还是欲言又止。

她身上的白衬衫差不多都快扯烂了，纽扣只剩下一颗，大腿和胸部都有瘀青。他自己的样子也像一头怪兽吧，这是他从她眼神里得到的答案。

他们重新洗澡，重新吃早餐。

在早餐桌上，通常比较合适谈严肃的话题。

小豹姐道，为什么一个物理学家就不能爱钱呢？把自己当普通人吧，这样至少不纠结。

他也想到自己来之不易的今天，从一个衣衫破旧上山采药的少年到亲耳聆听霍金的学者，他付出了什么？

你在评估你的价值。她的眼神有一种穿透人心的功能，小豹姐继续说道，也只有很多很多的钱才能证明你的价值，而且更重要的是好好活着，不要问它有什么意义，没什么意义，我们都是苟且偷生的人。

她还说，我知道你是一个内心骄傲的人，那也没有必要为了一点点骄傲搭上性命，生死面前无英雄啊。

他不知道她对他有多少了解？她对整个事件知道多少？也不想深究。但是他承认她是这个世界上唯一抚慰过他心灵的人。

这是一个聪慧女子的吉光片羽，但始终不是他心灵虚谷中的那一粒解药。他当然不会为了冯渊雷去死，但也绝不会败在梅金手下，这或许是另一番天地所在，还是那句话，人和人是不一样的。

他对他的父亲，自有一番道理。那是一个人的罪与罚。

并非别人手上的砝码。

云层越来越低，给人的感觉是离天很近，白云不再在高高的山顶缠绕，而在身边浮动，汽车仿佛腾云驾雾，在空中行驶。一阵阵的山风吹过，云朵迅速地飘散，蒲刃把车窗全部打开，空气纯净到没有一丝杂质。

在一处急转弯的陡坡处，车子踩足了油门仍冲不上去，还顺势往下滑。到底是二手车，就算品牌不错，仍搞不清它曾经是否九九八十一难，早已锐气不再。蒲刃这样想着，还是把车子成功刹住，又到行李厢取出铁链箍在轮子上。这时，父亲突然说了一句，等雾退了再上山吧。

他说好。

于是父亲下了车，两个人找了一块山石并肩坐下，一同望着山谷。他们漫长的人生，几乎没有这样的记忆，甚至没有过一张合影。

他微微侧过头去，望了他一眼，他也正转头看着他，让人想不到的是，他竟然展颜一笑，深锁的前额舒缓开来，疲倦的眼神朦胧、混浊，但有了些许温暖，或者是最后的光彩。

他从未见过，微笑可以如此悲伤。

也许是另外一种回光返照。

时间完全停顿下来。残云薄雾，悠悬空际。霎时间，他仿佛轻轻地跨进了那一道门，也许就是父亲的心扉，里面是同样的苦涩、凄怆和孤独。他的心随即颤抖起来。

他们就这样坐着，一直坐着。

甘于卑下，所以安静。

蒲刃举起手机，为两个人拍下了最后一张，也是唯一的一张照片。

这是一个全新的手机，新的芯片，没有任何人知道它的号码。原来用的那部手机和案情始末一同交给关菲尔了。

两个人都没有说话，也没有什么可说的了。

蒲刃想起著名物理学家马约拉纳的一句名言：物理已入歧途，我们都已入歧途。

曾几何时，他无数次地想过，离开。从他开始报复的那一刻起，他就变成了一个热血沸腾的死人，永远都没有发自心底的光明和快乐。

他希望人们发现他们的时候，他们静卧在碧绿的山谷里。

他侧头枕着巨石，身体扑俯大地，额发在微风中轻轻抖动，面庞整洁，神色甚是宁静安详，就像婴孩紧贴着母亲的怀抱。

不用再做情圣、天才和好人。

父亲应该是遥对天空的吧，他的脸上布满皱纹，那是一种明显病态的沉重的衰老，强烈的求生愿望让他没有闭上眼睛，就像这么多年他与他的无言抗争。

选择一起离开，也许就是他们最好的结局。

车上的音响依旧放着《父亲的草原母亲的河》，雌雄莫辨，年轻但沧桑的降央卓玛的声音。直到他们一同跌落悬崖，一切便戛然而止，整个世界变成黑白静默，只剩下一弦马头琴的音符极其缓慢地飘落，化作千风。

万古云霄一羽毛。

十

他应该不到五十岁，虽然头发灰白，全部往后梳，当然额际的发线也相对后移，但是他一定有做皮肤保养，所以皱纹显得柔和平整，就算不再年轻，面色还是有光泽的。他穿一件藏青色的西装，人也没有明显的发福。

梅金对于自律的人，不自觉中会多一份客气。

她今天是一个人来到富美大厦的，依旧是半岛酒店，依旧是临窗的座位，甚至穿黑制服的领班端上来的商务套餐，几乎也和从前的一模一样。但是多少年来，她从未一个人在这里吃工作午餐，她对面的稳如泰山一般的贺润年，第一次变成了一把空椅子。

这是她生命中的海啸，一切在一瞬间消失。

沉默只是一种态度，对蒲刃来说毫发无伤，并不涉及他的傲慢与气节，冯渊雷也仅仅是他的情敌，他为什么要这么做？而且是用这么悍烈的方式？如果他不是行为艺术家，应该没有其他解释了吧。梅金甫一入座，领班例行奉上热茶，她一边细细品味，一边想着百思不得其解的问题。

在那个眼睁睁看着贺武平被郑警官带走的夜晚，她一丁点办法都没有，人像木桩一样被钉在了鸿星酒楼的门口，一动不动。她怎么会没看见贺武平求救的目光？他回了两次头，直直地盯着她，目光如炬。

她也不知道自己怎么来到车上，怎么打着了引擎，然后神情恍惚地把车开上了环市东路。

坐在副驾驶位置上的丙丙突然说道，妈妈，我们是军车吗？梅金看了他一眼问道，什么意思？丙丙回道，我们闯红灯了，连闯了两个。她哦了一声，这才真正回过神来，死死踩住刹车，还险些跟前面的车追尾。

她在后视镜里看见自己面色惨白，唇无血色。

妈妈你没事吧？丙丙有些惊恐地看着她。

没事。她一边说，一边温柔地摸了摸孩子的头。

她把丙丙送回贺润年的府邸翠思山庄。

丙丙下车的时候，她叫住他，对他说，你还没亲妈妈呢。丙丙便回身抱住她的脸亲了一下。妈妈晚安。

管家把丙丙接走了。

她在黑暗中想了一会儿，断定蒲刃的手机关机了，但还是下意识地拨通了他的手机，电话居然是通的，不过接电话的是一个女声，她说请问是蒲刃的手机吗？清晰淡定的女声说道，请问是梅金女士吗？这是蒲刃的手机，他说你会来电话的，而且无论有什么事都可以联络我，我是交警大队的关菲尔。

梅金啪的一声挂断了电话。

第二天的电视新闻里，便播出了那场离奇的车祸。

电视里展示的只是雾锁清连高速公路的单调画面，黄色的警示灯一闪一闪，在迷茫中显得格外醒目。

主持人称，昨天中午，大雾天气笼罩清远山区，清远至连州高速公路行车缓慢，由于阳山山区路段雾重路滑，能见度大大降低，下午五时许，阳山境内石灰岩路段发生一起严重车祸。一辆奥迪轿车方向失控，跌落山崖。记者现场报道，奥迪车疑似经过剧烈翻滚，而后遭遇巨石拦截，车身完全压扁、变形，车上的玻璃全部破碎，右侧的后车门敞开，车上的一位老者被甩出车外数十米远，当场死亡。

据搜救人员介绍，警方营救队是在接到登山爱好者的报警后，甚至出动了警务直升机参与救援，可惜历时十三个小时，还是没能挽回被困者的生命。

现场交警称，事故造成驾驶员胸部与方向盘猛烈撞击，是导致驾驶员死亡的致命伤，加之他被卡在车内，也因失血过多无从自救。甩出车外的老者系急性颅脑损伤，左侧眼球破裂，蛛网下腔出血，回天乏力。

交警还分析了事故诱因，称阳山路段海拔比较高，且群山起伏、风光秀丽，云雾天更是别有一番景致。所以交警进一步提醒过路司机和游客，切勿因贪恋风光而筑成大祸。

主持人又称，现已查明，死者是树仁大学教授蒲刃，当天是特意带父亲郊游，车上备有矿泉水和三明治。据悉，其父亲常年患老年痴呆症，却得到儿子无微不至的关爱。发生这样的不幸事件实在令人惋惜。

现场跌落在岩石边的手机里，有两个人自拍的深情照片。

梅金当即无语。

果然是一个人的心证。也只有她知道，这并非是一场令人扼腕唏嘘的车祸，而是经过周密粉饰的史上最完美的谋杀。

但是这一切都不重要了,重要的是贺武平的被捕推倒了第一块多米诺骨牌,惊天动地的连锁反应随之而来。

贺武平被带走后的第四天,警方循线查出邦德高科公司的重重黑幕,以雇佣杀人嫌疑为由将米高逮捕,同时以贺武平和米高为主要对象,着手调查冯渊雷命案,并将多年勘查苦无实证的邦德公司一锅端。

可想而知,贺润年在得知儿子被捕的原委之后,大为震怒。精神几乎崩溃。翠思山庄一片愁云惨雾。

然而世界上没有一个父亲是可以客观地看待儿子的,贺润年更是一位普通的父亲,他理所当然地把万恶之源归罪于梅金。

一个女人出身卑贱,编出故事来假冒纯良,把过去的一切瞒得遮天蔽日早已让他无法容忍,结婚之后还不守妇道,给老公惹上杀身之祸,这种女人不"沉江"就应该动用石刑。

贺润年紧急召见公司的法律顾问聂军飞,叫他花重金组建最好的律师团,为贺武平辩护。

并且命令人事部连夜封存了梅金在公司的个人电脑,同时更换了梅金办公室的暗锁,打上了封条,这样至少可以保住相当一部分的公司内部资料外泄。

梅金承认在这一点上她失算了,错误地认为她对松崎双电的成长功不可没,而且公司的运作根本离不开她。多年的习惯成自然,她已经养成了"女王心态",对转眼成空毫无心理准备。

还有一个失算，也许就是不该阻止邦德杀人灭口，她太相信这是一个物质世界，没有人看着名利财富付之东流，殊不知在这个世界上最难对付的，就是阴郁、残忍的人，却有着一颗高傲洁净的心。

想不到贺润年可以做得这么绝，所谓的善后，也只是叫聂军飞律师出面通知她：无条件地离婚和离开松崎双电。

梅金请聂律师转告贺润年，希望给她最后一次面谈的机会，被贺润年严词拒绝。

消息走漏出去，报纸财经版的头条，出现黑体字大标题：松崎双电集体封口"离职门"，主要内容是：近日来，有消息灵通人士称，松崎双电高层发生地震式激荡，自总经理贺武平被警方带走之后，董事长贺润年避见媒体，就连年度最重要的在京召开的"双电战略研讨会"也不见他的身影，面对媒体的疯狂追问，松崎的董事会成员选择了集体封口，而坊间盛传将于近日公布常务副总经理梅金的去留。

报纸上还登出了贺润年和梅金的脸部特写，并用巨大的裂缝将两人震开。

松崎双电的股票，当天暴跌百分之十点六，各种股评人一边倒地认为，松崎的股价还将继续下滑。

可是那又怎么样，贺润年已经放出话来，就是公司"被收购"，也决不会原谅梅金。据说，贺武平出事令他一夜白头，元气大伤，差不多有一周的时间病得下不了床。

请问我可以坐在这里吗？

梅金从沉思中惊醒，看见大背头男人端着漆木托盘站在她的面前，微微鞠躬问道。梅金点了点头，大背头男人便在她的对面坐下，几乎是跟她一模一样的商务套餐。

男人从兜里掏出一张名片来双手奉上，并自我介绍道，我是优备猎头公司的高管，我姓白。

梅金再一次点头，心想，既然是猎头公司的高管，她也就不用自我介绍了，而且可以推断白先生不仅对她了如指掌，而且还会提供若干去向由她选择。也就是说，松崎无论再公布什么消息，她的下场已经是被松崎双电飞出局了。白先生的眼神里也透露了这一层意思。

你还好吗？白先生故作轻松地问道。

很烂的开场白，梅金没有说话，只是抬起眼皮看了对方一眼。

白先生啧啧称叹道，果然是漩涡的中心最宁静啊。

又是一句话剧台词，梅金有些厌恶地把眼光移向窗外。

好啦，我也不兜圈子了。白先生终于言归正传，梅小姐应该听说过佳洁保公司吧。

梅金当然听说过，是包揽日用化工产品的美国跨国公司，在中国内地的市场已经相当有规模，尤其在大城市可以说家喻户晓，白领必用。

她的心里掠过一丝惊喜。这也是人之常情，能在另一家大公司耀武扬威显然是她在茫茫大海中捡过来的那截木板。

白先生有意地停顿了一下，他十分清楚梅金最想知道的是给她什么位置，所以才要稍稍卖个关子。见梅金仍旧不动声色，心中不免暗自佩服，他见的人多了，通常大公司训练出来的人就是撑得住场子。

营销部经理，你觉得怎么样？白先生终于亮出了底牌。

梅金当时就给惊着了，差点没从椅子上蹦起来，一个部门经理的位置，拜托他还敢说出来？她十年前都不止坐这个位置，若是让松崎双电的人知道，岂不是笑掉了下巴。

美国佬看重她的，无非是营销网络，也就是把蛋糕做大做大再做大，手上有客户的人为王。他们可真是打蛇打七寸啊。

但是她知道她不能暴跳如雷，一个人成功是为了什么？不就是体面吗？没有身份的人才大呼小叫。

于是她面带笑意，有些懒洋洋地回道，这个位置就留给你自己慢慢坐吧。

显然她的答复也在白先生的意料之中，所以两个人同时陷入了沉默。

过了好一会儿，白先生才开口说话，他说道，梅小姐的确行使过老板的权力，但毕竟不是老板，只是给富一代和富二代打工而已。

这话像针一样刺到她的心底。

那又怎么样？我的能力有目共睹。梅金终于沉不住气，为自己辩解了一句。

白先生哑然失笑，谁没有能力？每个人缺的都是平台啊。

梅金不再辩解，人红万人毁，墙倒众人推。

而且，白先生说出"而且"以后，有意识地停顿片刻，才道，梅小姐还是不要太天真了吧。说这话时他也满脸笑意。

"天真"这个词倒是有点出其不意，梅金用眼神询问白先生什么意思？

白先生低声说道，这个世界，笑贫也笑娼。

毫无预期地，梅金手上的一杯茶水泼到了白先生的脸上。

白先生愣了一下，一片水花在他的脸上四溅开来，如同雨中的瘦菊。旁边桌上的一个女客人被这突如其来的举动惊呆了，噇的一声捂住了嘴，不少食客循声向这边张望。

最为奇特的景观是两个人都没有走，梅金并没有气急败坏地离去。

她今天穿了一件昂贵的白衬衣，黑色的阿玛尼西装，贴身的剪裁略带一点点翘肩，肃穆中略显几分妖气，还化了一个精致的职业淡妆，全身的饰物，也仅仅是两只细长的白金流苏耳环,衬得下巴更加尖削,女人味十足。

这么隆重的打扮并不是要见什么重要人物,而是独自凭吊自己在松崎双电的职业生涯,回想一下亲手打造的丰功伟绩。

她才不会为了一时不快夺门而出呢。

做个哭哭啼啼的小女人,那才死无葬身之地。

白先生也没有走,他只是用纸巾擦了擦脸上的茶渍。穿黑制服的领班默默地送来了热毛巾,白先生也还是把外衣和衬衣上的茶叶擦拭了一下,然后起身又是微微鞠躬道,对不起梅小姐,冒犯你了。

说完,他坐回座位,郑重其事地开始午餐。

原来职场上的每个人都在忍啊,不全都是娼吗?梅金恶狠狠地想到。但她还是优雅地打开炖汤的盖子,开始午餐。

乔乔回到家的时候,天已经黑透了。

柳师母问她吃过没有?她说吃过了。柳师母又说叶教授来过,坐了一会儿就走了。乔乔也只是哦了一声。

她回到自己的房间,好在幽云和父亲都有母亲照顾,刚才没见到他们在客厅里看电视,估计是早睡了。乔乔看了一眼墙上的挂钟,哪里还早,已经将近十一点钟了。

头有点晕,还是清酒的作用,清酒貌似度数低,但对于酒精敏感的她,也还是上头。乔乔把手提包挂在门后,然后全身瘫软地靠在床上,用拇指和中指按了按太阳穴。

每天下班之后,在很小的日式居酒屋里关掉手机,喝一小瓶梅子清酒,再要一盘三文鱼腩和醋物,醋物是凉拌的海带和青瓜,三文鱼腩很新鲜,有六片也就足够了,最后叫一碗地狱拉面。这便是很奢侈的晚餐。

奢侈是因为清静。

小酒馆的好处在于小,像戈壁滩上散落的石子,是否存在过都没有人在意。对于无处可逃的城里人,起到去痛片的作用,药效很短,却不可或缺。

在一个偏僻的角落,还可以相对独立地面壁而坐,称职的酒客都面目模糊,只用一个孤独的后背打招呼。这种惨淡经营的小店,满眼都是失意的泡沫和停顿的瞬间。

她现在越发地喜欢独处。那天在学校的公告栏里,看到蒲刃追思会的时间和地点,想象着有他音容笑貌的照片被一万朵白玫瑰和一万支烛光簇拥着,人们放着音乐,念着诗句,在别人的生平里,流下自己心底的泪。他就已经变成了另一个人。

这样煽情的场面其实是不适合他的。

无非是许多人厌恶当下的次生悲剧,一个人逝去了,如果他曾经有点光芒,便总有人想出竭尽豪华的点子,在他身上增添美感,寄放想象,投射个人的哀伤。这早已变成人人都认可的、无一幸免的仪式。

只是,假如知道他会走得如此匆忙,为什么就不能听一听他最后想跟她说什么？她没有给他机会，所以也无从了解他的离去，到底是天灾还是人祸？而且她还说了深深伤害他的话。

其实爱情，就是伤害。

对于乔乔来说，能够宣泄出来的情感都不是真正的伤痛，真正的伤痛是"石棺"封堆的核辐射故地，无论沉默多少年都寸草不生。

她宁愿相信他就是普通的车祸，不作任何进一步的解读，当然同学和老师也都这么认为。而她是没有力气再去想什么阴谋论了。人的能量是可以用完的，爱也一样。用完了，平静的躯壳可以更加礼貌、得体、训练有素。

从小到大，她接触最多的就是数字，它们一直伴随着她的成长。她曾经在美国的东海岸参加过一次几何节，这是一年一度的数学会议，当时她只是作为助手陪伴老师前往。那时她便知道，在怪人云集的数学家群体里，正常的人并不多见，她想也许这辈子就是太正常了，所以才无法成为天才。

现在终于发现，正常实属罕见。

无论是冯渊雷还是蒲刃，她都没能走进他们的内心，并不知道他们的所思所想。而且无论怎么计算，人生和爱情都是无解的。

她恢复了抽烟，深深地吸上一口，再竭尽全力像要吐出五脏六腑那样地呼出来，人会稍许地轻松一些。

一连数日，她的夜晚都是这样度过的。

今天略有不同的是，在居酒屋里，几小杯清酒下肚，她从自己的手提包里拿出一个钱包，是白天工作的时候收到的特快专递，跟上次的那个日记本一样，不知何人从何处寄来，但是钱包是蒲刃的这一点没有错。

深褐色的小羊皮钱包里没有钱，翻来翻去，最里面的夹层里有一张照片，是她跟蒲刃年轻时的合影，也就是她以前常会翻看的那一张，他们穿着情侣装，笑容如春光一般灿烂。

她用打火机把照片烧了。

她的面容僵硬而且阴沉，这算什么呢？仿佛他们都很潇洒地离去，留给她的如果不是背叛的证据，就是虚无缥缈的念想。她不是中文系毕业的，最讨厌这种东拉西扯的牵挂。一个人无论做过什么，请干净彻底，毁尸灭迹，像数字一样清晰利落。

第二天上午，叶知把电话打到了乔乔的办公室。

乔乔这才发现昨晚睡得太迟，今天早上没时间吃早餐就赶来上班了，所以手机也忘记打开。

叶知在电话里说，今晚是周末，他有幸得到两张票，想跟乔乔一块去看《牡丹亭》。乔乔直言她对戏曲不太感兴趣。叶知和缓地说道，能够流传下来的东西，如果有机会看一看，总是好的。

他对她说话的语气，半似家人，半似学生，又有几分像是情侣。

她答应了他的请求。

也许是因为她太过平静和正常，反而像磁铁一般吸引着叶知，令叶知有了一种寒山独见君的感觉。

叶知就曾经跟友人说过，一个美人，做的却是男人的工作，有着聪慧的头脑，还要看图纸、计算、绘图，同样是一低头的温柔，同样是除却雕饰的清水芙蓉，便是一个女子最有杀伤力的魅力所在啊。

戏演到第十四出，杜丽娘给自己画好了画像，又自提了笔，在画边题了一首诗：

> 近者分明似俨然，
> 远观自在若飞仙，
> 他年得傍蟾宫客，
> 不在梅边在柳边。

也就是在这一刻，乔乔湖水一般平静的心，不知为何给惊扰了一下，看来世上还真有旷世奇缘这么一回事。

即使没有，也被世世代代的人们顽强地流传下来了，果然流传下来的东西，值得一看。

要不大千世界，无以寄情，怎么对得起自己的芳魂香魄啊！

只是，缠绵为何尽在阴曹地府，而人世间的爱，却常常是既不在梅边，也不在柳边。

自从翠思山庄的大门向梅金正式关闭，她已经有半个多月没见过丙丙了。

以往，她忙起来，两三个月见不到孩子也是常有的事。但是这一次时间显得停滞而漫长，或者说她非常想念孩子。

梅金从来没想过，亲情是如此具体的。当她大权在握，指挥千军万马的时候，似乎一切都是可以舍弃的，现在才发现儿子是最黑的夜晚里的那颗最亮的星。她不是没有钱，她的钱够几辈子花的，还有珠宝。只是落到这般境地，一切都烟消云散，唯一幸存下来又与她有关联的，便是儿子。

她改变主意了，决定把儿子夺过来。

这种庸俗的夺子战争，一般都出现在三流洒狗血的电视剧里。非常不幸，她的情感开始回归了，其实只有儿子才是最不能割舍的，人若不走到山穷水尽，不会相信亲情的力量。从此天各一方，永不相见，丙丙的字典里再无"妈妈"这两个字。她并没有她自己想象的那么无情。

力姿机构的代理人叔叔也曾给她发过邮件，邀请她去工作，这也是一个不错的选择，然后衣食无忧地看着儿子慢慢长大。

梅金的奔驰轿车在高速公路上急驶，这时已近中午，她决定先到国际学校去看一看丙丙，有些事情要先告诉儿子，其实孩子什么都懂。

独具规模的国际学校当然不可能在市中心，一般都设在郊区山清水秀的地方。梅金一边开车，一边接通了聂军飞的电话。

喂，聂律师吗？我是梅金。

哦。

你好。

你好。

我想约见你，谈一点事，请问今天下午行吗？

大概什么内容？可以透露一点信息吗？

还是见面谈吧，电话里说不清。

哦，这样啊。

她不知道他迟疑什么？心里十分不爽。聂军飞以前见到她，永远是毕恭毕敬，满眼心悦诚服的目光。现在她算什么呢？冬天的羽扇，夏天的棉袄。就算没有十足的厌倦，也是可以信手搁在一旁的东西。

但她仍旧平静地说道，聂律师，你是想跟我说你的工作时间是六十美金一个钟吗？我照付就是了，你不用为难。

聂律师道，不不不，我不是这个意思，你说下午几点吧。

下午四点行吗？

好吧，下午四点我在办公室等你。

电话挂断之后，梅金继续行驶。不久，依山傍水的国际学校便在远处的一片茂盛植被中初显端倪，绿色和水是基调，所谓原生态的风水中，梁柱挺拔，粉墙黛瓦，让人心旷神怡。

她有点渴了，于是喝了几口山泉水。

风浪之后的平静，就算是十分无奈，却是那么的真实、可靠。吊诡的是，她跟蒲刃一样，都选择了邪道式的与宿命抗争，最终一个平静地死去，一个平静地离开，殊途同归。

她曾想尽一切办法，在看守所里见到了贺武平。他对她的态度已经十分冷漠，身旁站着公安，他们也不能说什么。不过贺武平还是问了一句，他也进来了吗？这样才算公平。

她不得不说，他已经死了。

贺武平的脸色变得灰白，喃喃自语道，看来还是你的问题，你太自以为是了。

梅金缄默不语，这话一听就是米高的口气。她也不怪贺武平，他的人生里本来就从未有过自责、担当、忍耐这一类的词汇。最终囹圄在此，她是顺理成章被埋怨的那一个。

缘去缘尽，他们已经形同陌路。

这时她的手机铃声响起，是聂军飞打过来的。

他的声音还是有些迟疑，有一件事情，我想还是告诉你吧。聂军飞说道，丙丙已经办好了全部的去加拿大上学的手续，今天下午就要出发了。

梅金下意识地一个急刹车，整个人先是俯在方向盘上，而后迅速后仰，再狠狠地一顿。要不是车好，可能就直接飞出公路护栏了。梅金强自镇定地把车停到了路边，打开故障灯。

聂军飞告诉她，家里出事不久，贺润年就决定把丙丙送到加拿大读书，除了办手续之外，最主要的是招募保育团队，包括营养、安全、学习、对外联络等各方面的人才，现在这个团队共有七人，整体素质贺润年还比较满意，他们是今天下午四点零二分的飞机。

聂军飞说，由于他的儿子刚刚十四个月，这让他突然变得柔情似水，根本无法想象一个未成年的孩子没有父母，他该怎么办？所以他迟疑良久，还是决定告诉梅金，至少如果幸运的话，他们母子还能见上一面。

她的心里一下就空了，空得可以听到回音。

在路边，梅金一个人俯在方向盘上发怔，石化了好一会儿。

多年的职场训练，她才不会像良家妇女那样失声痛哭，包括她一路行来所有的绝境和委屈，加上这一次，也无非又是一场危机处理，她早已习惯把它们生吞活剥地强咽下去。

也许这样更好，她是一个没有刹车的人，谁都知道一往无前是非常危险的。现在终于一无所有了。

反而，她笑了。

这样的下场，应该最适合社会对她这种女人的期许吧。

她点燃了一支细长的薄荷烟，在袅袅寂寥中决定选择淡然以对。尽管这是不可能完成的任务。

甚至对贺武平，她都可以在心底里说，我走了，你珍重。儿子却是骨肉分离一般的疼，那种崩溃和绝望，如果不是事到临头，根本无法体会。

但是她没有掉头向机场驶去。她不愿意让儿子看见她像瘟疫一样，被人墙隔在十几米开外的地方，然后泪眼婆娑、撕心裂肺。她生平最讨厌的就是上演苦情戏，儿子又不是去受苦受难。她的胸怀够大、够宽广。

幸亏她早有预感，那一次在翠思山庄门口，果然就是她跟丙丙最后的吻别。她希望在他心目中永远美丽、干练、坚强，同时又是最平凡的慈母。

然而，她终于理解了蒲刃。

一纵身便是天堂。

乍暖还寒，最难将息。

本以为一切都像漫长的冬天，无论如何都会过去。春天也的确如期而至，世界开始变得鲜嫩、轻盈，空气里渗有一丝丝的甘甜。

然而他的样子也开始慢慢苏醒、复活。

带着一种睥睨天下的森然之气，分明又是和煦的笑容。她开始想念他，或者是他的身影开始在她的头顶寸步不离地盘旋。

乔乔过生日的那一天，没有人记得这回事。

父母亲是老了,老人的特点是琐碎但又没有记忆。叶知还没有机会知道乔乔的生日,女人总是对年龄比较敏感,不问比问好。

天气晴好。乔乔一个人在树仁大学的校园里漫步。

春天来了,图书馆前面的绿色草坪上,有两棵孤零零的樱花树,此时,樱花爆满枝头,尽情绽放。也许是珍惜即开即落的短暂历程,樱花开得特别拼命和认真,灿烂得无以言表。总会有一些青年男女聚集在樱花树下弹琴吟唱,沉醉在落英缤纷的景致中,"不是爱花即欲死"。

爱心一旦托付,岁月瞬间变老。在乔乔的眼里,这一树一树的芳菲却已凋谢,满目哀荣。

风和日丽。

乔乔穿了一条白色连衣裙,海洋色浅条纹的外套,平底的芭蕾鞋。她永远都是这么优雅、舒适。

她关了手机,没有目的地四处徜徉。

抑或是感受他的足迹,在任何时间、任何地点、任何角落,完全没有他的身影,但又无处不在。

学生楼群里的理科生宿舍,有人打出了一个条幅,条幅是白色的棉布床单,上面用墨笔写着:蒲刃,我们爱你。

这也许是最真实最朴素的思念,让人心动。

她曾经在网页上,看见学生们的留言:

听蒲刃讲课，有一种触电的经历，好像他只有在讲台上才能亢奋起来，有时会像个舞蹈演员一样走来走去，双手配合着语调画出复杂而优美的弧线，被同学们戏称为"智力体操"。

他的物理学修养和对其内涵理解的深度，在树仁是罕见的，在国内也是为数不多的。

无论是提问还是发言，我全部都能听懂，不像有些教授，我不知道他们在说什么，所以一直都以为他不是什么伟大的人物。

著作等身，做人低调，这才是大师的本色。在纷纷扰扰的树仁，蒲刃其实就是一个扫地僧，是我们最熟悉的"陌生人"，我们几乎不知道关于他的一切，但他给我们带来了那么多知识，和知识以外的宝藏。

在他的身上，有一种一意孤行的领袖气质。

走好。老师。

这些话比起隆重的告别，更能抚慰她的心灵。

中午，她一个人去了"流金岁月"，就是那家沪杭菜餐馆，环境和装潢跟从前毫无变化，还是那么暗合心意的矫揉造作，像一些怀旧版舞台剧的布景，光线相对偏暗，让人感觉亦幻亦真。她在临窗的餐桌前坐下，点了一条刀鱼、一碗阳春面、一份芥菜百叶卷。

这三样东西一块儿上桌时，完美绝配成一幅画，让人迟疑下筷。

刀鱼是春天最早的时鲜鱼,刺多到绵密如针,活肉也鲜美到只能细细品味。有一点像爱情,终是会让人失去了味蕾敏感,变成一根一根扎在心头的毛刺,伤痛自知。

吃刀鱼靠抿,注意力必须集中,会让人无暇怅然。

但她还是想起,他们上一次在这里聚餐,那个有些媚惑又有些恍惚的夜晚,她穿着俏丽的波波裙,而他也是一身休闲打扮,柔情蜜意到极端不真实,现在想来,跟看电影是一模一样的。

吃完饭以后,乔乔在大街上随便拦了一辆黄色的计程车。

这种车相对宽大,也相对干净。据称该公司的司机只招本地人,所以对道路和路况都比较熟悉。乔乔对司机说道,去阳山。司机愣了一下,回道,哪个阳山?乔乔反问道,有几个阳山?司机下意识地摸了摸下巴,仿佛总算反应过来了,道,是打表还是我们说好价钱。

打表吧,乔乔说道。

司机道,可是我回来是放空车。

乔乔平静道,我跟你一起回来。

司机终于放下心来,答应着便飞驰而去,好一会儿又有些狐疑地从后视镜里看了乔乔两眼。

阳山,生前他最喜欢的去处,终究变成了他的阴地。

让他们从此阴阳两隔。

最让司机不解的是,他们在接近黄昏时来到风景区,乔乔却没有下车，只淡淡地说了一句，我们回吧。

司机奇道，这么快？等我抽一支烟吧。

乔乔说好。

回来的路上，心如止水，再无波澜。就像车外的黑夜一样平静安详。

来回的路费，加上塞车，四百块出头吧。乔乔给了司机五百块钱。不用找了。她对司机说道。司机哦了一声，连说两次"多谢"。

直到深夜，乔乔打开电脑，有一封电子邮件跳了出来，是蒲刃写的，显然是在生前设置好了程序，让它在这一天出现在她的面前。

背景音乐是谷村新司的《星》。

信是这样写的：

> 乔乔：总有一些事情，会毁了我们的生活，来世相见，记得千万别打招呼，一定装作不认识，让我没有机会接近你、伤害你。
>
> 祝你生日快乐。
>
> 你的蒲刃

乔乔一动不动地坐着，眼泪，终于掉了下来。